バク
―真夏の来訪者―
著≫長月東葭
イラスト≫daichi
2

獏

目次

デザイン／新井隼也＋ベイブリッジ・スタジオ

Natogami Yomi
那《な》都《と》神《がみ》ヨミ
Gaen Meia
呀《が》苑《えん》メイア

Gaen
Meia
呀《が》苑《えん》メイア

Eureka
Φ Nobody
ユリーカ・ファイ・
ノバディ

Natogami Yomi
那《な》都《と》神《がみ》ヨミ
薪《まき》花《はな》ウルカ

P R O F I L E

・瑠《る》岬《みさき》トウヤ
RUMISAKI TOUYA

高校2年生。チームリーダー。
任務では近接戦闘と作戦指揮担当。

・呀《が》苑《えん》メイア
GAEN MEIA

悪夢で生まれた少女。
不可視の〈魔女の手〉による
近接戦闘を担当。

・薪《まき》花《はな》ウルカ
MAKIHANA URUKA

高校１年生。射撃部。
〈貘〉では狙撃による後方支援担当。

・那《な》都《と》神《がみ》ヨミ
NATOGAMI YOMI

高校2年生。巫女。
〈貘〉では剣術による近接戦闘担当。

・犀《さい》恒《づね》レンカ
SAIZUNE RENKA

夢幻S.W.の部長、26歳。
チームの司令官を務める。

・瑠《る》岬《みさき》センリ
RUMISAKI SENRI

昏睡状態で眠り続けるトウヤの姉。
《頭蓋の獣》として現れ、トウヤを助ける。

〈用語解説〉

BAKU 2
MANATSUNO RAIHOUSYA
NAGATSUKI TOUKA
illustration.daichi

▼覚醒現実

現実の世界。人々が起きている間認識している世界。

▼夢信空間

仮想現実。機械が見ている人工の夢の世界。眠っている人々が共有して見る夢。覚醒現実と対をなす、もう一つの経済圏。

▼夢信技術

人工の夢を用いた通信技術。夢を通じて他者と五感を使った意思疎通を可能とする。

▼悪夢《ノイズ》

夢信空間に発生する悪性因子の総称。人のネガティブイメージに由来する姿と能力をもった怪物。

▼夢信症

〈悪夢《ノイズ》〉に心を侵食された人間が発症する精神性疾患の総称。

▼夢信武装執行員

夢信空間内の治安維持と、〈悪夢《ノイズ》〉の撃退を生業とする職業。夢の中における武器行使の権限を認められている。通称『貘』。

▼夢信特性

限られた者にのみ発現する、夢の内容を曲解する力。夢信空間での特殊能力。

▼世界規定

夢の世界の物理法則や秩序を維持するために、人工頭脳が定めている夢信空間でのルール。

▼人工頭脳

夢信空間を形成する、「夢を見る機械」。正式名称『夢信力場集積装置』。現在〝寒月〟と〝瞳〟の2シリーズが商業稼働している。

▼銀鈴

流産した赤子を媒介とし、世界初の夢信通信を成功させた人工頭脳の零号機。メイアが生まれた場所。

▼集合無意識の海

全人類が無意識下に繋がっている、意識の集合体。

▼論理コイル

本来知覚できない〝集合無意識の海〟と人の意識を繋ぐため、〈孔《チャネル》〉と呼ばれる感覚接続処理を施す装置。

▼夢信機

論理コイルをパッケージ化した製品の総称。夢信機を使用することで夢信空間への接続が可能となる。

▼夢幻S.W.《セキュリティ・ワークス》

〈獏〉であるトウヤ達が在籍する民間の夢信警備企業。

▼警察機構

覚醒現実における治安維持や社会の秩序を守る行政機関。

▼鴉万産業

様々な組織の機密情報の管理や奪取から、時に国家間の調整役まで担う謎多き民間諜報会社。

▼交換局

人工頭脳の運転および、夢信空間の管理運営を手がける通信会社の総称。

▼礼佳弐号事件

四年前、〈獣の夢〉によって引き起こされた、トウヤの家族の命を奪った史上最悪の夢信災害。

▼獣の夢

夢の世界で観測された、〈悪夢《ノイズ》〉とは一線を画す超常的な力を発揮する獣の姿をした謎の存在。

▼顎《あぎと》の獣

メイアと共に〈銀鈴〉の中で生き長らえていた水子、呀苑クナハが変異した〈獣の夢〉。トウヤ達によって討伐される。

▼頭蓋の獣

瑠岬センリの意識と新型人工頭脳〈礼佳弐号〉が融合したことで発生した〈獣の夢〉。トウヤの召喚にのみ応じて姿を現し、世界規定を書き換えるほどの絶対的な力を持つ。

序 〝悪食男爵〟

ボォーン、ボォーン――

どこかで鐘の鳴る音がする。

私がそれにつられて首を回すと、左右には煤《すす》けた煉瓦《れんが》の壁があった。

三角屋根をちょこんと被《かぶ》った二階建ての建物たちが、隙間もなくぴったりと並んでいる。

見上げた夜空に浮かぶ月。ガス灯の光。街を包むひんやりとした霧の繭《まゆ》。

私はほうっと一人、気づけば短く溜め息を吐《つ》く。塾を終えた今夜、この〝夢信《むしん》空間〟で、私は友達とお買い物にカフェ巡りをする約束をしていた。

ボォーン、ボォーン――どこかで鐘の鳴る音がする。

私の頭の上で、お気に入りの赤いリボンの髪留めが夜風に吹かれてゆらゆら揺れた。

少し、寒気がする……街を覆う霧が濃くなってきていた。

細い通りを歩いていた私は、濃くなっていく一方の霧の中で、気づけば早足になっていた。

ボォーン、ボォーン――どこかで鐘の鳴る音がする。

タッタッタと、ローファーが石畳を叩《たた》く。ハッハッハと、私の息が弾む。

私はいつの間にか恐怖を感じていた。後ろを振り返ることがどうしてもできなかった。

何かが、霧の向こうに、息を潜《ひそ》めているような気がして。

「――ギッ、ギギッ……」

そのとき私は、錆《さ》びた蝶番《ちょうつがい》が捻《ねじ》れるような音を聞いた。

全力で走っていた私の脚が、思わず止まる。

「ギギッ、ギッ、ギギギッ……」

また聞こえた。左のほうから。迷路のように口を開けた路地、その奥から。

それまでカカシのように動かなくなっていた私の脚が、その路地へ向かって勝手に進みだす。

〝止まって。私をそっちに連れていかないで〟……私のそんな懇願は、声にならなかった。

ボォーン、ボォーン――どこかで鐘の鳴る音がする。

そう、思えばいつもそうだ。誰だってきっとそうだ。〈それ〉の引力には逆らえない。

逃げようとする脚はゆっくりとしか動かないし、手にした銃はいつだって弾切れだし、崖に突っ込んでいく車はブレーキをどんなに踏んでも止まらない。

〝悪夢〟とは、そういうものだ。

「ギギッ、ギィイ……ッ！」――グチャッ、グチャリッ。グチャッ、ベチャリ。

路地の角の向こうから聞こえてくる錆びた悲鳴に、何か湿り気のある音が混じった。

それは何かを噛《か》み砕き、中身を引きずりだし、滴る体液と肉を貪る、悍《おぞ》ましい咀嚼音《そしゃくおん》だった。

それの、〈悪夢《ノイズ》〉の、誰かの見る悪い夢《ネガティブイメージ》の引力に逆らえないまま、そして私は、曲がり角を曲がってしまう。

バリッ、バキバキッ、グチャッ、ブチャッ、ズズッ……――「………」

私が見遣《みや》った先で、四つん這《ば》いになった人影が、真っ黒な〈悪夢《ノイズ》〉を喰《く》い漁っていた。

「………」

人の背丈より大きな異形の蜘蛛《くも》の〈悪夢《ノイズ》〉の、なれの果てがそこら中に散らばっている。

ボォーン、ボォーン――どこかで鐘の鳴る音がする。

いったい、さっきから、この音はどこから聞こえているんだろう？

「………あぁ……聞こえるかね……聞こえるかね、あの鐘の音が」

蜘蛛を喰らっていた人影がゆらと立ち上がり、私へ振り返る。長いシルクハットが揺れた。

紳士服の燕尾《えんび》が優雅に踊る。首元にはクロアゲハのような蝶《ちょう》ネクタイ。白手袋を嵌《は》めた手が、パントマイムをするように大袈裟《おおげさ》に動き回っていて。

「なぁ、きみ……美しい音色だろう？」

悪食の男爵が、私のことをじっと覗き込んでくる。

「まるで心が浮かび上がってくるようじゃあないか。そうは思わんかね？」

男爵の顔には――不気味に笑うしわくちゃの、老人の仮面が被《かぶ》られていた。

「……ヨーホーホー」

男爵の、不気味な笑い声が響く。

その背後から、霧の向こうから、別の笑い声が聞こえた。

『『ヨーホーホー』』

スカイブルーのスーツに、ナイトキャップを被った人影が現れる。一人、二人……、三人、四人……、五人、六人、七人、八人……、

『『『ヨーホーホー』』』

同じ顔で笑う、しわくちゃの仮面たちが、私のことをじっと見てくる。

十五人を超えた辺りで…………私は、数えるのを諦めた。

『『『『『ヨ　ー　、ホ　ー　、ホ　ー　ゥ　‼　』』』』』

ボォーン、ボォーン――ボォーン、ボォーン――ボォーン、ボォーン。

頭の中で聞こえ続ける鐘の音に、絶叫もかき消され。私は、悪夢に塗り潰《つぶ》されていった……。


「――あぁ、準備は整った。時は満ちた。……我が寵愛《ちょうあい》、いただきに参るとしよう」

深い霧の立ち籠《こ》める路地に、〝悪食男爵《あくじきだんしゃく》〟の声が響く。

『『ヨーホーホー‼』』

仮面を被った一団の笑い声が、夢の世界に不気味な多重奏を響かせる。

笑い声の渦のなか、男爵が足元に転がっていた蜘蛛の〈悪夢《ノイズ》〉の頭を摘まみ上げる。

それをぶらぶらと揺らしながら、仮面を外すと、悪食男爵はジュルリと舌舐《したなめず》りした。

「アァー……アムッ」

BAKU 2

MANATSUNORAIHOUSYA

著 ≫ 長月東葭

NAGATSUKI TOUKO

イラスト ≫ daichi

獏《バク》

—真夏の来訪者—

2

第一章　巡り逢いの向こう

＊＊＊覚醒現実《かくせい》＊＊＊

「──あぁー……あむっ」

礼佳《らいか》九年、七月。午前五時。

那都界《なとざかい》市。某マンション、八階一室、リビングルーム。

「ううむ……なぁ、私、結構料理上手《うま》くなったと思わないか？」

タンクトップにショートパンツの薄着姿で、犀恒《さいづね》レンカが朝食を頬張《ほおば》りながら言った。

「はい、まぁ……ピザトーストだけはまともに作れるようになりましたよね、この一ヶ月で」

食卓を挟んでレンカの向かいに座っていた青年、瑠岬《るみさき》トウヤが苦笑いを浮かべる。

「ん？　何かおかしいか？　今日も頑張って作ったんだぞ？」

「ええ、知ってます。作り方教えたの俺ですし、レンカさんが勝手に危険な冒険《アレンジ》しないよう見張ってもいましたから」

「キッチンだって綺麗《きれい》にしてるだろ？」

「当然です。材料は食パンにカット野菜、ハムとケチャップ、それにスライスチーズですから。ケチャップさえ暴発させなければ、いくらレンカさんでも汚れる要素がありません」

「なーんだ、私ってばただの料理上手か。男がほっとかねぇなぁ？」

「………………」

鼻の穴を広げて得意そうなレンカに、トウヤは返す言葉がなかった。以前、自分がたった三日不在にしただけでマンションの一室がゴミ屋敷と化した件を思い出し、目眩《めまい》を覚える。

ここ犀恒家の居候として家事全般を担当するトウヤが、この一ヶ月は何もできないでいた。

原因は、彼の右腕に嵌《は》められたギプス――〝仕事〟で負傷した、利き腕の骨折だった。

それを機に、ずぼらの権化のような女だったレンカが「メシぐらい私に任せろ」と言いだして。身の危険を感じたトウヤが苦心の末に考えたレシピが、この『小さなお子様でも簡単ピザトースト』だった。ちなみに今日で三十日連続、同じ朝食である。

「ねぇ、美味《おい》しい？　私の作った料理」

トウヤが食べ飽きたトーストを見遣《みや》っているとレンカが話しかけてきて、彼は視線を上げる。

「どうしたんですレンカさん。ずっと同じこと訊《き》いてくるじゃないですか、ここ最近」

「んー？　迷惑だった？」

「いいえ、別に、そんなことないですけど。ただ何でだろうって、そう思っただけで」

トウヤがそう言うと、食卓に頬杖《ほおづえ》をついていたレンカの目尻が下がった。

「えー？　だってトウヤ、毎日ニコニコしながら食べてくれるんだもん。それが嬉しくってさ」

それを聞いたトウヤが、思わず自分の顔に触れる。

「え、あ……すみません、完全に無自覚でした。その、気持ち悪くなかったです？」

「ううん、言ったろ？　私嬉しいんだよ。きみがそんな表情、浮かべるようになってくれて」

そう返すレンカの顔にも、自然な笑みが浮かんでいた。

瑠岬《るみさき》トウヤ、十七歳。

犀恒《さいづね》レンカ、二十六歳。

親子でも姉弟でも、遠い血縁でもなく。年の差の開いた恋人ですらない二人は、その呼び名の定まらない関係の下、同棲を始めてもう一年半になる。

〈礼佳弐号事件《らいかにごう》〉……四年前に起きた史上最悪の夢信《むしん》災害。それが二人を結びつける因縁の名である──────いや、だった。

その凄惨《せいさん》な事件に巻き込まれて天涯孤独となり、復讐《ふくしゅう》劇に身を投じることを唯一の縁《よすが》としてきた少年と。

傷ついてしまった少年のために、身も心も全て贖罪《しょくざい》に捧げると誓った女。

そんな二人を結びつけて離さなかった呪いのごとき因縁は、けれど今は、するりと解けて。

二人が食卓を囲って笑い合っていると、トースターが加熱終了のベルを鳴らした。

──チーンッ。

「あぁ、俺が取ってきます。それぐらいはやらせてください」

席を立ったトウヤがトースターを開くと、そこには三枚目のピザトーストがあった。

「……おーい！　朝ごはん冷めちゃうだろ、いい加減起きろってば！」

トウヤがそう呼びかけると、ガチャリと、廊下の向こうでドアノブの回る音がした。

ぺたりぺたりと、二本の足がフローリングを踏み締める音が聞こえて、

「……ん……」

眠たげな少女の漏らした声が、リビングに届いた。

「「おはよう――――メイア」」

トウヤとレンカが、声を揃《そろ》えてその名を呼ぶ。

「……んー。……ええ、おはよう」

少女はまるで、幼子のような仕草で二人へコクリと頷《うなず》き返した。

呀苑《がえん》メイア、十八歳。

出生歴不詳。経歴・学歴不詳。その他一切の公的記録、なし。

まるでおとぎの国から迷い込んできたかのようなその少女が、犀恒家の三人目の同居人。

そして、トウヤたちを縛りつけていた因縁を断ち切るきっかけをもたらした存在でもあった。

「メイアがうちに住むようになってもう三週間か、あっという間だったたな」

レンカの言葉に同意するように、ジウジジウと外からセミたちの大合唱が聞こえてくる。

メイアが寝ぼけ眼《まなこ》でふわぁと一つ欠伸《あくび》を漏らし、食卓をきょろきょろ見回した。

「ねぇ、お腹が空いたわ。ごはんをちょうだい？」

「メイア、きみ、このところ毎日三食しっかり食べるようになったな」

「そういえばそうね……歩けるようになってから、何だかよくお腹が空くの」

「いいことだ、うむ。ほれ、メシならトウヤが準備してんぞ?」

レンカの視線を追ってメイアがキッチンへ振り向き、じっとトウヤを見つめると、

「……んっ!」

トウヤはピザトーストを皿にのせ、そっぽを向いたままそれをメイアへ差しだした。

「……あん? どした? まーたケンカでもしたのか、きみたち」

「レンカさん、そういうんじゃなくて…………いい加減指導してくださいって、俺お願いしましたよね!? こいつの格好!」

トウヤのその声は悲鳴じみていた。

男もののLサイズ。いや、それよりも上だろうか。そんなぶかぶかのTシャツを、メイアはまるでワンピースのようにすぽりと被《かぶ》っているだけで。ズボンもスカートも穿《は》いていない。

「だってやっぱり楽なんだもの、これ。いいじゃない、別に」

「いいわけないだろ……俺の身にもなってくれ……」

「何だそんなことか。女の裸なんて、風呂場で私と何度も出くわしてるから慣れっこだろ?」

「勘弁してくださいレンカさん、男一人の三人暮らしでこういうことされるとやり辛いんですよ……あぁっ、メイアこら! またカレー粉そんなにかけて、何でもかんでも!」

「いけないの？　どうして？　わたし、この味が好きなんだもの。いいでしょう？」

「限度ってもんがあるだろ、そんな山盛りにして。この前シュークリームにまでカレー粉かけてるの見たときはぞっとしたぞ……あー、もう！　首傾げて固まってたら片づかないだろ、いいから早く食べちゃえよ！」

「ふぅん、何だか難しい話なのね？」

メイアがカレー粉まみれにしたピザトーストを、ふぅふぅ冷ましながら啄《ついば》むように食べる。

ベランダに出たレンカが、そんな二人を見てニヤニヤしながら煙草《タバコ》に火を点《つ》ける。

本格的な三人暮らしが始まってから、毎日がそんな何でもない騒ぎの連続で――レンカも、メイアも、そしてトウヤも、以前とは比べものにならないほど声が明るくなっていた。

かつて、瑠岬《るみさき》トウヤという少年は、自分の人生のあり方を悪夢《過去》に求めていた。

家族を失い、空っぽになっていた少年は、悪夢へ復讐《ふくしゅう》するという理由に縋《すが》りつかなければ、前に進むことができなかった。

一度は壊れていた少年が、そうやって偽りの再生を果たすために積み上げた、復讐者としての人生。

そんな少年《トウヤ》の心の壁を払ったのは、一人の魔女――メイアだった。

「覚醒現実《あんな悪夢の中》で生きたいだなんて思えない」と言ったメイアに、トウヤは「死ぬな」と言い返した。死んだら絶対に許さないと。

きみが生きたい理由にはなれなくても、きみが死ねない理由ぐらいには、俺がなってやると。彼が彼女にかけた〝呪い〟。それがメイアの生きる理由になり、トウヤ自身が生きる目的にもなっていた。

──あれから、俺は。メイアの呪いに、ちゃんとなれているだろうか。

この一ヶ月のできごとを振り返りながら、トウヤがそんなことを思っていると、

「──トウヤ、大丈夫」

ふと、メイアがそんな言葉を口にした。

「わたし、あなたの言ったこと、忘れてなんかいないわ」

まるで心を見透かしたかのようなメイアの言葉に、トウヤははっとさせられる。

「……メイア……」

そのままトウヤが、メイアと目を合わせたまま立ち尽くしていると、

「はい、お片づけできないんでしょう？　あなたの言ったとおり、がんばって早く食べたわ？」

ピザトーストを平らげたメイアが、空になった皿をトウヤに差しだしているところだった。

「…………」

それを見たトウヤは思わず、狐《きつね》につままれたような顔になる。

「どうかしたの、トウヤ？」

「……なんでもないよ、ったく……」

誤魔化《ごまか》すように皿を引っ掴《つか》む。「やっぱり魔女だな、こいつ」と、トウヤは心の中で呟《つぶや》いた。

ベランダで煙草《タバコ》を吹かしていたレンカが、振り返って時計を見遣《みや》る。

「おぉい、トウヤ、メイア。きみたちそろそろ出る時間だぞぉ」

≫≫≫ 午前六時三十分、私立西界《にしざかい》高校。

カリ……カリ……と、無音の教室に緩慢な筆記音が響いていた。

早朝のこの時間、二年四組は無人であることが常だった――彼以外、誰も存在しない静寂。

それが瑠岬《るみさき》トウヤにとっての、これまでの〝普通〟だった。

が、二週間ほど前から、その日常にも変化があった。

トウヤが課題をこなしていると、視界の隅に長い黒髪がさやさやと揺れる。

「……。……あのさ」

「なぁに？」

「俺が課題やってるの、見ててそんなにおもしろいか……？」

「ええ、おもしろいわ？　だってトウヤの書く文字、虫が這《は》ってるみたいなんだもの」

そんなことを言われたトウヤが仏頂面になる。右手《利き手》が使えないんだからしょうがないだろと。

私立西界高校への、呀苑《がえん》メイアの編入学。

犀恒《さいづね》家で始まった三人暮らしと並ぶ、それがトウヤにとってのもう一つの日常の変化だった。

メイアが学生服を着て隣にいる――その現実が、トウヤにはまだ少し不思議に感じられる。

トウヤとメイア。朝の静寂に満たされた教室には、二人以外の誰もいなくて――

「――こらぁー！　そこの二人ぃ！　イチャコラ禁止ってこの前言ったでしょーっ!!」

と、そこへ。まるで銃声のような大声が轟《とどろ》いた。

「うい……ウルカちゃん、うるさい。耳がキンキンするんダヨ……」

そこへ更に、ぼぉーっと間延びしたマイペースな声が続く。

「那都神《なとがみ》先輩！　見てわからんすかっ！　男女不純異性交遊、現行犯っすよ！　午前六時四十分、確保ーっ！」

「しゃらーっぷウルカちゃん。おすわり、お手、おかわりー」

「もがぁっ!?」

そうやって女子生徒が二人、教室の入り口でじゃれ合って（?）いた。

薪花《まきはな》ウルカ――私立西界《にしざかい》高校、一年六組。スポーツ特待生、射撃部所属。

那都神ヨミ――同校、二年四組。那都神神社巫女《みこ》業兼、那都神流真剣術・師範代。

一ヶ月前に起きた夢信《むしん》災害未遂事件――〈銀鈴《ぎんれい》事件〉を共に戦った、仲間たち。

「あら、おはよう、薪花さん、那都神さん。朝から元気なのね?」

「うい。おはよ、メイアちゃんに瑠岬《るみさき》くん。この子は血圧下がるまで少々お待ちください」

「ふむごぉっ！　まぐまぐぅ!!」

「那都神それ……ウルカが窒息しかけて白目剝《む》いてるんだけど……」

苦笑いするトウヤの前で、口と鼻を塞《ふさ》がれたウルカがヨミの腕をしきりにタップしていた。

ようやく解放されたウルカが早朝からぜぇぜぇ言いながら、メイアの前の席に腰を下ろす。

「呀苑《がえん》さん！　どうです、学校生活には慣れたっすか？」

「ええ、そうね……まだ、よくわからないわ。人が多すぎて目が回るもの」

「メイアちゃん、二年四組《うちのクラス》に編入になったけど、朝礼までしか教室にいないから稀少動物扱いなんダヨ。ヨミ、男子がメイアちゃんのこと〝深窓の編入生〟って言ってるの聞いたんダヨ」

「呀苑さん、距離感が誰に対しても近いのはいかんすよ！　ただ挨拶《あいさつ》しただけなのに勘違いしちゃった野郎が発生してないか、ウルカお姉ちゃんは心配なわけです！」

世話焼きのウルカはメイアと再会して以来、妹ができたような気になっているらしい。

その横でヨミはといえば、すっかり日課となったメイアの髪いじりを始めていた。メイアも何も言わずにヨミの好きにさせている。今日は顔の横に三つ編みが編まれていくところだった。

そんな何でもない早朝のやりとりを見て、トウヤの口から独り言が零《こぼ》れていく。

「レンカさんと理事会の人たちに感謝しないとな、ほんと」

〝メイアを学校に通わせるべきか〟という問題については、短くない議論があった。

メイアは小学校にも中学校にも通ったことがないどころか、集団生活の経験がない。

就学させるか、それとも〝レンカの職場〟に事務見習いとして採用してしまうか……様々な案が出されたが、最終的にはレンカの「子供は子供らしく学校へ行け！《鶴の一声》」で決着がついた。

しかしさすがに、社会経験皆無のメイアを戸籍年齢《十八歳》に照らしていきなり高校三年生のクラスに編入させるのは無理がある。そこで折衷案がとられることになった。

レンカが西界《にしざかい》高校理事会へ働きかけ、メイアの編入に対し特例措置が設けられたのである。

一つ。呀苑《がえん》メイアを、私立西界高校へ二年生として編入させる。

二つ。呀苑メイアの所属は瑠岬《るみさき》トウヤ、那都神《なとがみ》ヨミと同じ二年四組とする。

三つ。呀苑メイア専用の授業環境を整備する。

これらの措置がとられるに至り、晴れてメイアの女子高生としての日常が始まったのだった。

≫≫ 放課後。午後四時。

本日の授業をすべて終え、荷物を鞄にまとめたトウヤは、開け放った窓辺から外を見ていた。

七月の湿った熱気を孕《はら》んだ風が、頬《ほお》に浮いた汗を優しく撫《な》でる。放課後の部活を始めた陸上部のかけ声と、吹奏楽部の吹き鳴らすファーンという単調な音とが折り重なって夏を奏でる。

メイアが一部の生徒の間で〝深窓の編入生〟とアイドルじみた呼ばれ方をしている理由——それは彼女が特例措置として、教師と一対一の個別授業を受けているからだった。

メイアに宛《あて》がわれている一階資料室は、トウヤのいる二年四組《三階》からちょうど見下ろせる位置関係にある。特に放課後になると、まだ授業中のメイアの姿を窓越しから遠目に見ることができて――ゆえに〝深窓《教室》の編入生〟。

朝礼時にしか二年四組にいない希少性とその容姿、そして言動が相まって、一部の生徒からアイドル視されても不思議ではないのかもしれないなと、トウヤは今更そう思う。

そういう〝普通の男子の視点〟を持てないほどに、トウヤはメイアの過去を知りすぎていた。

自称〝呀苑メイア〟なる人間は、三週間前までこの世に存在しなかったのだ。

死産扱いのメイアには、本来身寄りはおろか戸籍すらない。そこでレンカの知人の伝手《つて》によって戸籍謄本が偽造され、それでようやく彼女は書類上で〝実在の少女〟となったのである。

それ以前の彼女が何だったのかについては、トウヤはもう考えないことにしている。

トウヤが外を見ながら視線を下げる。まだ個別授業中の〝深窓の編入生《メイア》〟が、教師に何度も頷《うなず》き返しているのが見えた。どうやら授業は退屈ではないらしい。それだけで彼は安堵《あんど》した。

「るーみさーきくーん」

そこへ突然、細い指先がトウヤの背筋をすっと撫でた。

「ひゃうぁっ!?」

「おー……瑠岬くん、こんな所でそんなえっちな声出しちゃダメなんダヨ」

トウヤが振り返ると、そこにはヨミが立っていた。青年は咳《せき》払いして羞恥を誤魔化《ごまか》す。

「ん、んんっ……。どうしたんだよ、那都神」

「うい、レンカさんが迎えに来てるんダヨ」

プップー。

そのときちょうど、窓外から自動車のクラクションが聞こえた。

外を見ると、校門の傍《そば》に止まったワゴン車から、レンカが手を振っているのが見えた。

「あ、やべ。忘れてた」

トウヤが自分の机に振り返ると、一年クラスからやってきたウルカと目が合う。

「瑠岬《るみさき》先輩、レンカさんが……って、もう準備できてましたか」

「うん、すぐ行くよ」

「呀苑《がえん》さんもそろそろ授業終わるはずっすから、迎えに行きましょっす」

トウヤはギプスの嵌《は》められた右腕を庇《かば》いながら鞄を取り、もう一度窓外の車《レンカ》に目をやった。

「だな。みんなで一緒に行こう——病院へ」


⋙ 午後四時三十分。

キキーッとブレーキ音を軋《きし》らせて、五人を乗せたワゴン車が停車した。

ここは丘の上に建つ白亜の城——那都《なと》界《ざかい》大学附属病院。

総合病院の機能に加えて、近年増加の一途を辿《たど》る〝夢信症《むしんしょう》〟——夢の中で体験した心理的ストレスを原因に発症する精神性疾患の総称——のケアを行う病棟も備える施設である。

先日の〈銀鈴《ぎんれい》事件〉で、トウヤたちは精神的あるいは肉体的にダメージを負った。今日はその後の経過を各々確認するための、定期検査日であった。

ところが炎天下のなか、トウヤ、メイア、ヨミ、ウルカ、レンカの全員の足が正面玄関前で止まっている。横一列に整列して。

「パイセン、どぞ。お先に」

すっと掌《てのひら》を上に返し、ウルカが一歩後ろに下がった。

「……パイセンってどっちのことだ……」

汗で前髪を額に貼りつけたトウヤが、口をへの字に曲げて唸《うな》る。

「どっちでもいいっす。最初にあの〝先生〟に遭遇するのがあたしでさえなければ」

「ぶっちゃけたなお前」

「……メイアちゃん、どう？　先頭に立ってみる気はないんダヨ？」

ヨミがふっと、ここぞとばかりに巫女《みこ》の神秘的な笑みを浮かべてメイアの肩を叩《たた》く。

「嫌《や》ぁよ。わたし、あの人嫌い。痛くするんだもの」

普段はヨミに触らせるままにしているメイアが、ぷいっと不機嫌にそっぽを向く。

そして四人の視線が、一番端に立っているレンカをじっと見た。

「おいおいみんな、そんな睨《にら》むなよ……〝あいつ〟は私が長年世話になってる主治医だって、この前紹介しただろ？　腕は確かなんだ、腕は」

「そうですね。腕だけは一流だって、それは認めます」

汗を拭ったトウヤが、頬《ほお》を引《ひ》き攣《つ》らせて、

「でもあの人、変《へん》た――独創的な感性の人だから、ちょっと苦手で……」

思わず変態《本音》を言いかけたトウヤのその声に、うんうんと少女たちが続く。

「あたし、大部屋に入院してたときにオムツ穿《は》かされそうになったんすけど」とウルカ。

「ヨミ、髪の毛クンクンされて『これどこのシャンプー？』って訊《き》かれたんダヨ」とヨミ。

「この前お注射されたとき、あの人、わたしの血を舐《な》めて『味は普通か』って言ってたわ」とメイア。

「ははは……まぁ、どれもあいつならやりかねんな。私も昔、意味のわからん検査でピッチピチのボディースーツ着させられたことあったし」

「なんでレンカさんまで後退《あとずさ》りながら言うんですか」

「いや、今日は私、きみらを送ってきただけだし？　あのサイコパスとは関わりたくないし？」

「「「「おい主治医なんだろあんたの」」」」

そんな御託を並べながら、五人が互いに自分が先頭にならないよう牽制《けんせい》し合っていると――

「――あァんたたち、そんなとこで何やってんのォ？」

そこへ割って入ってきたのは、艶《なま》めかしいウィスパーボイスだった。

ごくりと、一同が同時に固唾《かたず》を呑み込み、正面玄関を見る。

「名医を待たせちゃダメじゃなァい。アタシの可愛《かわい》いモルモットちゃんたちィ……ンふっ」

そこには、大きな丸い縁なし眼鏡をかけた妙齢の女が立っていた。

背中にまで伸びる青みがかったボサボサの髪を、鬱陶《うっとう》しそうに手で払いながら。酷《ひど》い猫背で。

口元を引き攣らせたレンカが、その女へ向けて苦い笑みを浮かべる。

「はぁー……自分《てめえ》で名医を騙るなよ。〝臨床夢信《むしん》科医〟の蛭代《ひるじろ》せんせ？」

≫≫≫那都界《なとざかい》大学付属病院、最上階。精神神経科、夢信症病棟――〝精密精神分析室《カウンセリング》〟。

「――はァい、それじゃ高校生四人組、ベッドに横になってェ？」

先ほどトウヤたちを出迎えた女が、丸椅子《スツール》に腰掛けながら言った。

黄ばんだTシャツに裾が擦り切れたジーンズ姿は、ボサボサの長髪と相まって不摂生な見た目。その上から羽織られた皺《しわ》だらけの白衣が、辛うじてこの女を医療従事者っぽく見せている。

その胸に留められている名札には、『臨床夢信科医　〝蛭代ナリタ〟』と書かれていた。

「患者をモルモット呼ばわり、小汚ねぇ身なり……昔っから変わらねぇよな、お前のそういうとこ。何で病院から注意の一つもされないのかねぇ」

「何でって、アタシが天才だからに決まってんでしょォ？　恐慌《夢信症》と不眠の治療で何年もアタシの世話になってるくせに、そんなこともわかんないわけェ？　レンカァ」

診療録《カルテ》に目をやっているナリタが、部屋の隅に立つレンカの言葉を流して艶《つや》やかに笑った。

〈礼佳弐号事件《らいかにごう》〉でトラウマを負い、以来夢を見ることに恐怖を抱き重度の不眠症状を患《わずら》っているレンカ。そんなレンカに、主治医として四年に亘《わた》って精神治療《メンタルケア》を施してきたのが、この蛭代《ひるじろ》ナリタという女医である。

身なりと性格に難ありの人物だが、医者としてのナリタの手腕は買っているレンカであったから、このたびトウヤたちの治療に際してナリタを紹介したという経緯だった。

化粧気のないナリタは、整った小顔をしている。魅力的な泣き黒子《ぼくろ》に、長い睫毛《まつげ》はすべて地毛。背格好のせいでいろいろ台無しになっているが、素材は相当な美人であった。……が。

「……うぃっ⁉」

ナリタの顔を見たヨミが、診察ベッドに寝転がったまま短い悲鳴を上げた。

「あらァん？　どぉしちゃったの那都神《なとがみ》ちゃァん？　怖がらなくていいのよォ？　ンふっ」

そう言ってヨミを覗き込んできたナリタは——笑顔がめちゃくちゃ怖かった。

目と口に三日月を貼りつけ、それはまるでテレビドラマの猟奇的殺人犯が浮かべるような。

「あわわわわダヨォ……！」

「やァん、そんなに震えちゃって、可愛《かわい》いィ！　はァい、いい子にしてましょうねェ♪　暴れると両手両足、ベッドに拘束しちゃうわよォ？」

そう言いながら、ヨミの隣のベッドでじっとしていたウルカに手錠を嵌《は》めだすナリタ。

「ぴゃあぁぁッ⁉　どうしてだよぉぉ！　おとなしくしてんでしょうがよぉー‼」

「あぁイイ！　イイわよ薪花《まきはな》ちゃァん‼　アタシそうやって不意打ちされて必死になってる人を観察しながらねェ、自分を相手に投影していろいろ妄想するのが好きなのォ♪　やってることはSっぽく見えるかもしれないけどねェん？　アタシどMなのよォ」

「あんたの性癖なんて聞いてねぇっすよ⁉　うわーん！　お助けぇぇ‼」

ベッドに磔《はりつけ》にされたウルカがジタバタ暴れる。それを見るナリタは恍惚《こうこつ》の笑みを浮かべ、ウルカの首筋をシャーペンの先端で撫《な》でていた。

「ま、っていうか助けるも何もォ？　あんたら二人、既に患者ですらないんだけどねェ？」

そしてナリタがそんなことを口走ったものだから、弄ばれていたヨミとウルカは揃《そろ》って「「え？」」と目を丸くした。

「どういう意味なんダヨ？」

「例の特異体の〈悪夢《ノイズ》〉──〈獣の夢〉にやられたっていう、那都神《なとがみ》ちゃんと薪花ちゃんの夢信症《むしんしょう》。どっちもとっくに完治してるって意味だけどォ？」

「は？　じゃあなんであたしたち、定期検査になんて呼び出されてるんすか」

「そんなの、アタシが女子高生のカラダで遊びたかったからに決まってんじゃなァい」

私欲を隠そうともしないナリタの発言に、ヨミもウルカも呆れて言葉が出ない。

そんなやりとりを後方から見ていたレンカが、深い溜め息を吐《つ》いた。

「ええから早《は》よ、〝治療〟を始めろナリタ。毎回人で遊びやがって……」

「ンもう、レンカが睨《にら》んでくるゥ！　みんなノリ悪いわねェ。アタシつまんなァーい」

レンカに釘を刺されて唇を尖《とが》らせたナリタが、丸椅子へと座り直す。女医は自らの頭部に、電気配線が何本も伸びるヘッドギアを被《かぶ》った。

「はいはァい、用があるのはこっちの二人よねェ――準備できたかしらァ？」

にわかに真剣な顔つきになったナリタが振り返った先。そこにはナリタの被っているものと同じ、診察用ヘッドギアを装着したトウヤとメイアが、ベッドの上で仰向けになっていた。

「俺たちなら用意できてます。……変なことしないでくださいよ？　蛭代《ひるじろ》先生」

「ねぇ？　わたし、痛くされたら途中で帰っていいかしら？」

「いいわけないでしょォ？　瑠岬《るみさき》くんに呀苑《がえん》ちゃァん。あんたたちは正真正銘、アタシがこの手で診てあげないといけない患者なんだからァ」

三人のヘッドギアから伸びた配線が、ナリタの手元にある操作盤へと収束していた。

パチンパチンと、トグルスイッチがいくつも跳ね上げられていく。

画面焼けした旧式のブラウン管に、オシロスコープの波が踊る。

物理ダイヤル式のカウンターがしきりに回転して、何かの数字を刻んでいく。

スライドボリュームを上げ下げすると、出力メーターがビタリとグリーンゾーンを指した。

「それじゃ始めましょっかァ。夢信空間へ、ごあんなァーい――」

＊＊＊ 夢信《むしん》空間 ＊＊＊

その世界は、暁《あかつき》とも黄昏《たそがれ》ともわからない薄ぼんやりとした光で満ちていた。

「――ようこそ、〈白夜《びやくや》〉へェ」

何もない空間に降り立ったナリタが、深々と頭を垂れてみせる。

「第一世代人工頭脳〝寒月《かんげつ》〟型特殊仕様機〈白夜〉――アタシたち〝臨床夢信科医〟だけが接続・招待権限を持つ、医療用夢信空間よォ」

ナリタがパチィンと一つ指を鳴らす。その瞬間、電灯を点《つ》けたかのように一瞬で世界が晴れ上がり、トウヤとメイアの二人はいつの間にかソファに身を沈めていた。

「夢信空間とは、人間の意識の深層構造……超個人感覚領域、〝集合無意識の海〟を、人工頭脳という巨大演算装置を用いて〝機械の見る夢〟へと変換したものォ。で、夢信空間と個人の意識とを繋《つな》ぐ〈孔《チャネル》〉を形成するのが〝論理コイル〟ゥ、つまり〝夢信機〟ってわけねェ」

それはナリタの〝検査〟を受けるたびになされる、夢信技術講義だった。

「なるほど……」

「？？？　トウヤはナリタ《このひと》のお話わかるの？　わたし、何回聞いても全然わからないわ」

ナリタの講義に頷《うなず》きを返すトウヤの横で、メイアがちんぷんかんぷんだと小首を傾げる。

「あぁ気にしなくていいわよォ？　さっきからアタシが説明口調になってんのは、患者《あなたたち》の意識をこの空間に馴染ませるための催眠術みたいなもんだからァ。別にアタシの喋《しゃべ》ってる内容を理解する必要はないわァ。お経か子守唄とでも思って聞いてりゃいいのよォ」

そう言いながら、ナリタがトウヤの前に歩み寄り、

「今日は君から診ていきましょっかねェ、瑠岬《るみさき》くん。——ご、開、帳ォ」

パチィン。ナリタがトウヤの耳元で、二度目の指を鳴らした。

トウヤの全身に、ピリッと痺《しび》れが走る。

直後、トウヤは胸の奥が熱くなるのを感じた。

トウヤが胸元を見下ろすと、熱を帯びた部位から光が溢《あふ》れ出す。

それはまるで映写機の発するような、まばゆくて指向性のある光だった。

そしてその光はまさに映写機のごとく、空中に巨大な映像を投影してみせたのである。

「夢の中とはいえ、何度見ても不思議な眺めです……自、分、の、心、の、形、が、見、え、る、だなんて」

「ンっふふー、それがこの医療用夢信空間〈白夜〉が特殊仕様機って呼ばれる理由だからねェ」

ナリタが、トウヤから投影された映像を見上げながら説明を続ける。

「この〈白夜〉という夢の中では、患者の心をこうやって〝銀幕《スクリーン》〟として可視化することができるのォ。そんで、『可視化された心を見たり触ったりしながら、患者の精神状態を分析して治療を施す』ってのが、臨床夢信科医の仕事ってわけェ。そんじゃやってくわよ瑠岬くゥん」

"銀幕"と呼ばれたトウヤの心の映像へ、ナリタがゆっくりと手を伸ばしていった。

　心の可視化とはいっても、"銀幕"に浮かび上がっているのはトウヤの記憶の一場面であるとか、そういった具体的な映像ではない。

　そこに見えているのは、まるで抽象画のような、幾何学模様の集合だった。

　トウヤ本人にも、その記号群が何を意味しているのか全くわからない。けれどナリタは真面目な表情で〝銀幕《スクリーン》〟にそっと触れながら、ふむふむと数度頷《うなず》いてみせた。

「君の肋《あばら》と腕の骨折、普通の外科治療じゃ全治四ヶ月ってとこでしょうけど、この一ヶ月で随分良くなってるわァ。自然治癒力を高めるよう思い込み療法《プラシーボ》を試してたけど、経過は順調ねェ」

「レントゲン写真も撮ってないのに、〝銀幕《スクリーン》〟を見ただけでわかっちゃうものなんですか？

　俺にはいろんな形のタイルを適当に敷き詰めた迷路みたいにしか見えないですけど」

「〝銀幕《スクリーン》〟は千差万別、そして情報の塊よォ？　健康状態からストレスの蓄積量、悩み事までぜぇーんぶわかるわァ。なんたってその人自身の心を覗き込んでんだからねェ」

「そう言われると、何だか見られちゃいけないもの見られてる気分になってくるんですけど」

「ま、つっても心の声が聞こえるわけじゃなし、そんな警戒しなくてもいいわよォ。『この絵《こころ》を描いた人物の気持ちを答えよ』みたいなァ？　要はそんな感じィ」

「いまいちピンとこないなぁ……難しそうな仕事ですね、臨床夢信《むしん》科医って」

「だぁから言ったじゃないのォ。アタシってば天才だからァ。ンふふっ」

そう言いながら、ナリタは指先を軽やかに滑らせる。〝銀幕《スクリーン》〟に美しい波紋が躍った。

「臨床夢信科医は知識も大事だけど、肝心なのは心に寄り添うセンスよォ。最終的に人の心を救えるのは〝技術〟なんかじゃなくて、同じ〝人〟だからねェん。精神面の回復度合いも確認したいから、あとで夢信特性のテストもしてみましょォ？」

それだけ言うと診察を終えたのか、ナリタはぐっと伸びをして真面目な表情を崩した。

「ふぅ……ここからは君の心の形について、アタシの所感を述べさせてもらうわァ」

「俺の心を見た所感、ですか……」

それはこの一ヶ月、継続的にナリタの治療を受けてきたトウヤに初めて持ちかけられた話題だった。ナリタと向かい合って座っているトウヤの背筋が伸びる。

「そォんなかしこまんなくたっていいわよォ。占いだとでも思って聞いてちょうだァい」

ナリタは持ち前の不気味な笑顔で微笑《ほほえ》むと、トウヤの〝銀幕《スクリーン》〟を見つめながら口を開いた。

「瑠岬《るみさき》トウヤくん。君の心の有り様《あよう》は、一言で言ってとてもユニークだわァ。アタシが見てきたものの中でも、五本の指に入るわねェ」

ナリタが、〝銀幕《スクリーン》〟の一角を指差した。

トウヤの心の形は、これまで一枚の幾何学模様を敷き詰めた抽象画のように見えていた。が、その実。それはよく見ると、二枚の層《レイヤー》が重なり合わさって構成されたものだった。

奥側の一枚には、びっしりと隙間なく敷き詰められたタイル状の記号群が。

そして手前側のもう一枚には、タイル状記号とは異なる、何かが這《は》いずった痕《あと》のような像が。

それらがまるで、異なる運命を表したタロットカードのように二枚重ねになっている。

「〝銀幕《スクリーン》〟は、一人につき一枚の映像として、その人の心の形を表すのが一般的なのォ。それが二枚以上の複数の形で現れるっていうのは、その人の人生観だとか価値観がある時点を境に急激な変化を起こした象徴と見ることができるわァ」

ナリタが、まずは奥側のタイル状記号の敷き詰められた〝銀幕《スクリーン》〟をピックアップする。

「まずはこっちの〝第一の銀幕《スクリーン》〟。記号がぎゅうぎゅうに詰め込まれて押し固められてる。拒絶・諦念・執着心……そういう部類の感情が読み取れるわァ。君、よっぽど人生思い詰めてたのねェ……まるで壁で囲われた、これはそう、『箱庭』とでも呼ぶべき像。これが二重の〝銀幕《スクリーン》〟の奥側、つまり過去を象徴する側に並んでくれてるのは良い徴候だと思うわァ。壁を壊してくれる素敵な出会いでもあったのかしらね、どう?」

「素敵かどうかは置いとくとして……自覚は、あります。最近いろいろありましたから」

「ンふふっ、でしょうねェ。まぁレンカから報告は受けてるから、野暮なことは聞かないわァ。……そんで、この手前側の〝第二の銀幕《スクリーン》〟が、君の現在を象徴してるわけだけどォ」

ナリタが、トウヤの二枚目の〝銀幕《スクリーン》〟――無秩序にうねる抽象画のようなそれを指差した。

「これがおもしろいのよねェ。この像からは、内向的な理性で押し固められてた〝第一の銀幕《スクリーン》〟とは真逆の、衝動的な印象を受けるわァ。アタシはよく、診察した患者の〝銀幕《スクリーン》〟を

『檻』とか『傘』とか、『猫』とか『犬』だとかに喩《たと》えるんだけどォ。どうにもこれはそういう、特定の事物に喩えたりができないのォ。強いて言うなら、そうねェ――」

それからナリタがほとんど独り言のように、息を継いで、

「――『獣』。この像は、そうとしか言い表せないわァ」

ナリタがトウヤを見る。その顔に三日月の不気味な笑みを浮かべて。

「理性と抑制を象徴する第一の像、『箱庭』。衝動と躍動を象徴する第二の像、『獣』。まるで正反対の性質。それを同時に抱えている君の心は、実に実に……ユニークよォ。ンふふふっ」

そのとき……カチリッ。と。

ナリタの話を真剣に聞いていたトウヤの前に突如現れたそれは――暗黒を湛《たた》えた銃口だった。

「え」

ドウンッ……ッ。

ナリタが構えた大口径のリボルバーが、トウヤの脳天を撃ち抜いた。

「トウヤッ!!」

ナリタの突然の凶行に、それまで黙って診察を見守っていたメイアが声を上げる。

そしてソファから腰を浮かせたメイアを制止したのは――撃たれたトウヤ本人だった。

衝撃に仰《の》け反《ぞ》っていたトウヤがゆらと前屈《かが》みになると、足元にチャリンと弾丸が転がる。

「……痛《つ》ッ……蛭代《ひるじろ》先生、こんないきなり……びっくりするじゃないですか」

頭を押さえたトウヤが、先ほどまでと変わらぬ声色で、困り顔を浮かべていた。

「ンっふふー……『あとで夢信《むしん》特性のテストしてみましょ』って、アタシ言ったでしょォ?」

リボルバーを指で回しながら、ナリタがいたずらっぽく笑う。

「普通の人間だったら、今のショックで夢信酔いになって飛び起きてるでしょうけどォ……君のその体質もまた、ユニークなもんよねェ」

人工の夢に敷かれた規定《ルール》を、己の意志でもってねじ曲げ、夢の世界で超常的な力を発現させる異能、〝夢信特性〟。

しかし、トウヤの〝対悪夢異常耐性〟は、異能というよりも後遺症と呼ぶべきものだった。

かつて〈獣の夢〉に家族を惨殺されたショックで壊れてしまったトウヤの心は、皮肉にも悪夢に立ち向かうための力を彼に与えている。

「どう瑠岬《るみさき》くん、ちょっとでも気分悪くなったりしてなァい?」

「いえ、全然なんとも。驚いたってぐらいで、他《ほか》に違和感とかはないです」

「ふむふむ、心身共に健康、異常なしっと……起きたらギプス外してみましょっかァ。その様子じゃリハビリもいらないと思うわァ」

「早く治してもらえるのはありがたいんですけど……頭ズドンはもう勘弁してください……」

自分で治療した患者に容赦なく銃を発砲する、自称天才名医……「あのサイコパスとは関わりたくない」と言っていたレンカの言葉を、トウヤは実感を持って嚙《か》み締めた。

一方のナリタはといえば上機嫌に鼻唄を歌いながら、次の患者へと目を向ける。

「さぁってと……それじゃお次は、あなたの番ねェ――問題児ちゃァん？」

ナリタの橙色の瞳《ひとみ》が、呀苑《がえん》メイアを見た。貫くように、鋭く。

「…………」

ナリタに見入られながら、しかしメイアは無言だった。

その眉間《みけん》には深い皺《しわ》が寄っていて、眉尻《まゆじり》は持ち上がり、膝《ひざ》に置かれた手は拳《こぶし》を握っている。

「やぁん怖ァい……。瑠岬くゥん、これって呀苑ちゃんの夢信特性、出ちゃってるゥ？」

「はい、出てますね……思いっきり蛭代《ひるじろ》先生に爪を向けてます」

それはメイアの背中から生えた、三本目の腕。

骨だけからなる、醜く大きな、不可視の腕――トウヤにだけ視認できるその夢信特性の名を、《魔女の手》という。

「ンもう、瑠岬くんのこと撃ったのは治療の一環なのよォ。わかるゥ？　呀苑ちゃァん」

「……トウヤはわたしに〝呪い〟をかけてくれた人なの。わたしが死ぬより先にトウヤがどうにかなってしまうと困るの。もう酷《ひど》いことしないって、約束できるのかしら、あなた？」

「だから治療だって言ってんじゃないのよォ……彼を傷つけるつもりなんてないわァ」

「そう……ならいいわ、許してあげる」

「……瑠岬くゥん、《魔女の手》、どうなってんのォ？」

「えぇと……鎌首もたげて臨戦態勢だったのが、今ソファの背もたれに寝そべりましたね」

「あそォ、よかったァ。それにしても、《魔女の手》……無であろうと摑《つか》めちゃう不可視の魔手、かァ。ねェ、今日も触らせてもらってぃーィ?」

ナリタが恐る恐る問いかけると、メイアはこくりと子供っぽい動作で頷《うなず》きを返した。

「……わーォ。見えないのに感触だけはあるって、何度やっても違和感すごい。興味深いわァ」

《魔女の手》が存在している空間を撫《な》でつけて感嘆しているナリタへ、トウヤが問いかける。

「夢信《むしん》特性にも〝銀幕《スクリーン》〟みたいに、その人の性格が顕れたりとかってするんですか?」

「えぇ、もちろォん。〝銀幕《スクリーン》〟ほど詳細にってわけにはいかないけど、傾向を読み取るぐらいのことならできるわァ。どう呀苑《がえん》ちゃん、聞いてみたいィ?」

「どうでもいいけれど……あなたが話したいのなら、好きにすればいいと思うわ」

そう受け答えするメイアは、爪先《つまさき》で地面を蹴っていかにも退屈そうにしていて。それを見たナリタが、トウヤのほうを向いて肩を竦《すく》めた。

「ほんっと、この子ってばこういうとこよねェ……《魔女の手》が不可視属性なのは、『無関心』の象徴ってとこかしらァ? 承認欲求だとか他者への興味だとか、そういうものの欠如の顕れと考えられるわねェ」

無関心。他者への興味の欠如。

ナリタのその言葉を聞いて、覚醒《かくせい》現実に生まれてしまったことに絶望したメイアが自ら命を絶とうとしたことを思い出し、トウヤの顔に影が差す。

そんなトウヤの気持ちを知ってか知らずか、ナリタがトウヤの肩をポンと叩《たた》いた。

「でも、誰にも見えないはずの《魔女の手》が瑠岬《るみさき》くんに見えるってことは、呀苑ちゃんが瑠岬くんにだけは強い思いを持ってるってことなんでしょうね、きっとォ」

「………………」

「そんな浮かない顔しなーいの！　呀苑ちゃんの抱えてる〝心の問題〟については、急がずじっくり向き合っていきましょォ？　アタシもできる限り協力するからァ」

トウヤにそう告げるとナリタは腰を屈《かが》めて、ソファに座るメイアと目線の高さを合わせた。

「呀苑ちゃん。あなたがちょっとずつでも、世界との繋《つな》がりに気づけるといいわねェ」

「どういうことかしら？」

「言ったでしょォ。呀苑ちゃんの《魔女の手》が見えないのは、他人に興味がないからだと思うのォ。……でもねェ、逆にこうとも言えると、アタシは考えてるわァ」

ナリタがメイアの頭を優しく撫でる。幼い子供をあやすように。

「呀苑ちゃん。あなたは三本目の腕を生やしてまで、心の底では〝誰かと繋がりたい〟とも思ってるんじゃないかしらァ……でなきゃそんな特異な夢信特性、発現しようがないものォ」

「……そう？　そういうことなの？　……よくわからないわ」

「気にしない気にしない。自分のことをわかってる人間なんてこの世にいやしないんだからア。ただ感じるまま素直に生きてりゃそれでいいのよォ。あんまり深刻に考えないでねェ？」

そして、パチィンと、ナリタが指を鳴らす音が夢の世界に響き渡った。

ナリタが問題児と呼んだメイアの、心の形――〝銀幕《スクリーン》〟の投影準備が整う。

ナリタは、〈銀鈴事件《ぎんれい》〉でトウヤたちが何と戦ったのかも、その裏でどんな思惑が渦巻いていたのかも、全ての経緯を聞いている。

当然、呀苑《がえん》メイアが何者であるのかも。

それらのことを、承知の上で。メイアの〝銀幕《スクリーン》〟を見つめるナリタの表情は――重かった。

「このアタシがこれまで見てきた〝銀幕《スクリーン》〟のなかで、ダントツトップのイレギュラー……ねーエ？　夢の国のお姫様……どうかあなたが、健やかに育ってくれますように」

そして、そこで初めて、蛭代《ひるじろ》ナリタは、自信を失ったかのように首を横に振った。

「申し訳ないのだけれど……今は、アタシからはそれ以上の何の助言もしてあげられないわ」

「…………」

メイアの心の形は――真っ暗だった。

何もない、何も映っていない、星も月も潰《つい》えた夜空のような…………無。

そんなものに、何もできるはずがなかった。

＊＊＊ 覚醒現実《かくせい》 ＊＊＊

精密精神分析《カウンセリング》が終わり、トウヤたちが目覚めると、ナリタは整形外科へ連絡を入れた。

外科の担当医がやってきて、トウヤのギプスが外される。ナリタの言っていたとおり、腕も肋《あばら》も骨は完全に繋《つな》がっていて、長期固定による腱《けん》の硬化もほとんどなかった。

「また来てねェん♪」と縁起でもないことを言われながら、一同は精密精神分析室《カウンセリング》を後にする。

そして最後尾にいたトウヤが、ナリタに頭を下げてから退室しようとしたときだった。

「……アそうそう、瑠岬《るみさき》くゥん」

診断録にペンを走らせながら、ナリタがトウヤを呼び止めた。

「はい、何ですか？」

「君にだけ、追加で言っとかなきゃいけないことがあったの、忘れてたわァ」

音程の外れた鼻唄を歌いながら、ナリタが何でもないことのように切りだす。

「君のあれ……もう一つの力のことォ」

そう言って顔を上げたナリタは、上目遣いでトウヤのことを睨《にら》みつけていた。

「──あれ、使っちゃダメよォ？　理由は何度も説明してるからわかってるわよねェ？」

「……はい、もちろん忘れてません。レンカさんたちとも話はまとまってます」

「……。……ンふふっ、ならばよォし」

トウヤがしっかりと返答するのを見て、ナリタが床を蹴り、丸椅子をくるくると回しだす。

「……ねーェ？　いっそ辞めちゃえばァ？　君の〝夜の仕事〟ォ。もう〈礼佳弐号事件《過去の因縁》〉にはけりつけてんだし、レンカならむしろ君が辞めるの賛成すると思うけどォ？」

「いえ、〈獏《バク》〉を辞める気はないです、これからも」

間も空けずそう言いきったトウヤの言葉に、迷いはなかった。

「ふゥん……ま、アタシからは何も言わんけどォ？　『何で？』って訊《き》いてもいィい？」

「メイアがいるからです。あいつの現実《あっちの世界》は夢信空間で、覚醒現実《こっちの世界》はあいつにとって悪夢だから……だから、俺はあいつと一緒にいてやりたい。それが俺があいつにかけた〝呪い〟です。〈獏《バク》〉として悪夢を狩り続けることが、あいつを生かすことになるって、俺はそう信じてます」

「あのお姫様のこと、好きなんだァ？」

「いえ、大っ嫌いです。部屋の中Tシャツ一枚でうろつくし、何言って聞かせても『どうして？』って聞き返してくるし、何でもカレー味にしようとするし」

「ンふふっ。何それ、変なのォ」

「ええ、変なんですよ、あいつ」

「君がだよ。……はぁ、これだからやめらんないのよねェ、臨床夢信科医《むしん》ってェ。ンふふっ」

「はぁ……？　それじゃあ、俺行きます。寄る所があるので」

最後に一礼して、トウヤが診察室を後にする。

トウヤが去ってからも、ナリタはしばらくの間、一人で楽しげに笑っていた。

「……もう一人のお姫様にも、よろしくねェん」


≫≫ 午後五時三十分。同院内、夢信症病棟。入院病床区画。

開け放たれた夕暮れの窓辺に、真っ白なカーテンが風に揺られて舞い上がった。

ひぐらしが夏の行間を読ませるように、カナカナカナ……カナと間を入れて鳴いている。

「――きっと姉さんびっくりしてますよ。『今日は大勢だね』って」

「あぁ、みんなで来るのは久々だからな。何だか今日は、いつもより笑ってるように見えるよ」

個室の病室に眠る少女を見遣《みや》り、トウヤとレンカが穏やかな声で言葉を交わす。

「那都神《なとがみ》先輩、花瓶の水変えてきたっす！」

「うい、ご苦労、ウルカちゃん」

ウルカから花瓶を受け取ったヨミが、そこへ摘みたての紫陽花《あじさい》を差した。

「那都神神社《うち》の神域に自生してる紫陽花なんダヨ。御利益あるぞよ？」

サイドテーブルに花瓶が置かれると、甘くて優しい香りが室内に広がる。

「よかったね、姉さん」と、トウヤがベッドの上の少女へ笑いかけた。

瑠岬《るみさき》センリ、十八歳――愛称、〈眠り姫〉。

〈礼佳弐号事件《らいかにごう》〉の折、自らの特異な夢信特性によりその意識を無数の光の粒子《イメージ》へと変換し、身を挺《てい》して弟《トウヤ》を守った実姉。その代償として、四年間ずっと眠り続けている少女。

そして先日の〈銀鈴《ぎんれい》事件〉において、トウヤにあの力をもたらしてくれた存在。

皆でベッドをぐるりと囲んでいたトウヤだったが、そこでふと、欠員がいることに気づいた。

「……ん？　どうしたんだよ？　入ってこいよ、メイア」

トウヤが入り口を振り返る。するとその陰から、メイアがひょこりと顔を覗かせた。

「……入っていいの？　わたし」

眉《まゆ》を八の字にしたメイアがもじもじと呟《つぶや》く。彼女にしては珍しい表情だった。

「別に初めてじゃないだろ？　遠慮しなくていいよ」

トウヤが答えると、メイアが子供のようにこくりと首を揺らしてベッドの傍《そば》へやってくる。

メイアとセンリは、まるで鏡映しのように瓜《うり》二つの姿をしていた。

「……センリ……センリ……瑠岬《るみさき》、センリ……」

その名前を噛《か》み締めるように、何度も何度も、メイアはセンリの名を呼んだ。

「名前だけじゃなくて、何か話しかけてあげなよ。姉さん、ちゃんと聞こえてるから」

トウヤの助言に、メイアはいつもの「どうして？」もなく頷《うなず》く。

「……ねぇ、センリ？　わたし、ようやくあなたに逢えたわ……四年前に聞き忘れていたあなたの名前も、こうしてきちんと知ることができたのよ、センリ」

戸惑うように、懐かしむように、抱き続けていた想いを口にし、メイアがセンリの手を握る。

「『ケンカをして、それからわたしたち、お友達になりましょう？』って。あなたはそう約束してくれたわよね、センリ？」

〈銀鈴《機械》〉の母胎の中で十四年もの間夢を見ていたメイアは、その間、人の形をしていない不定形の存在だった。それが〈礼佳弐号事件《らいかにごう》〉で放たれた〝センリの光〟を受け、メイアは己の身体をセンリの形へ至らせたのだという。だから二人は、他人なのに双子のようにそっくりで。

「〝お友達〟っていう言葉の意味が、わたしにはまだよくわからないけれど……わたし、あなたとトウヤと、そういうものになれたらいいなって思っているわ」

何度も言葉に迷いながら、それでもメイアは自分の言葉で一生懸命にセンリへ語りかける。

そんなメイアの横顔を見つめて、トウヤは〈白夜《びゃくや》〉で見た彼女の〝銀幕《スクリーン》〟を思い返していた。

何もない、真っ暗な心。遠い宇宙の果てのような無と孤独。

――メイアのあの心の像に、果たして夜明けは来るのだろうか。

――もしそうだとして、果たして俺は、その手助けをしてやれるのだろうか。

――「理由なんかいらない」と、まるで獣のようにメイアとの再会を望んだ俺は、これから一体、どこへ向かっていくのだろう……。

「ぶーぶー」

――……ぶーぶー？

一人思案に耽っていたトウヤの意識を、その素っ頓狂な声が引き上げた。

「ぶーぶー……ぶーぶー！　やい！　勝手に仲間外れにしてんじゃないすよ。ぶーぶー！」

　ウルカだった。唇をとんがらせて、メイアの脇腹をぶすぶす突っつき回している。

「メイアちゃん、センリさんと瑠岬《るみさき》くんとだけお友達になりたいなんて、そんな控えめなこと言わないでほしんダヨー」

　メイアの背後から抱きついたヨミが、メイアの頭に顎《あご》を乗せて左右にゆらゆら揺れる。

「ヤなんすか！　あたしたちとお友達になるのはヤなんすか、呀苑《がえん》さん！　てい、てい、てい！」

「〝お友達〟って、なんなのかしら……」

「こーゆー感じのことダヨ」

「今みたいな感じのことっす」

「⁇　ゆらゆらされて、ていていされたらお友達なの⁇　やっぱりよくわからないわ……」

「……ぷっ」

　そんな彼女たちのやりとりを見て、トウヤは思わず吹き出していた。

「瑠岬くん、何他人事《ひとごと》みたいに笑ってるんダヨ？」

「こらー！　あんた同居人でしょ！　呀苑さんが未だにこうなの、瑠岬先輩の責任すからね！」

「え……？　俺？　俺のせいなの？」

　ヨミとウルカが目を見合わせて、それから同時に「「はぁーっ」」と溜め息を吐《つ》く。

　そして息もぴったりに、二人の指がトウヤを指して、

「「しっかりしてくれダヨ《っすよ》、リーダー」」

「……はははははっ！」

そんな茶番《ちゃばん》じみた一幕を見守っていたレンカが、とうとう耐えかねて大笑いした。

「仲良し三人組プラス、仲良くし方がよくわからん問題児、か。……うむ、それぐらい尖《とが》ってねぇと、〝我が社〟の仕事は勤まらん」

ふと、さっきまで笑っていたレンカの目つきが変わり、ピリッとした空気になる。

「実はな。復帰戦にちょうどいい仕事が来てるんだ。受けてみるか？　うちの自慢の四人組《フォーマンセル》で」

この一ヶ月。誰も知らない夢物語《銀鈴事件》を戦ったトウヤたちの物語は、一度終わりを迎えていた。

その後に続いていたのは、何でもなくて、何ものにも代え難い、日常の物語。

だからこそ、レンカは問いかける。

もう一度、あの戦場に戻る気はあるか、と。

四人は顔を見合わせた。

もうわざわざ苦しい思いをすることはない。危険に踏み込む必要もない。このまま普通の学生として、日常のなかへ帰ってもいい。これは義務じゃない。選択は、いつだって自由だ。

けれど。

顔を見合わせたその瞬間から。いや、それよりもずっと前から。丘の上の廃墟《はいきょ》の展望台で再会を果たした三週間前から。四人の意志は、とっくに決まっていて。

だからレンカを振り返った四人は、示し合わせたわけでもなく、全く同時に答えていた。

「「「「────はい！」」」」


〈悪夢《ノイズ》〉と呼ばれる、夢信《むしん》空間を介して人間の精神を破壊する悪性因子があった。

その悪夢を屠《ほふ》り、喰《く》らう者。正式名称、〝夢信武装執行員〟──通称、〈貘《バク》〉。

瑠岬《るみさき》トウヤ》》》コールネーム、〝アタッカー・ワン〟。

呀苑《がえん》メイア》》》コールネーム、〝ウィッチ・ワン〟。

那都神《なとがみ》ヨミ》》》コールネーム、〝アタッカー・ツー〟。

薪花《まきはな》ウルカ》》》コールネーム、〝シューター・ワン〟。

一ヶ月の養生休暇を経て…………──再始動。

＊＊＊

「────……はァーい、次の方、どォぞォ？」

トウヤたちが去った後の、精密精神分析室《カウンセリング》。

臨床夢信科医、蛭代《ひるじろ》ナリタの元に、新たな患者がやってくる。

「よろしくお願いします、先生……」

そう言ったのは、患者の——十八歳の女子高生の母親だった。

「お渡ししてた聞き取り表、記入していただけましたかァ?」

「はい、これを……」

赤いリボンの髪留めをつけて無言で俯《うつむ》いている少女の横から、母親が一枚の紙を差しだす。

そこには【あなたの見た悪夢の内容を、できるだけ詳しく記入してください】と、設問が印字されていた。

「……。……ふゥん……?」

その回答欄に書き込まれた短文を見て、ナリタは眉《まゆ》を顰《ひそ》めた。


——〈千華《ちか》〉——霧——鐘の音——〝悪食男爵《あくじきだんしやく》〟。

第二章　新たな任務

≫三日後。那都界《なとざかい》市、オフィス街。午後七時。

瑠岬《るみさき》トウヤはその場に至り、スー、ハーと深呼吸した。

「一ヶ月ぶりかぁ……久し振りにこのビル見て、〝懐かしい〟って思っちゃったよ」

先日の瑠岬センリの見舞いの席で、上司《レンカ》に〈貘《バク》〉への復帰を宣言したトウヤ、メイア、ウルカ、ヨミの四人が並び立っている。

見上げたオフィスビルに居を構えるのは、総合警備会社、〈夢幻S・W《セキュリティ・ワークス》〉。

トウヤたちがロビーに立ち入ると、ツンと澄ました香りが鼻孔をくすぐった。

「おっ、来たなぁ諸君。待ってたぜぇ」

広いロビーの隅、犀恒《さいづね》レンカが喫煙スペースに立っていた。

「？　何だか人の出入りが多いのね？　レンカさん？」

ロビーをきょろきょろ見回していたメイアが、そんなことを口にした。

言われてみればと、トウヤも人の流れが多いことに気づく。それも大半が社外の人間だった。

「あぁ、夢信《むしん》機メーカーの人たちだよ。この前のドンパチの復旧をやってもらってるんだ。驚くなよ？　今度の精密夢信機《ベッド》は輸入ものの超高級グレードだぜ？」

レンカが鼻の穴を膨らませたかと思いきや、すぐに部長《管理職》の困り顔になってポリポリ頬《ほお》を掻《か》き、

「……〈獣の夢〉戦で実弾ぶち込んで大破が二台、過負荷《オーバーロード》で中破が一台、もう一台も論理コイルの換装ってな……いやー、出費がかさんで今期の予算、きれいに溶けたわ。ってことで当面、ジュースとおやつは各自自腹で調達すること」

「えーっ⁉　仕事終わりの無料おやつ、出ないんすか⁉　そんな、ご無体な！」

レンカの節制発言を聞いて、ウルカが思わず悲鳴を上げる。

「アイスクリームもないの？」

メイアのその問いにレンカが「ない！」と答えると、魔女は「そう……」としゅんとなる。

「管制室、稼働はいけるんですか？」

上階行きのエレベーターに乗り込みながら、トウヤのその問いにだけは朗報が返ってきた。

「あぁ。まだ入れ替えた機材《ベッド》の検収は上がってないが、とりあえず使う分には問題ない。この三日間はメーカーの人たちに特に頑張ってもらっちゃった☆」

レンカが調子よく答える後ろでは、エレベーターに同乗していた技術者《エンジニア》がムスッとしていて。

「もしかしなくてもブラックなんダヨ、レンカさん……」と、ヨミがジト目を深くしていた。

＊＊＊　夢信空間　＊＊＊

【──警備統括《コントロール・ゼロ》より各員へ。現地状況の定時報告、送れ】

……ジジッ。

聞き慣れた無線の雑音越しに、覚醒《かくせい》現実側から指揮をとっている男の声が聞こえた。

それに応じて、夢信《むしん》空間側で現地任務についている男たちの通信が続く。

『――警備九号《ガード・ナイン》、ホール正面、異常なし』

『――警備十一号《ガード・イレブン》、東側非常口、異常なし』

『――警備三号《ガード・スリー》、ロータリー周辺、人流増加。手空きの奴を回してくれ』

【――警備統括《コントロール・ゼロ》了解。警備一〇一号《ガード・ワン・ゼロ・ワン》、ロータリー周辺警備の応援へ回れ――】

先ほどからトウヤのヘッドセットに聞こえているのは、知らない男たちの会話と、知らない識別呼称《コールネーム》だった。

『なぁんかこれ、盗み聞きしてる気分っすね。……あたしちょっとワクワクしてきたっす』

「ウルカ。私語、回線に割り込んでるぞ。今は仕事中」

『だーいじょぶっすよ瑠岬《るみさき》先輩！　これ限定通信《ローカルチャンネル》なんで、あの人たちにゃ聞こえてないっす！　変な声出しちゃうもんねー、ぷぷいぷーい！」

【……おい、夢幻んとこの〈獏《バク》〉、薪花《シューター・ワン》ウルカだったか？　共有通信《オープンチャンネル》で私語は慎め】

『あぎゃー!?　嘘ぉ!?　通信機の設定間違ってたっす！　知らないおじさんに怒られちゃった、恥ずかしぃぃーっ!!』

【ウルカ、復帰早々私に恥をかかせてくれるな……はぁ……】

〈夢幻S・W・《セキュリティ・ワークス》〉管制室から、レンカの大きな溜め息が聞こえた。

一ヶ月ぶりに運用監視部・対悪夢特殊実務実働班へ顔を出し、二時間ほどの行動計画《ブリーフィング》を経て、トウヤ、メイア、ヨミ、ウルカの四人組《フォーマンセル》は任務地である夢信空間へと接続していた。

ただ、それはトウヤたちが普段慣れている現場の雰囲気とはかなり異なる様相を呈している。

『仕事中に〈貘《バク》〉以外の人が接続してるって、何だか変な感じなんダヨ』

ヨミの通信が聞こえる。警備統括《コントロール・ゼロ》を名乗るグループには聞こえない限定通信《チャンネル》だった。

『確かにそっすね。この夢、通常稼働中っすもん。しかも作戦地域は市街地のど真ん中』

今度こそ限定通信に切り換えたウルカの声が応じる。どちらの通信からも雑踏の音。

〈貘《バク》〉の業務は本来、人払いされた夢信空間での〈悪夢《ノイズ》〉との戦闘である。業務中に一般人と接触することは基本的にあり得ない。トウヤたちが感じている違和感の理由はそれだった。

【〝復帰戦にちょうどいい仕事〟だって言ったろ？　見てのとおりだよ――】

覚醒現実から、レンカの声が改めて状況を説明する。

【――今回の仕事の主役は、きみたちじゃないんだ】

第二世代人工頭脳〝瞳《ひとみ》〟型十八番機、〈千華《ちか》〉。

そこは島国の人々が憧れる、遠い遠い西の国への憧憬を抽出して、誰もが「どこかで見たことがある」と錯覚するステレオタイプな西洋建築の街――それが〈千華〉という夢信空間である。

　ガス灯の立ち並ぶ石畳を、丸みを帯びた外車たちが往来する。覚醒《かくせい》現実の通信販売と連動したブティックが建ち並び、小洒落《こじゃれ》たカフェテリアからは挽《ひ》きたてのコーヒー豆の香り。

　そんな河と霧の似合うレトロな街の一角。とある建物が、トウヤたちの今宵《こよい》の任務地だった。

　ホテル〝幸運の兎の足《ラビッツ・フット》〟。

　流線と直線が美しく組み合わされた、バロック様式の高級ホテル。ここで今夜開催されるパーティーの警備――それが、レンカがトウヤたちへ持ちかけた〝手頃な仕事〟の内容だった。

【――こちら警備統括《コントロール・ゼロ》。会場配置の〈貘《バク》〉、一応だ、状況を報告しろ】

　邪険に扱うような催促が聞こえてきて、トウヤはヘッドセットの位置を正した。

「こちら〈夢幻S・W・《セキュリティ・ワークス》〉、瑠岬《アタッカー・ワン》トウヤです。立食会場ゾーンB、異常ありません」

【了解。まぁきみらはパフォーマンス要員だ、その格好で目立ってくれてさえいればいい】

　警備統括《コントロール・ゼロ》が、トウヤに釘を刺すように告げる。

【噂《うわさ》は聞いているよ、トウヤ、夢幻の〈貘《バク》〉。夢信《むしん》特性持ちの学生だけで編成されてる少数精鋭部隊なんだって？　ふん、まるでアルバイトだな、その気楽さは羨《うらや》ましいよ。だが今夜の任務は対〈悪夢《ノイズ》〉ではなく対人警護。餅は餅屋。今夜の主役は我々、〈General Dreamtech《ゼネラル・ドリームテック》〉国際警備チームだ。島国の田舎警備会社にはくれぐれも邪魔しないでいてもらおう】

【『……………』】

露骨な嫌みと上から目線。どうやら警備統括《コントロール・ゼロ》はあまり良い性格をしていないらしかった。通信を聞いているレンカとウルカとヨミが眉《まゆ》を顰《ひそ》めるのが手に取るようにわかる。トウヤは〝やっておくか〟と息を吸った。

「……はい、そちらのご指示どおりに。くれぐれも私語は慎みます」

【っ……。チッ……以上、通信終わる！】

ジジッ！　トウヤの私語は慎め《意趣返し》に警備統括《コントロール・ゼロ》が舌打ちし、叩《たた》きつけるような雑音が走って通信が切れた。回線が〈夢幻Ｓ・Ｗ・《セキュリティ・ワークス》〉用の限定通信に切り替わる。

『瑠岬《るみさき》くん、最後の返しはナイスだったんダヨ』

『Ｆｏｏｏｏ！　パイセン、やったったでぇ！』

【警備統括《コントロール・ゼロ》の野郎、因縁つけてきやがって……メモっとこっと】

それまで押し黙っていた三人が嚙《か》みつく勢いで捲《まく》し立てる。見事レンカの〝むかつく奴リスト〟にその名を刻まれてしまった警備統括《コントロール・ゼロ》のことを、トウヤはちょっぴり気の毒に思った。

「ねぇトウヤ、今日のお仕事、つまらないのね？　こんな所に立っているだけなんて」

トウヤの隣でそう言ったのはメイアだった。

トウヤとメイアの二人は現在、大ホールのパーティー会場内に配置されている。ヨミとウルカはそれぞれホテル正面ロビーと、ホテル上階バルコニーへの配置。

が、〝配置〟とはいっても別段何かするわけでもなく、ただ突っ立っているだけなのだが。

「休職明けの馴《な》らし仕事とはいえ……さすがにこれは、ちょっとやり辛いな……」

胸回りに飾緒《しょくしょ》を垂らし、ネクタイを結んだ軍服調の黒い戦闘服。左腕に偏るように羽織られた外套《マント》に制帽を被《かぶ》って……会場内でそんな重々しい服装でいるのは、トウヤたちだけである。

タキシードとドレスに身を包んだ百名以上の出席者《ゲスト》たちが、立食パーティーに興じていた。

〝警備〇号〟系統でコールされる警備員たちが、黒いスーツ姿でそのなかへ溶け込んでいる。

〈貘《バク》〉であるトウヤたちだけが、ダントツで浮きまくっていた。

〝悪目立ちして威圧感を放ち、出席者たちを安心させること〟――要は「あなたたちをしっかり警護してますよ」というアピール係。それがトウヤたちに課せられた役回りだった。

「――ご覧なさい、古今東西の美食を思うがままですよ！　わしは覚醒《かくせい》現実では肝臓を傷めておりましてな、医者から酒を止められておるのです。ですが夢信《むしん》空間ならば関係ない！　金さえ出せば世界中のヴィンテージボトルの香りも味も舌触りも楽しみ放題だ、わはは！」

「えぇええ、おっしゃるとおりですわ。夢信空間の飲食行為は純粋な娯楽《エンターテインメント》ですものねぇ」

パーティー出席者たちのそんな会話を聞き流しながら、トウヤとメイアが黙って会場の隅に突っ立っていると、そこでトウヤの肩を叩《たた》いてくる者がいた。

「おぉおーっ、瑠岬《るみさき》くんに呀苑《がえん》さん！　いたいたぁ！」

トウヤがぎょっとして振り向くと、そこには角刈りの中年男がいた。

酒に灼《や》かれ、煙草《タバコ》に炙《あぶ》られた嗄《しゃが》れ声。パーティー会場にあってその服装は、ワイシャツにチノパンツ、フライトジャケットという出で立ちで。

それはトウヤもよく知っている人物だった。

「……えっ、改谷《あらたや》さん!?」

改谷ヒョウゴ――〈警察機構〉那都界《なとざかい》支局・刑事部・捜査課所属。課長補佐。

レンカの十年来の知人だというベテラン刑事官。〈銀鈴《ぎんれい》事件〉の折、《顎《あぎと》の獣》を前にウルカとヨミの命を守るため、管制室の精密夢信機二台を実弾発砲で大破させた張本人である。

【はっ？　何で改谷さんがそこにいんの??】

覚醒現実《管制室》のレンカがぽかんとなった。

「や、何でぇて言われましてもねぇ。犀恒《さいづね》さんもご存じでしょうや、この警備任務の参加組織」

【〈夢幻《う》S.W.《ち》〉と〈ゼネラル・ドリームテック〉、それに〈警察機構〉。ええ、んなこたぁわかってるんですよ。ロートルの改谷さんがなんで夢の中にいんのって話！】

ヒョウゴは「夢信技術にはさっぱり」の自称ロートル。そんな男が夢信空間〈千華《ちか》〉に姿を現したことに、トウヤもレンカも驚いたのである。

「〈銀鈴事件《例の一件》〉で、いい加減ワタシも夢信技術ってやつに挑戦してみようかなと一念発起……と言えば格好つくんかもしれんですけど、生憎《あいにく》大人の事情ですわ、たはは」

ヒョウゴが気恥ずかしそうに頭を掻《か》く。

「ところでみなさん、この警備任務の経緯、ちゃんと耳に入っちょります？」

【ええ。今回の主目的《メインミッション》は――このホテルのオーナーが所有する、〝夢信《むしん》アート〟の警護だ】

それは事前の行動計画《ブリーフィング》でトウヤたちが既に共有済みの情報だった。

【一週間前、夢の中で製作されたとあるアート作品が、オークションにかけられて十五億円で落札された……夢信アートとしては歴代最高額だそうだ。で、そいつのお披露目が今夜、この会場で行われる。――そこに先日、犯行予告が届いた。『お宝を頂きに参上致します』ってな】

皆が頷《うなず》き返すなか、レンカが続ける。

【このお披露目会《パーティー》の主催者は、ヨーロッパを中心に〝夢信〟とつくあらゆるサービスを手がける総合夢信企業、〈ゼネラル・ドリームテック《GD》〉社。ついでにこのホテルもGD社の所有物件だ。――そんな大企業が催したイベントに、怪盗を気取った輩《やから》が喧嘩《けんか》をふっかけてきたってんで、こうして厳戒態勢が敷かれてるわけ】

レンカの経緯説明に、ヒョウゴがうんうんと首肯した。

「……そいで、ですね。こっからは内情になるんですが――その怪盗からの犯行予告、どこに送られてきたと思います?」

【そりゃ、お宝《夢信アート》を所有してるホテルか、その親会社のGD社でしょ?】

「ところがそれが違いましてね……――〈警察機構〉に届いたんですよ。那都界《なとざかい》支局に」

それを聞いて、一同が一斉に「は?」と声を漏らした。

「〈警察機構〉のほうから『怪盗さんのお手紙が届いてますよ』てぇ連絡入れるなんて笑い話で

すよ。そんで、〈銀鈴事件《例の一件》〉にワタシが首突っ込んだって知ってる上層部が、今回も捜査課《ワタシんとこ》で対応してくれぇて言ってきまして……ワタシが出張ってきてる理由、ご理解いただけました？」

【性懲りもなくまーたきな臭い話です？　とりあえず改谷《あらたや》さんが局内で〝面倒臭い案件担当の便利屋おじさん〟になってるってことはよくわかりました】

レンカの直球な言い方に、ヒョウゴが「たはー！」と額へ手をやった。

それを見て苦笑を浮かべていたトウヤが、ふと疑問に思い口を開く。

「でも、それじゃ何でわざわざ〈夢幻S.W.《俺たち》〉に依頼が回ってきたんです？　GD社にも警備部門があって、〈警察機構〉と合同警備までしてるのに」

「――あぁ、それは僕が頼んだからだよ？」

そのとき、トウヤたちの会話へ突然割り込んできたのは、今度こそ知らない声だった。

トウヤとメイアとヒョウゴが一斉に振り返ると、そこには場違いな服装の男が立っていた。服装規定《ドレスコード》が定められた会場にあって、その男はダークネイビーのポロシャツ、ライトカラーのジーンズにスニーカーというカジュアルな出で立ち。年齢は四十代か。髪を後ろに撫《な》でつけた顔つきは精力的で、それが男にまるで青年のような若々しさを纏《まと》わせている。

その反面、男は杖をついて左脚を引きずっていて、それが男の雰囲気と酷《ひど》く不釣り合いだった。夢の中の肉体《イメージ》は覚醒《かくせい》現実の影響を受ける。どうやら脚に重い障害を負っているらしい。

そしてトウヤが一番驚いたのは、その男が金髪《ブロンド》に青い目をした、西洋人であったことで。

「あぁ、こりゃ……！　ミスターF！」

そのラフな西洋人へ向けて、ヒョウゴがピンと姿勢を正した。

状況がわからずトウヤとメイアが首を傾げていると、レンカの【うげっ⁉】という声。

【F⁉　ミスターFっつったら、GD社の社長だ‼　誰にも本名を教えないって有名な！】

周囲の反応を意に介せず、ミスターFと呼ばれた男は話しはじめる。

「一ヶ月前だったかな？　第二世代処女機《一番機》の〈瞳《ひとみ》〉で、大型〈悪夢〉《クラスB》の騒ぎがあっただろう？」

『あ。それあたしらが三人組《スリーマンセル》だった頃の仕事《やっ》っすね。Case／B-103《スケルスネーク》を先輩が自爆でやっつけた』

『うい、イギリス領事館の夢《イメージ》が壊されかけて、レンカさんがコクサイモンダイガーって言ってたやつダヨ』

「僕はイギリス人でね。あのとき標的にされた領事館に友人が勤めていたんだけれど、〈夢幻S・W《セキュリティ・ワークス》〉がとてもいい仕事をしてくれたと絶賛してたんだ。それで、それだけの実績があるチームなら泥棒さんへのプレゼンにもってこいだと思ってね、今回声をかけたのさ」

「GD社の社長さん……じゃあ、警護対象になってる夢信《むしん》アートの所有者って……」

「そう、僕があれを十五億円で落札したんだよ――――娘への誕生日プレゼントにね」

そう言ってFが腕を伸ばした先には、一人の少女が立っていた。

少女はFと同様、青空のような瞳に、左右二本に結われた長い金髪をしていた。桃色の差し

た白い肌に上質な造りのゴシックドレスを纏《まと》ったその姿は、「お人形さんのよう」という喩《たと》えがぴったりの気品と愛らしさに溢《あふ》れている。

「ユリーカと申しますわ。このたびは警護のお役目、おとうさまと共にお礼申し上げます」

「あ、はい……どうも……」

ユリーカと名乗った少女がドレスの裾を摘まみ上げ、優雅な所作で頭を下げる。社交界式のあいさつを前にして、怯《ひる》んだトウヤはぺこぺこと締まりのない礼を返した。

【娘に十五億円のプレゼント、セレブの金銭感覚どうなってんだ……。二人共、無礼な真似《まね》はするなよ……大富豪の機嫌を損ねでもしたら、うちみたいな弱小企業、一睨《にら》みで――】

レンカがトウヤとメイアへ忠告した、その直後だった。

「あなたたち、本当に親子?」

メイアが、Fとユリーカを見つめてそんなことを口走った。

Fの視線が、トウヤからメイアへと向く。

「どういう意味かな? 黒髪のお嬢さん?」

「Fの言葉と、ユリーカの言葉、何だかチリチリするわ。特にFが『娘《あなた》』って言ったときと、ユリーカ《あなた》が『おとうさま』って言ったとき、すごくチリチリしたの――嘘吐きね、あ、あ、あなたたち《あなた》」

その場の空気が、一瞬で凍りついていた。

【バッ……!? ちょ、なんつーことを……ッ!】

突然のメイアの無礼発言に、レンカの声が焦りに焦る。

Fとユリーカが沈黙し、メイアを見つめた。息もできない数秒間がすぎていく。

レンカが【終わった……謝罪文書かなきゃ……】と生気のない声を漏らした。そのとき、

「……はははははははっ！」

富豪親子は、次の瞬間、声を揃《そろ》えて大笑いしていた。

「いや、ごめんごめん……すごいなきみは。僕とユリーカの関係をそれだけで見抜くとはね」

「本当ですわ！　えぇ、黙っていてごめんなさい？　別に騙《だま》すつもりはなかったんですの」

Fとユリーカがそこで目を合わせる。そしてにこりと笑うと、二人は身を寄せ合って、

「ユリーカはね、養子なんだよ――血が繋《つな》がってないんだ、僕たち」

Fが、彼らの家庭事情について笑顔で説明していく。

「僕は若いときに妻に先立たれてね、それっきり独り身なんだ。未練がましく今でも妻を愛しているのさ、他《ほか》の女性と再婚するなんて考えられない。――けれど、子供も授からずに孤独のまま余生をすごすというのも味気なくてね。そんなときに出会ったのがこの義娘《こ》だったんだ」

「えぇ、あれは十二年前、私が五歳だった頃。運命的な出会いでしたわ」

「そういうことだったんですか……すみません、うちの世間知らずが、失礼なこと」

「いやいやいいんだ、本当に気にしないでくれ。それより、まだ名前を教えてもらってなかったね。気に入ったよ、お二人さん！」

「瑠岬《るみさき》です。瑠岬トウヤ」

「呀苑《がえん》メイアよ?」

トウヤとメイアが、Fとユリーカと互いに握手を交わす。

「ルミサキ・トーヤ……luminous《ルミナス》に響きが似てる。『暗闇《くらやみ》に光る』みたいな意味さ、いい名だ」

「ガエン・メイア……こちらは何だか、nightmare《ナイトメア》に音が近いですわね。……あっ、ごめんなさい! 『悪夢』だなんて私、失礼なことを」

「あら、そうなの? 別に失礼なんかじゃないわ? だってそれは正しいことだも――」

「あー! すみません! こいつちょっと寝ぼけてるんです、気にしないでください!」

「まぁ! うふふっ、夢の中で寝ぼけるだなんて、おもしろい冗談ですわ」

「そりゃいい、今度夢信《むしん》空間で退屈な会議があったときはそのジョーク、使わせてもらうよ」

そんな他愛もないやりとりを交わして、Fとユリーカがにこやかに去っていく。

Fが床に杖をつく「コツッ、コツッ」という音と、ユリーカの振りまく甘い花の香水の匂いが、不思議とトウヤの印象に強く残った。

トウヤもこれまで気づいていなかったが、どうもメイアには嘘を見抜く才能があるらしい。魔女にしかわからない感覚でもあるのだろう。

Fとユリーカが去った後、トウヤが「お前なぁ……」とメイアを呆れるように見る。ヒョウゴが持ち場へ戻り際に「いやぁほんま、呀苑さんは肝が据わっちょりますわ」と笑い、レンカが【はぁ……寿命が縮んだぞ】とぐったりした声を上げた。

一人事態をのみ込めていないメイアだけが、首を傾げて頭の上に「?」を浮かべていた。


『――お集まりの皆様、大変お待たせいたしました』

Fとユリーカがトウヤたちの元を去って数分後、パーティー会場にアナウンスが響き渡った。

『これより、GD社社長《プレジデント》であり、当ホテル〝ラビッツ・フット〟名誉支配人でもあらせられます、ミスターFよりごあいさつをいただきます。ミスターF、ご登壇ください!』

会場中が拍手に包まれる。Fが観衆に手を挙げながら、気楽な調子で壇上へと上がっていく。

『どうも紹介ありがとう。まぁ僕の退屈なあいさつはローストビーフでも突《つつ》きながら聞き流して。それとも鰻《うなぎ》ゼリーがいいかい? あれよくいろんな人から不味《まず》いって言われて悲しいよ』

Fの気やすいあいさつに会場から笑いが起こるなか、ジジッとヘッドセットが雑音を発する。

【警備統括《コントロール・ゼロ》より各員。ここまではタイムテーブルどおりの進行だ。このあと、ミスターFのスピーチの終わりに〝護衛対象〟が披露される。予告犯がそのタイミングで仕掛けてくる可能性がある。警戒を厳にしろ、失敗は許されん】

『『『『了解』』』』

「――だそうですけど、俺たちはどうします? レンカさん」

限定通信に切り換えて、会場内のトウヤが問う。

【ま、さっきの話を聞いた限り、〈夢幻S.W.《うち》〉に依頼がきたのはミスターFの気紛れっぽいし？　GD社の警備チームからは煙たがられてるし、お言葉に甘えて高みの見物といこうや】

後方待機を指示するレンカの声に交じり、ジジッと共有通信の雑音が走る。

【警備統括《コントロール・ゼロ》より各員。タイムテーブルに変更なし。定刻まで残り三分――】


≫≫≫同刻。ホテル〝ラビッツ・フット〟、上階バルコニー。


「――……ちぇーっ、つまんないっすねぇ。ぷぅーっ」

バルコニーに一人放置されているウルカが、手摺《てす》りに顎《あご》を乗せて小言を漏らしていた。

外部から接近してくる者がいないか双眼鏡で見張っているが、望遠視界に映るのは変わり映えのしない〈千華《ちか》〉の夜景ばかり。そんなものとっくに見飽きている。

「ちぇ、なぁんで瑠岬《るみさき》先輩とのペア、呀苑《がえん》さんなんすかねぇ。同居してんだからこういうときぐらい譲ってくれていいじゃないすか……はぁー、パーティーでラーメンとか食べたかったたぁ」

後輩として夢《い》でも現実《つ》でも後ろから見守ってばかりのトウヤの横にたまには立ちたいという乙女心と食い意地とをごちゃ混ぜにしながら、ふて腐れたウルカが手慰みに双眼鏡を覗く。

「…………ん？　あっれ……」

そのとき。ウルカはたまたま覗き込んだ望遠視界に、何かを見た。

双眼鏡から一度目を離し、細めた目を擦《こす》って再び覗き込む。

それは厳密には、何かを見たのではなく――

「……⁇　つかしいな……やっぱりそうだ……見えなく、なって、てる……」

先ほどまで嫌というほど目にしていた夜景が、白く塗り潰《つぶ》されて見えなくなっていた。

まるで、巨大な曇りガラスを立てかけられたかのように。

「――霧、か……〈千華〉のイベント……？」

眉《まゆ》を顰《ひそ》めながら双眼鏡を下ろす。異様に濃い霧が周囲に立ち籠《こ》めていた。

「……せんぱぁーい、レンカさぁーん。なんか霧が出てきたっす。何も見えー――」

――ザァァァァァァァァァァァァァァァ。

「ん……？　もしもし？　聞こえてるっすか？　もしもーし？」

それはヘッドセットから聞こえてくる音だった。聞き慣れた「ジジッ」という雑音でない。

通信が酷《ひど》い混線を起こしていた。全く何も聞こえない。

「ええ……不良品っすか？　この通信機。…………夢の中なのに⁇」

深い深い霧のなか、首を傾げながら、ウルカは嫌な予感に「まさか……ね」と独り言《ご》ちた。

≫≫≫同刻。ホテル〝ラビッツ・フット〟、正面ロビー。

「――……ふぅむ……。……暇なんダヨ……」

ＧＤ社の警備チームが展開する中、ヨミは打刀《うちがたな》をこれ見よがしにぶら下げて、お飾りにされていた。

「〈夢幻Ｓ・Ｗ・《セキュリティ・ワークス》〉ねぇ……たかが地方拠点の中小警備会社だろう？　ミスターＦもつまらないことをなさる、俺たちＧＤグループの警備がついてるってのに」

「やめとけ。聞こえてるぞ、あの銀髪姉ちゃんに」

「聞かせてやってんだよ、立場をわきまえろってな」

「ははは」

先ほどからＧＤ社の警備員に小言を飛ばされていたが、マイペースなヨミは聞いてはいない。今はすることがないので頭の中で一人ブロック崩しをしている最中だった。

「……うい……？」

そんななか、周囲の誰よりも先に違和感を覚えたのはヨミだった。

ヨミの髪の毛。彼女はその手入れを常に欠かさない。だからそのわずかな変化に気づいた。

毛先の手触りが変わっている。

湿度の上昇。それも突然、急激に。

ザザッ。

【警備統括《コントロール・ゼロ》────員へ────どうし────送れ────なぜ応────────しない？】

ザザザッ。

「ん？」と、ヨミよりも随分遅れて、ＧＤ社の警備員たちも異変に気づく。

「どうした？」「警備統括《コントロール・ゼロ》との通信が……」「会場内の状況は？」「ちょっと待て、何だこの酷《ひど》い混線」「応答せよ、警備統括《コントロール・ゼロ》！　誰でもいい、応答しろ、聞こえてるのか!?　おいっ!!」

――ザァァァァァァァァァァァァァァァァァ。

警備チームが戸惑っている横に、〝お飾り少女〟の姿は既になかった。

いつの間にか濃霧に呑まれたホテル〝ラビッツ・フット〟を、ヨミが走り抜けていく。

「うい……これはなんだか……嫌な予感がするんダヨ」

》》》同刻。ホテル〝ラビッツ・フット〟大ホール、パーティー会場。

「――……残り一分、か」

腕時計を覗き込みながら、トウヤがぽつりと呟《つぶや》いた。

Fは先ほどから壇上でスピーチを続けている。そのトーク内容はお喋《しゃべ》り好きの即興会話にしか聞こえなかったが、警備統括《コントロール・ゼロ》によれば秒単位のタイムテーブルどおりの進行なのだという。

Fという男が、とてつもなく頭が回る人物だということをトウヤは思い知らされる。

「――ねぇ、トウヤ？」

そこでふと、隣のメイアがトウヤに向かって口を開いた。

「ん？　どうした、メイア？」

「やっぱりわたし、何だかチリチリするわ」

人垣の向こう、スピーチ台に立つ富豪親子を見ながら、メイアが呟《つぶや》く。

「またよくわかんないことを……まだあの二人が嘘を吐《つ》いてるって？」

「どうかしら、そういうことなのだと思うけれど」

「そりゃ、あぁいう偉い立場の人なら一つや二つ、嘘だったり脚色だったり入れるもんさ」

「偉くなったら嘘を吐くの？　そんなの、気持ち悪くならないのかしら」

「とにかく、もう人に向かって『チリチリする』とか言わないほうがいいぞ？　喧嘩《けんか》売ってるみたいになるから」

「ふぅん、そういうものなの……大変なのね、大勢のなかで生きていくのって」

自由そのものであるはずの夢の中にあってさえ、人はしがらみを持ち込みたがる――メイアは心底理解できなさそうに眉《まゆ》を顰《ひそ》めた。

ちょうどそんなときだった。

わあぁぁーっ！　と、会場が歓声で包まれた。

『――さて、お待たせしたね。それでは、パーティーのメインイベントに移るとしよう』

Fのスピーチが佳境を迎えたところだった。Fの隣にはご令嬢のユリーカの姿。

Fが手を挙げると、観衆の歓声と拍手がピタリと止んだ。

『我が義娘《むすめ》の誕生日に、この夢の芸術を捧げる。何より僕は、この作品のタイトルに惹かれた。

それではお披露目といこう！　〝成長し続ける美鐘《びしょう》〟、〈愛しの娘《ラヴリィ・ドーター》〉だ!!』

ステージに下りていた垂れ幕が、Ｆの声に合わせて左右に開かれる。

その奥から姿を現したのは、何とも奇妙な造形物だった。

金、銀、白金《プラチナ》、金剛《ダイヤ》、紅玉《ルビー》、青玉《サファイア》、翠玉《エメラルド》……「宝物」と聞いて人が思い浮かべるおよそすべての材質で削り出された無数の歯車。それらが重力に逆らって嚙《か》み合わさり、上下左右に揺らぎ、伸縮する。刻一刻と全体が変形を続け、二度と同じ形を取らないそれは立体の万華鏡とでもいうべき構造。まるで誰にも解読できない、終わらない物語を紡ぎ続けているかのような。

夢信《むしん》アート。夢の中にだけ存在する芸術。

そして〈ラヴリィ・ドーター〉の上部には、無限の変形とは対照的な不動の部品が一つだけ。

それはオーロラのような光のカーテンを広げた、大きな大きな鐘だった。もはや物質ですらない、質量を持たない光の鐘。

――ボォーン、ボォーン。

観衆が見蕩《みと》れる前で、光の鐘が鳴り響く。不思議と心が安らいでいく、神秘的な音色だった。

そして、そんなとき――――ザァァァァァァァァァァァァァァァ。

ヘッドセットから、耳障りな雑音が聞こえてきた。

出席者たちと警備員たち、そしてトウヤとメイアさえも〈ラヴリィ・ドーター〉の美しさに意識を吸い込まれていた間に……周囲は濃霧に包み込まれていた。

「な、何だこれは!?　何も見えない……うわぁっ」

「きゃあ!? どうなっているのです、誰か！」

「おいっ、警備はどうした!? どういうことだこれは！」

「皆様、どうか冷静に！ その場を動かないで！」

出席者と警備員の声が飛ぶ。濃霧は平衡感覚を奪うほどで、トウヤも堪らず足元がふらつく。

「レンカさん、急に霧が！ 何も見えなくて状況がわかりません、外はどうなってますか!?」

「……ダメね。何も聞こえないわ。薪花《まきはな》さんとも那都神《なとがみ》さんとも繋《つな》がらない」

ヘッドセットに呼びかけるトウヤを、メイアの声が無駄だと止める。そんな彼女の姿さえ、隣にいるはずなのに霧の紗幕で見えなくなっている。

末端の警備任務に配置されているトウヤには、全体の状況が全くわからなかった。

やがて、会場内の警備員たちが互いに指示を飛ばし始める。

「霧だ！ この霧が通信妨害《ジャミング》を引き起こしてるんだ！ 何でもいい、こいつをどうにかしろ！」

「外はもう晴れてるぞ！ 風を入れろ！ とにかく空気を入れ換えさえすれば、通信網も！」

「開閉装置を使え！ そうだ、天板のだよ！ 駆動シリンダー、生きてるな!? 始動させろ！」

ゴゥンッと、足元に振動があった。ゴゴゴゴっと低音が続き、会場内に外気が流入しだす。

トウヤが頭上を見上げれば、シャンデリアを吊《つる》した天井が巨大なシリンダーで押し上げられて、みるみる開いていくところだった。そこにできた隙間から、霧が屋外へと排出されていく。

やがて、ゴゥゥンッとシリンダーが伸びきると、パーティー会場は屋根のない露天空間へと変貌《へんぼう》していた。天井とともに照明もなくなり、会場は月明かりだけの薄闇に包まれる。

【――瑠岬《るみさき》！　呀苑《がえん》！　薪花！　那都神！　聞こえるか!?　応答しろ！】

霧が晴れたと同時、トウヤのヘッドセットにレンカの声が聞こえた。

【通信障害を確認した！　襲撃の可能性がある！　聞こえていたら状況を報告してくれ！】

『やばいやばいやばい……！　やばくないっすかこれ!?』

『パーティー会場前に到着……でも、何だか知らない人が扉の前に立ってるんダヨ？』

ジジッとヘッドセットが平時の雑音を取り戻し、ウルカとヨミの声も確認できた。

通信が復旧する。しかし今度は月夜の闇で視界が利かない。

「こちら瑠岬、会場内の状況確認中。ひとまず混乱は起きてな――、」


「――レッディィィース！　エェーンドゥッ！　ジェンッ、トルメンッッッ!!」


そこに突然、陽気な声が響き渡った。

バッ！　と、闇に閉ざされていた会場に、スポットライトの光が差す。

「大変長らくッ……お待たせいたしましたッ!!」

照らされたステージ上に浮かび上がる人影。それはスーツを着た人物だった。

スカイブルーの眩《まばゆ》いスーツに身を包み、きっちりとネクタイを締めた何者かが、深々とお辞儀している。脱帽しているのはナイトキャップ。三角帽子の先端に、丸い綿毛をつけた意匠の。

「本日ッ！　我らここにッ！　堂々参上いたしましてぇぇーぇございますッ!!」

何とも道化じみたその風貌。意味のわからなさに、会場内が次第にどよめいていく。

「静粛にッッッ!!」

お辞儀をしたままの人物がよく通る声を張り上げた。会場にしんと静寂が降りる。

「さてさてそれでは皆々様……どなたにおかれましても目を逸《そ》らしませぬよう、その目をかっ開《ぴら》いてご観覧いただけますればこれ幸いッ!!」

そしてその人物が、顔だけ上げてパーティー出席者たちを凝視した。

「これより〈アトリエ・サンドマン〉による……血湧き肉躍るショォーゥタイムッ！　ぁ開演でございますッッッ!!」

そこにあったのは、不気味に頰《ほお》を吊り上げた老人の仮面。そこへナイトキャップをちょこんと乗せて、スーツを着た道化が、狂ったように笑い声を上げた。

「ヨーホーホー！　ヨーホーホー！　ヨー、ホー、ホーゥ!!」

第三章　道化の夜

「……〈アトリエ・サンドマン〉？」

【あれは、まさか……犯行予告を出した怪盗気取り!?　ほんとに現れやがった！】

霧に乗じて現れた謎《なぞ》の人物に、トウヤとレンカが揃《そろ》って困惑の声を上げた。

「ヨーホーホー！　ヨーホーホー！」

天井を観音開きにしたことで通信妨害《ジャミング》の霧を取り払った代償に、照明を失ったパーティー会場。そこには現在、ステージ上に一条のスポットライトだけが差している。

その只中に立っているのは、砂男《サンドマン》と名乗ったスーツ姿の仮面の道化。

その登場から現在に至るまで、まるで舞台演出のようだった。夢の中にあっても飛び抜けて現実味を欠いているその情景に、出席者も警備員も、トウヤたちも呆気に取られている。

「ヨー、ホー、ホーゥ………おや？　おぉおぉおッ……何ともこれは、素晴らしいッ……！」

沈黙の劇場と化した会場。サンドマンがステージ上で振り返り、夢信《むしん》アートと対面する。

「〈ラヴリィ・ドーター〉！　あぁ、会いたかったッ！」

サンドマンが芝居じみた動作で〈ラヴリィ・ドーター〉へ駆け寄っていく。スポットライトがその動きについていく。

【ちっ、単独犯じゃねぇってことか……さっきの霧で他《ほか》にも潜伏されたな】

レンカがシュボッと煙草《タバコ》に火を点《つ》ける音。

【瑠岬《るみさき》、呀苑《がえん》。〈夢幻《う》S.W.《ち》〉の人間で会場内にいるのはきみたち二人だけだ。薪花《まきはな》と那都神《なとがみ》は不測の事態に備えて会場外の物陰に待機中。相手の数がわからん、警戒しろ】

「了解しました」「わかったわ」

トウヤがステージ上のやりとりに集中し、メイアが出席者のごった返す会場内を監視する。

ステージ上ではちょうど、サンドマンが夢信《むしん》アートの前に辿《たど》り着いたところだった。

「何と言えばよいのでしょう…………綺麗ですねぇ！　私のような学のない人間から、ただでさえ少ない語彙《ごい》を吸い上げていくようではありませんかッ！」

サンドマンの奇行の数々に、トウヤの眉間《みけん》の皺《しわ》はみるみる深くなっていく。

サンドマンがおもむろにナプキンを取りだし足元に広げた。そしてミュージカルのように大仰に、白い手袋を嵌《は》めた指を踊らせて、おもむろにしゃがみ込み、

「……むむッ！　これは……思っていたよりずっと重いッ！　それにちと大きすぎるようだ。困りましたな……これでは包んでお持ち帰りはできませんな？」

観衆を振り返ったサンドマンが、両手をぱっと広げて〝困ったなぁ〟と全身で表現した。

そんな茶番を見せられて、会場の沈黙がより一層凍りつく。

「⁇　トウヤ？　なぁに、これ？」

「…………俺に聞かないでくれ……」

トウヤが眉間の皺を揉《も》む。意味のわからなさに頭が混乱していた。

「――そこのお前！　ステージから降りなさい！」

そこへ、ＧＤ社の警備員の一人が、会場の人垣の中からサンドマンへ警告を発した。

「……んんむ？　どなたですかな？　せっかく美術鑑賞に集中していたところだというのに」

サンドマンがさっと振り返り、芝居がかった動作で〝どこだぁ？〟と会場に視線を巡らせる。

「いけませんなぁ、こそこそしてては。――……ラァァーイト、アップッッッ!!」

サンドマンが拳《こぶし》を突き上げると、スポットライトがもう一つ点灯し、警備員を照らしだした。

「これは明確な威力業務妨害だ！　夢信空間であろうとその罪は変わらんぞ！　大人しく投降しろ！」

「ふむふむ……なるほど？　映画の序盤ですぐにくたばるタイプの登場人物のセリフですな？　ならばこちらも、様式美に倣うが礼儀というものッ」

ジャキリッ。

不意にサンドマンが抜いたのは、シャープなシルエットのハンドガンだった。

「銃？　あいつ、どういうつもりだ……？」

それを監視していたトウヤの眉《まゆ》がぴくりと揺れた。銃器の登場に動揺したからではない。

【は……？　夢ん中だぞ？　そんなもんでどうにかなると思ってんのか、あのピエロ野郎】

レンカもトウヤと同様に、声色に疑問を滲《にじ》ませる。

【夢の破壊および武器イメージ持ち込みの禁止——夢信空間《むしん》の根底構造、〝世界規定〟は絶対だ。それを逸脱できるのは〝オブジェクト破壊権限〟を発動できる私たちみたいな国公認の専門業者のみ。たかが泥棒風情が、本物の銃《イメージ》を持ち込めるはずがない。虚勢《ブラフ》にもなってねぇぞ】

スポットライトに照らされている警備員も、全く同じ結論に至ったようだった。

「もう一度警告するぞ、予告犯。大人しく投降しろ。これが最後通牒《つうちょう》だ」

そんな警備員を見て、サンドマンが首を傾げる。

「おや、夢の中とはいえ、銃を向けられて随分と余裕なのだね、ミスター・ガードマン？」

「夢の中だからこそ、だ。本当に銃《そいつ》を撃てると思っているのか、お前」

「試してみるかね？」

「こちらのセリフだ。口だけのチンピラが」

「ふむ、よかろう……お望みとあらば」

挑発に乗ったサンドマンが、引き金《トリガー》に指をかける。警備員が勝利を確信して笑う。そして、

「……ばぁーんッ」

口でそう発したサンドマンが、発砲を真似《まね》る仕草をとった——空砲も鳴らない子供遊び。

「ふんっ、馬鹿が……取り押さえろ！」

笑い飛ばした警備員がそう言いかけた、次の瞬間、

——ジャキリッ。

「……ん？」

警備員の真横、暗がりの中から、腕が伸びて、

「――おはよう、ミスター・ガードマン」

パンッ……！

それはトウヤたちにとって、完全に想定外の光景だった。

ジリジリと全身を砂嵐のように歪《ゆが》めて消失する警備員。チャリンと薬莢《やっきょう》の転がる音。鼻をつく硝煙の臭い。

「……ふむ。こめかみへ一発。中度夢信症といったところかな？　保険には入っているかね？」

会場に紛れていた新たなサンドマンが、銃口から昇る煙に「ふーっ」と息を吹きかけた。

レンカの声が、驚愕《きょうがく》で喉《のど》に詰まる。

【なっ、嘘だろッ……絶対に撃てないはずなんだ、世界規定がある限り……ッ。どうやって!?】

「こんな、ことが……っ」

目の前で起きたことが信じられず、トウヤの首筋に汗が一筋流れていく。

どよっと、一拍遅れて会場の空気が揺れた。目の前で起きた凶行に皆の理解が追いつかない。

パンッ、パンパンッ！　――「ひゃあっ！」

そして冗談のように軽い銃声と、か細い悲鳴がそれに続いた。

スピーチ台の方向。暗闇《くらやみ》になっていたその場へ、スポットライトが向けられる。

そこを守っていたはずの警備員は倒れていて、代わりに仮面の道化たちが親子を囲んでいた。

「Fさん！　ユリーカさん！」

ジジッと回線が混線し、共有通信上でGD社警備チームの怒号が飛び交う。

【コ、警備統括《コントロール・ゼロ》より各員！　ミスターFとユリーカお嬢様を至急救出！　強行だ、強行しろ!!】

それを耳にしたレンカが思わず罵声を吐いた。

【馬鹿がっ!!　このタイミングでそんな指示出す奴があるかッッ！　んなことしたら――】

パンッ！　――「ぐあぁぁ……っ」

そこへ、トウヤたちの耳に最も聞きたくない呻《うめ》き声が聞こえてしまった。

太股《ふともも》を撃ち抜かれたFの呻き声だった。強行しようとしていた警備チームも一斉に凍りつく。

自制による沈黙ではなく、戦慄による静寂がパーティー会場に降りる。

その静けさのなか、ステージに立つリーダー格のサンドマンが惚《とぼ》けるように首を傾げた。

「心配はいらない。これは夢だ、死にはせんよ。脚ならせいぜい軽度夢信《むしん》症といったところだ」

そして、仮面を笑わせながら、今度は銃口をFのこめかみへと向けて、

「まぁ、撃つ場所にもよるだろうがね」

「……いやぁぁぁぁぁっぁあああああっ!!」

静寂を突き破り、とうとう群衆から悲鳴が上がった。

どよっ、どよっ……と、パニックのボルテージが急激に上昇していく。

その混乱に乗じて、リーダー格のサンドマンが両手をパントマイムのように踊らせた。

「何だ……？」

トウヤが緊張した面持ちで凝視していると、それまで何もなかったはずのサンドマンの手の内に、何か真っ黒な物体が浮かび上がってくる。

それは二十センチ四方ほどの立方体。まるでプレゼントの入ったおもちゃ箱のような。

パカリ——ボヨヨ〜ンッ。

黒い箱が開き、その中から真っ黒なバネのような物が飛び出した。

そしてそれに押し出されて、共有された夢の世界に出現したのは、
ブブブブブブブブブブブッ。

それは不快な羽音を鳴らす、四枚の羽を生やした真黒《しんこく》の存在たちだった。

全長四十センチ、翼幅は一メートルに届こうかという、巨大なトンボかカゲロウのような。

尾がぐにゃりと捻《ねじ》れて輪を描き、頭部にはまるでラッパのような開口部を持った昆虫型の——

「……〈悪夢《ノイズ》〉よ。〈悪夢《ノイズ》〉が箱から出てきたわ……ふふっ、おもしろいわね？　あの能力」

メイアの氷のように冷たい声が、事実を告げる。夢の中の惨劇をおもしろがるように。

真っ黒な箱の中から這《は》い出した数十匹の〈悪夢《ノイズ》〉どもが、飛翔とホバリングを繰り返す。

「大衆の〝混乱〟はッ、いつでも我らに味方するッ！　さぁ始めようッ、同志たちよッッ!!」

リーダー格のサンドマンが、ステージ上で銃を高らかに掲げた。

それに呼応し、群衆の中に潜《ひそ》んでいた手下のサンドマンたちが、それぞれに銃を握った手を一斉に挙げる。その数およそ二十人。銃口を夜空へと向け、道化どもが引き金に指をかける。

『『『『――イッッッツ！　ショォーゥタァーイムッッッ!!!!』』』』

パンッ！　パンッ！　パンパンパンッ！　パンパンパンパンパンパンッ!!

天に向かって放たれた幾十もの銃声が、〝始まり〟を告げる。

〝〈悪夢《ノイズ》〉を使用した劇場型犯罪〟――その幕が、ここに上がった。


数えきれない悲鳴が上がり、会場中が一気にパニックに陥った。

『うわぁぁあ……ッ！』

『警備統括《コントロール・ゼロ》！　会場内制御不能！　繰り返す、制御不能！　――お、押すなこら！　よせぇ!!』

ヘッドセットにGD社警備員たちの悲鳴が錯綜《さくそう》する。パーティー出席者たちに混じって警備を行っていたことが裏目に出て、会場内の人員はすべて人雪崩《ひとなだれ》に呑み込まれてしまっていた。

我先に脱出しようとする群衆が、東・西・南に設けられた出口へと殺到する。

が、扉は外からかんぬきか何かを差し込まれていて、微動だにしなかった。

銃で撃たれても、夢の中では死ぬことはない。が、撃たれたショックやストレスによる精神負荷が蓄積して夢信症《むしんしょう》を発症すれば入院は免れない。一般ユーザーにとっては十分すぎる恐怖だった。

恐怖と混乱が、パーティー会場をあっという間に支配していく。

「……うわっ⁉」

人雪崩に巻き込まれたトウヤが、押し流されかける。

「トウヤ！　その手、離さないことね」

そこへ手を伸ばしたのはメイアだった。トウヤもメイアの手をしっかりと握り返す。

「――《掴《つか》みなさい、できるだけ高く》」

ガシリッ、フワッ……。一秒後には、二人は宙に浮かび上がっていた。

メイアが背中から生やした、不可視の第三の腕、《魔女の手》。無をすら掴むその魔手が、ガシリと空間そのものを掴み、二人の身体を吊り上げたのだった。

「助かった、メイア、危ないところだった……！」

「ふふっ。前にも確か、こんなことがあったわね？」

真っ黒な戦闘服は闇夜《やみよ》に溶けて、宙に浮かんだ二人に気づく者は誰もいない。

「ヨーホーホー！　いいぞ、素晴らしい！　恐怖したまえ！　混乱したまえッ！　〝積み荷〟は大きいぞ？　もっと、もっとだッ！　ヨー、ホー、ホーゥ‼」

パンッ！　パンッ！　時折聞こえるサンドマンたちの銃声は、明らかに人間に向けられていた。まるで羊の群れを追い込むかのように、パニックが作業的に煽《あお》られていく。

「レンカさん何やってんですか！　強制遮断を交換局に要請してください！　早くっ！」

【そんなもん、とっくにやってる！】

「じゃあ何で、一般ユーザーが起きれないでいるんですか！」

【あの〈悪夢《ノイズ》〉だ！　あいつらが邪魔してやがんだよ！】

ブブブブブブブブブブッ。

ラッパに似た胴をした巨大なトンボのような〈悪夢《ノイズ》〉の群れが、会場内を飛び回っていた。

トウヤのその視覚情報を分析した管制員《オペーレーター》が、早速照会結果を返してくる。

【Case/D-118です！　侵食指数2。脅威度は低く、戦闘能力も有していません】

日常的に〈悪夢《ノイズ》〉という異形相手に戦闘を行う〈貘《バク》〉の業界では、慣例的にクラスCが〝普通の強さ〟の基準とされる。

今飛び回っているCase/D-118はクラスD。大雑把には〝雑魚《ざこ》〟の括《くく》り。

しかし、管制員《オペーレーター》の言葉には、【――ですが……！】と続いて。

それを引き継ぐようにして、ウルカとヨミの通信が割り込んできた。

『うげっ、ちょっとそいつ、《チャルメラトンボ》じゃないっすか！』

『まずいんダヨ……アイツが近くを飛んでると、眠りが深くなって起きれなくなるんダヨ』

ブブブブブブブブブブッ。

Case/D-118。ウルカが勝手につけた通称は、その見かけから《チャルメラトンボ》。

その〈悪夢《ノイズ》〉の羽ばたきが発する特殊な低周波は、一時的に人間の意識を、強制覚醒《かくせい》信号を受けつけないほどの深い眠りへと引きずり込む。

それが今この状況に、最悪な形で噛《か》み合ってしまっていた。

「出してくれ！　ここから出してくれ!!　誰かぁっ!!」

「嫌よ！　夢信《むしん》症になんてなりたくないッ！　お願い！　私だけでも起こして、早くぅっ!!」

自制を失った群衆の怒号と悲鳴が渦を巻き、混乱と混沌《こんとん》がみるみる濃度を増していく。

管制員《オペレーター》の声色に焦りが滲《にじ》んだ。

【まずいです、ネガティブイメージ濃度上昇！　ユーザーたちの意識から夢信空間方向への逆侵食が始まっています！　このままでは……！】

「トウヤ、何かしら、あれ」

そこでメイアが視線を上げた。見つめる先はパーティー会場の遥か上空、夜空の一角。

そこに何か、常夜の闇より遥かに深い、真黒《しんこく》の渦が発生していた。

「あれは、まさか……〈悪夢《ノイズ》〉が発生しかけてる……!?」

渦を見上げたトウヤのその驚愕《きょうがく》に、管制員《オペレーター》の報告が追い打ちをかける。

【ネガティブイメージ集積による空間歪曲点を確認！　歪曲点の逆侵食値、6を越えています！　既にクラスB相当です……放置すれば更に上位クラスの〈悪夢《ノイズ》〉に成長する危険が……！】

【『ショータイム』だぁ？　そういうことかよ、〈アトリエ・サンドマン〉！】

サンドマンたちが口にしていた言葉を反芻し、レンカが怒りの声を発した。

【密集した人心をパニックに陥れて、局所的にネガティブイメージを集中させる。更にはそれを煽動して、群衆の感情を方向づけする。『サンドマンが怖い、ここから出してくれ！』ってな。そうやって〝方向づけされたネガティブイメージの塊〟が、夢信《むしん》空間に作用して……！】

「ふぅん……それが〈悪夢《ノイズ》〉の発生する仕組みというわけ？」

【普通は今言ったことが個人のレベルで起きて〈悪夢《ノイズ》〉に成長するんだ。偶発的な集団パニックが原因で〈悪夢《ノイズ》〉が自然発生するってこともありはするが、そんなもん数年に一回のレアケースだ。今回はそれを計画的に生み出したってこと……っ！】

此度《こたび》の襲撃。その狙いを理解して、レンカが呻《うめ》く。

【連中、強大な〈悪夢《ノイズ》〉を意図的に発生させて〈ラヴリィ・ドーター〉を強奪するつもりだ！交換局が強制遮断できないよう、《チャルメラトンボ《Case/D-118》》なんて小細工まで持ち込んで……っ！】

『それっすよ。何でこのタイミングで起きられなくなる〈悪夢《ノイズ》〉なんて湧いてくるんすか!?』

『これじゃ誰も起きれなくて、ネガティブイメージが溜まってくばっかりなんダヨ……』

ウルカとヨミが疑問を口にするなか、トウヤが切りだす。

「……サンドマンたちのなかに、特性者がいる」

トウヤが先ほどから睨《にら》んでいる先には、リーダー格のサンドマンが手にする黒い箱があった。

「あの箱……あの中から《チャルメラトンボ《Case/D-118》》が出てきたんだ。〝〈悪夢《ノイズ》〉を自由に出し入れできる能力〟……そういう夢信特性なのかも」

【じっくり考えてる暇はねぇぞ。このまま見てるだけじゃ連中に都合のいい高クラス〈悪夢《ノイズ》〉を生成されて〈ラヴリィ・ドーター〉を奪われる。それ以前にミスターFとユリーカ嬢を救出しねぇと。……はぁっ、〝立ってるだけでいい簡単なお仕事〟のはずだったんだがな……】

トウヤたちの復帰戦のため、簡単な仕事を受けたつもりだった。それが蓋《ふた》を開けてみればこんなことに……頭を抱えたレンカが数秒間黙り込み思案を巡らせる。やがて、

【やむを得ん、やるしかねぇか……——主目的《メインミッション》を更新する！　共有通信へ繋《つな》げ！】

レンカの指示で管制員《オペレーター》が回線を切り換えると、警備統括《コントロール・ゼロ》の焦り声が聞こえてきた。

【——……くそ、どうするっ、どうするんだ……責任問題だ、こんな事態！】

【あ、もしもしぃ？　警備統括《コントロール・ゼロ》ぉ？　元気してるぅ？】

【……？　その声は……夢幻の女部長か。今は貴様らに構ってる暇は——】

【あぁだいじょぶだいじょぶ。ちょーっと一言、伝えとこうと思っただけなんでぇ】

【ちょっと一言……？】

【そそそ】

媚び媚びの猫撫《ねこな》で声《ごえ》を出していたレンカが、そこで突然声色を変えた。

【……現時刻をもって、我々は警護任務を放棄する——〈夢幻S・W《セキュリティ・ワークス》〉はこれより、事態収束へ向け、武力介入を開始する】

【…………。…………はっ!?　ちょっ、何を言っている貴様!?　勝手な行動は許さ——】

【あ、ごっめーん☆　なんか混線してよく聞こえなーい】

ガチャリ。レンカが共有通信を一方的に遮断した。

【……よし！　筋は通したぞっと】

『え？　今のでっすか？』

『レンカさん、こういうときやることがいつもメチャクチャなんダヨ……』

【失礼な。調子が出てきたと言ってくれ】

ウルカとヨミが呆れるのをレンカが笑い飛ばしていると、ヒョウゴの声が割り込んでくる。

『犀恒《さいづね》さん、よろしゅう頼んます……〈警察機構《ワタシら》〉じゃ〈悪夢《ノイズ》〉なんて相手にできませんで』

【あ、いっすよー？　今度ビール奢《おご》ってください？】

『ええ、心を籠《こ》めて注がせていただきますわ、是非……そんじゃ、ワタシら退避してますんで』

【物わかりのいいおっさんは好きですよ。避難者の誘導と保護、よろしくねーん】

『はいはい。そっちは本業なんでね、お任せを』

ヒョウゴとの通信も終えると、レンカがごきりと首を鳴らした。

【うっしゃ、周りの段取りも諸々完了……あとはヤるだけだな。全員聞け。今から作戦を伝える。つっても今五秒で考えた超大味なやつだがな】

「あぁ、この力業……レンカさんと仕事してるなぁって気分にようやくなってきましたよ、俺」

「ふふっ。なんだか急におもしろくなってきたわね？」

【事態は一秒を争う。復唱不要、一回しか言わねぇからよく聞け。いいか、まずは――】

それは聞き終えるのに三十秒もかからない内容だった。この危機を打開するため、レンカが最速で組み上げた電撃作戦。やり直しの利かない一発勝負。全員に重圧がのしかかる。

ただ突っ立ってるだけのお飾りは終わり――〈貘《バク》〉の仕事が、始まる。

【では諸君。誰に喧嘩《けんか》を売りやがったのか、思い知らせてやろうじゃないか――状況、開始！】

「――ヨーホーホー！　ネガティブイメージ濃度、順調に上昇中。素晴らしいッッッ」

会場のパニックを見下ろしながら、サンドマンが満足そうに笑っていた。

ステージ上では、複数のサンドマンたちが〈ラヴリィ・ドーター〉強奪の準備を進めている。

「じきに逃走用の高クラス〈悪夢《ノイズ》〉が生まれる。〝ボス〟もお気に召すだろう、ヨホホホ！」

ぐいと、傍らの人影を抱き寄せて、

「そうは思いませんかな？　お嬢様？」

「……お義父《とう》さまは……ご無事、なのでしょうね、下郎……っ！」

笑う道化をキッと睨《にら》み返したのは、肉の盾とされているユリーカだった。

「ええ、それはもちろんッ。ミスターFはこの状況を作り出し、そして維持するためのキーマンですからな！　起きて消《き》えてしまわない程度に痛めつけておりますとも、ご覧のとおりッッッ」

パンッ！　――「ぐっ、うぁぁ……っ」

ユリーカの視線の先で、ステージ上に連れだされたFが腕を撃たれ、呻《うめ》き声が上がった。

「お義父《とう》さまっ！」

悲壮な声を上げたユリーカへ振り向いたFが、気丈に笑みを浮かべてみせる。

「……心配ない、ユリーカ……悪い、夢は、必ず終わる……それがどんなに、長い夢でも……」

「はい……はい……っ。そのとおりですわ、お義父《とう》さま……っ！」

夢の中では痛覚にフィルターがかかるため、覚醒《かくせい》現実に比べればその痛みはずっと軽い。が、〝我慢できる程度の痛み〟を連続で味わわされることは、拷問以外の何ものでもない。

Fもユリーカも、少しずつ少しずつ、確実に摩耗してきていた。

上空でみるみる大きくなっていく真黒《しんこく》の渦を見上げて、サンドマンたちが狂喜する。ユリーカの眼前でも「ヨーホーホー！」と、悪夢的な笑い声が続いている。

そんな道化どもを前にして、項垂《うなだ》れていたユリーカの口元が、何事か囁《ささや》いた。

「……悪夢は、生まれたその瞬間から、消える運命を背負っています……」

「ヨホ？」

少女が顔を上げ、サンドマンを睨《にら》みつけ、語気も強く告げる。

「〈貘《バク》〉が、悪夢を滅する方たちが、いらしてよ、この会場に……。いつまで、笑っていられますかしらね……っ！」

それを聞いて、サンドマンの笑い声が止んだ。

「…………で？　そのクソデカボイスも黙らせて差し上げましょうか、お嬢様？」

ジャキリッ。サンドマンの銃口が、ユリーカの額をひやりと撫《な》でた。

道化が引き金を引き絞る。少女が目を瞑《つむ》る。両手が祈りに組み合わされる。そして――

――パァンッ。

銃声。ドサッと何かが倒れて。ジジジッと砂嵐。それから無音。

「――当たった！　いけぇっ、メイアッ！」

「《放り投げなさい、思いきり》」

パーティー会場のずっと後方から、男女の声が聞こえた。

バサバサと、外套《マント》をはためかせて宙を舞う影。ドスゥンッ！　と、鋭い着地の衝撃。

「すみません、遅くなりました！　――さぁ、こちらへ！」

ゆっくりと目を開けたユリーカは、眼前に現れたトウヤと、ぴたりと目が合った。

「……お待ちしておりましたわ、〈貘《バク》〉！」


≫≫　数秒前。

――パァンッ。

会場後方の暗がりに身を潜《ひそ》めていたトウヤが、ステージ上を狙い澄まして放った弾丸。それがユリーカを拘束していたサンドマンを撃ち抜いた。

まずは一人、撃破。

「当たった！　いけぇっ、メイアッ！」

「《放り投げなさい、思いきり》」

トウヤの合図を受けたメイアが、《魔女の手》に命じてトウヤを思い切り放り投げる。トウヤの身体は長大な放物線を描いて空中へと射出された。

ドスゥンッ！　ユリーカめがけ飛翔したトウヤが、その着地際《ぎわ》に敵の顔面を蹴り飛ばす。

これで、二人撃破。

「すみません、遅くなりました！　さぁ、こちらへ！」

「お待ちしておりましたわ、《貘《バク》》！」

トウヤのヘッドセットに、管制員《オペレーター》の冷静な声が聞こえる。

【作戦第一フェーズクリア。保護対象、ユリーカ嬢との接触を確認】

トウヤがユリーカの腕を引き寄せる。

それと同時、サンドマンたちが一斉にトウヤへ銃を向けた。

「「「「おはよう、ヒーロー気取り」」」」

パンッ！　パンパンパンパンパンッ！

「瑠岬《るみさき》さまっ⁉」

ユリーカを背中に庇《かば》って何十発もの弾丸を浴びたトウヤを見て、ユリーカが悲鳴を上げる。

しかし、トウヤは全く怯《ひる》みもしない。

「「「「何とッッッ!?」」」」

対悪夢異常耐性――並のダメージではトウヤは止まらない。

「瑠岬《アタッカー・ワン》トウヤ、交戦！　武器ください！」

バサリッ。翻《ひるがえ》ったトウヤの外套《マント》の内側へ、管制室から武装イメージが送り込まれる。

ジャキリッ。長大な弾倉《マガジン》を差し込んだサブマシンガン。それが二丁。鋭い銃口が牙《きば》を剝《む》く。

「「「「ヨホッ!?」」」」

ダラララララララッ!!　全自動《フルオート》で放たれたサブマシンガンが、トウヤとユリーカを至近距離から包囲していたサンドマンたちをまとめてなぎ倒す。

五人撃破。トータル撃破数、七。

【作戦第二フェーズ、スピーチ台周辺区画の制圧完了。続いて第三フェーズへ移行】

――ゴッ。「ヨボブッ!?」

突如聞こえたその奇声は、トウヤのいるスピーチ台から十メートルほど離れた位置、ステージ上に展開していたサンドマンが発したもの。

「……あら？　あなた、脆《もろ》いのね？　トウヤは十回ぐらい殴っても平気だったのに……」

メイアがサンドマンの顔面に己の拳《こぶし》を叩《たた》き込んでいた。サンドマンの頭が床にめり込み、ピクピク痙攣《けいれん》している。犯罪者相手とはいえ明らかにやりすぎの一撃。

「呀苑《ウイッチ・ワン》メイア、交戦したわよ？」

【第三フェーズ、呀苑《ウイッチ・ワン》メイアによるステージ上敵対勢力の排除を開始】

無防備でいるメイアめがけ、別のサンドマンが引き金を引く。

「ヨホホホ！　飛んで火に入る黒髪美少女ッ！」

パンッ――しかし、

「《受け止めなさい》」

サンドマンの凶弾がメイアに届くことはなかった。弾丸は、空中で、ピタリと、停止していた。

「……ヨホ？　止ま……は⁇」

《魔女の手》の硬質な骨の指先。その精密動作と反応速度は、命じさえすれば本体《メイア》を上回る。

「弱い者いじめはいけないのよ？　学校で先生がそう言ってたわ……おしおきしてあげる」

「ヨ……？」――――ズドンッ――――「ホォアア⁉」

その可憐《かれん》な容姿に反して、メイアは己の拳《こぶし》と《魔女の手》のみを武器とする近接特化型《インファイター》である。

ブツンッと、メイアのボディーブローに撃ち抜かれ、あまりの衝撃にサンドマンの身体が浮き上がった。

砂嵐になる間すらもなく消えた《きえた》犯罪者が、覚醒《かくせい》現実でどんな夢信症《むしんしょう》に悩まされるのか……それを想像して、一部始終を見ていたトウヤは背筋が冷えた。

トータル撃破数、九。

【敵戦力の減殺《げんさい》を確認。薪花《シューター・ワン》ウルカ、那都神《アタッカー・ツー》ヨミへ。第四フェーズいけます。一般ユーザーの

脱出経路を確保してください】

管制員《オペレーター》の合図で西側非常口から黒煙が上がり、次の瞬間、蝶番《ちょうつがい》を爆砕された扉が倒壊する。

その向こうから、軍服のコスプレをしたちんちくりんの少女がふんぞり返って現れた。

「おらぁん！　薪花《シューター・ワン》ウルカ、交戦！　――ってほぎゃあ!?」

閉鎖空間でパニックに陥っていた群衆が、解放された出口へ我先にと殺到する。見得を切っている最中に人雪崩《ひとなだれ》に見舞われたウルカは、大慌てで最寄りの柱によじ登って難を逃れた。

同時に、南正面扉も開放される。扉を真っ二つに斬《き》り倒したのは、打刀《うちがたな》の鋭い一太刀。

群衆が殺到するより先に、跳躍したヨミが会場内のグランドピアノの上へと着地する。

「那都神《アタッカー・ツー》ヨミ、交戦ダヨ。……？　ウルカちゃーん、何でそんなとこでコアラの真似《まね》なんてしてるのー??」

「ちくしょーカッコつかないのあたしだけかよ！　うわぁん！」

薪花《シューター・ワン》ウルカ、那都神《アタッカー・ツー》ヨミ、参戦。場外戦闘にて計五人、撃破済み。

トータル撃破数、十四。

ザッ、ザッ、ザッ、ザッと。やがて四人が、ステージ上に並び立ち、

【……よし、上出来だ】

レンカの声が、電撃作戦を締めくくった。

残存戦力――〈夢幻S・W・《セキユリテイ・ワークス》〉、四。〈アトリエ・サンドマン〉、十。

「弊社を舐《な》めないほうがいいですよ。普段から化け物を相手にしてる仕事ですから、休職期間《ブランク》があろうが、対人戦なんてわけないです」

「ヨホ、ヨホホホ……何とも、これは……鮮やかなものだ」

絶対的な戦力差を見せつけてトウヤが告げると、なす術《すべ》のなくなったサンドマンたちがじりじりと後退《あとずさ》っていく。

その最前列では、リーダー格のサンドマンがFを肉の盾にしていた。

「お義父《とう》さま！」と飛び出しかけるユリーカを、トウヤが自分の背後へ下がらせる。

「Fさんを開放してください。でなければ引き続き、実力行使に出ます」

「開放？　ノンノンノン……それはありえない選択肢だよ、スーパー頑丈ボーイ」

サンドマンが追い詰められながらも、ハンドガンを〝チッチ〟と振ってみせる。

「言ったはずだよ？　〝イッツ・ショータイム〟。興醒《きょうざ》めな演出はお断りだ」

「……理解できません、犯罪者の考えなんて」

トウヤがサンドマンの言葉を無視して視線を下げる。

その視線の先、サンドマンの手の中には、気がかりだったあの物体があった。

「その箱、夢信《むしん》特性ですね」

「ふむ、いかにも」

「それを使ってこいつらを持ち込んで、もっと大きな〈悪夢《ノイズ》〉を生み出そうとした……」

トウヤが睨《にら》んだ周囲には、《チャルメラトンボ》が依然として飛び交っていた。幸い、パニックを起こしていた群衆は全員外へ脱出済み。懸案だったネガティブイメージはもう上昇しない。

夜空を見上げる。そこには群衆のネガティブイメージを取り込んだ真黒《しんこく》の渦が、〈悪夢《ノイズ》〉に成長しきらないままただふわふわと浮かんでいた。

「で？　確かに箱《これ》は〈悪夢《ノイズ》〉を捕獲できる能力だが……それがどうだというのかね？」

「〈悪夢《ノイズ》〉を武力転用できる危険な能力です……特性者《あなた》には〈貘《バク》〉の監視下に入ってもらいます」

確固たる意志を持って、トウヤはそう発言した。

それに対して、サンドマンの反応は――

「――監視？　きみたちが？　私と、この《囚われの箱《ジャック・イン・ザ・ボックス》》を？」

サンドマンはトウヤを挑発するように首をねじると、やがて、

「……ヨーホーホー」

そう笑い声を上げたのは、集団の片隅にいたサンドマンだった。

「「ヨーホーホー」」

その笑いが、隣へ、隣へと。まるで伝染するように広がっていく。

「「「「ヨホホホホホホ！　ヨホホホホホホホホッ!!」」」」

笑う老人の仮面を被《かぶ》った集団が、首をガクガク震わせて笑い転げる。悪夢的な光景が広がる。

トウヤもメイアもヨミもウルカも、〈貘《バク》〉たちは皆眉《まゆ》を顰《ひそ》めた。

レンカの声も侮蔑の色を帯びる。

【もういいトウヤ、相手にするな、犯罪者の妄言だ。退路は塞《ふさ》がってる。《チャルメラトンボ》《Case/D-118》を放ったのが仇《あだ》になったな、起き《逃げ》れねぇぞ。そいつら全員拘束だ、〈警察機構〉《改谷さんたち》に引き渡す】

「……了解」

レンカの指示に応じて、〈獏〉《四人》が〈アトリエ・サンドマン〉の拘束に乗りだす。

そのときだった。

「——ところで、同志たちよ。今の気分はいかがかね？」

ピタリと。そこでトウヤは脚を止めた。

リーダー格のサンドマンが、残党たる九人の手下たちへ語りかけていた。

「彼らには銃が通用しないようだ……我々には勝ち目がない。それはどんな気分かね？」

サンドマンが再度問いかけると、やがて周囲から答えが返ってくる。

「あぁ……怖いなぁ」

「何もできない……我らは無力。恐ろしい……」

「逃げ場もない、どこにも行けない……震えが止まらない」

サンドマンたちのそんな呟《つぶや》きが、ぽつりぽつりと重なって、次第に一つになっていく。

「「怖いなぁ……恐ろしいなぁ……」」

「「「怖い、怖い、こわい、コワイ……ヨーホーホー！」」」

グルリと……そして笑う老人の仮面が、トウヤを振り向いた。

「……——この意味が、わかるかね？」

サンドマンの囁《ささや》きに、トウヤは不吉な予感を覚えた。

——群衆は、全員脱出した。

——だからネガティブイメージは、もう上昇しない。

——いや……違う。

————いるじゃないか……目の前に、〝恐怖している群衆〟が！

瞬間、トウヤは叫んだ。

「メイア！　ヨミ！　ウルカ！　〈アトリエ・サンドマン〉を保護しろ！　今すぐっ‼」

ジャキリッ。

………そして、

「「「「——おはよう、諸君！　また会おう。ヨー、ホー、ホーゥ！」」」」

————パァンッ
いくつもの銃声が、同時に響き渡った。

「……うっ……！」

支えを失って倒れかけたFを、駆けつけたメイアが受け止める。

そしてトウヤの伸ばした手の先で、自ら頭を撃ち抜いたサンドマンたちが、勝ち誇るかのように仮面を笑わせ、砂嵐となって消えていった。

【ッ……自滅⁉　夢信《むしん》症覚悟で、むりやり起きやがっ――】

ビーッ！　ビーッ！　ビーッ！

レンカの声をかき消したのは、けたたましい警告音だった。

【ネガティブイメージ濃度急上昇！　逆侵食、臨界を突破！　空間歪曲点、実体化します！】

管制員《オペーレーター》の焦燥した声に、皆が視線を上にやる。

ホテル〝ラビッツ・フット〟上空。そこに渦巻いていた巨大な真黒《しんこく》の渦が、転瞬、バスケットボールほどの大きさに凝縮したのをトウヤたちは目撃した。

直後、ドッと、猛烈な嵐が吹き荒れた。

「くっ、う……っ」

ステージを直撃した暴風が、トウヤたち全員をパーティー会場の壁際まで吹き飛ばす。

そんななか、ステージ上から聞こえてきたのは、
ボォーン、ボォーン――ボォーン、ボォーン――ボォーン、ボォーン。

嵐の向こうに響いたのは、美しい鐘の音。

「〈ラヴリィ・ドーター〉は、無事か……っ。でも、この嵐は、一体……っ⁉」

どうにか両足で踏ん張り直したトウヤが、周囲の状況を確認しようとする。

「きゃーっ！」と、そこへ悲鳴が響き渡った。

トウヤが振り向くと、今にも吹き飛ばされかけているユリーカの姿が目に留まる。

大嵐が暗い童話の人攫《ひとさら》いのように、少女をふわりと持ち上げ空の彼方へ連れ去っていく。

「ユリーカさんっ！　この……っ、届けぇ!!」

トウヤが駆けだし、ユリーカへ向かって跳躍した。

トウヤの指先がユリーカに触れる。指が絡まり、手を掴《つか》み、腕を引き寄せ、胸に抱く。

その拍子、ユリーカが肩から提げていたバッグの中身が飛散し、香水瓶が粉々に砕け散って、甘い花の香りが辺りに漂った。

直後、二人はドサリと地面に叩《たた》きつけられた。

「はぁ、はぁ……っ！　すみません、手荒な真似《まね》を……！」

「……いえ、そんなこと……感謝します、瑠岬《るみさき》さま。二度も助けていただいて――」

ユリーカの言葉は、しかしその途中で途切れていた。

トウヤの肩越し、ユリーカが上空のそれを見て固まってしまったせいだった。

その視線を追って、トウヤが振り返ると――

「……あ、れは……！」

嵐の中心たる空間歪曲点が、瓦礫《がれき》を吸い込み、いつの間にか〝殻〟を形成していた。

即《すなわ》ち、それは〝卵〟――真黒《しんこく》の、〝悪夢の卵〟。

……ピシッ。ピシリッ………その卵に、皆の見ている前で、亀裂が走る。

「やばいっすよ……ちょっとこれ、やばすぎっすよ……」

パリンッ。殻が弾ける。常夜の闇より深いその黒が、黒すぎるがゆえに夜空に映える。

「うい……巫女《ヨミ》の勘が、『大ピンチなんダヨ』って言ってるんダヨ……」

フィイイイイイイイイイインッッ。と、空気が裂けて甲高く鳴く。

「ユリーカ！　離れていてはダメだ……！　こっちへ！」

「あぁ、お義父《とう》さま……こんな、こんなこと……っ！」

バサリッ。そして真黒《しんこく》が翼をはためかせ、ここに、飛翔する。

「……わたし……クナハ以外で、こんなに大きなもの、見たことないわ……」


「――――――パミユウウウウウウンッ」


夢の夜空へ響き渡るは、悪夢の産声《うぶごえ》。

嵐の元凶たる〈悪夢《ノイズ》〉が、空高く舞い上がる。

その大きな鳥のような姿をした〈悪夢《ノイズ》〉には、頭が三つあった。

一つは首の先端で鋭いくちばしをグバと開き、今も「パミユゥウゥウンッ」と鳴いている。

そして残りの二つの頭は、その鳥の翼の根元にぶら下がっていた。

左右に一基ずつ。くちばしをいっぱいに開けて。周囲の空気を吸い込んで。

フィイイイイイイイインッッ。

ターボジェットエンジンそっくりの爆音が、静寂の夜空をかき乱す。

【……データベース、照会完了……】

管制員《オペーレーター》が、呆然《ぼうぜん》と告げた。

【対象……Case/A-024……――クラスA、〝大量破壊級〟です……ッ!!】


その《悪夢》《ノイズ》が発生して間もなく、トウヤたちはホテルから飛び出していた。

正面玄関のロータリーは広大な庭園造りになっていて、植木以外に視界を遮るものはない。

「パミユゥウウウウウンッ」

その開けた地形の遥か彼方の上空で、Case/A-024は自在に飛び回っていた。

「ええと……ジェット、スゲェジェット……《スゲェジェットバード》！　今決めたっす、アイツの名前！」

「そんなのあとでいいから！　ここから撃ち落とせるか、ウルカ!?」

上空を睨《にら》むトウヤが問うと、ウルカはライフルを覗き込んだ。しかし、

「無理っすね……あんな不規則に飛び回られちゃ、あたしの《魔弾》でも当てらんないすよ」

「うぬぬ……ヨミの《明晰夢》《めいせきむ》も、高くジャンプはできても空を飛ぶのは無理なんダヨ」

「わたしの《魔女の手》も、お空にまでは伸ばせないわ?」

ヨミもメイアも揃《そろ》って首を横に振る。機敏な動きで空に陣取られてしまっては打つ手がない。

【やってくれたな、〈アトリエ・サンドマン〉……っ!】

レンカの歯噛《はが》みの音が聞こえ、状況の説明が続く。

【クラスA事案発生に伴い、交換局が改めて強制遮断を実行した。会場外に避難したパーティー出席者とその他の一般ユーザーは覚醒《かくせい》済みだ。ただ、そのホテル一帯には依然《チャルメラトンボ《Case/D-118》》の効果が及んでいる——つまり、ミスターFとユリーカ嬢は、そこにいると起きれない……!】

「クラスAが暴れてるなかで《チャルメラトンボ《Case/D-118》》を潰《つぶ》す余裕は……増援は来ないんですか!?」

【相手は〝大量破壊級〟、通常なら協会主導で討伐部隊が組まれるクラスだ。ネガティブイメージの蓄積から実体化までが早すぎた、他社の〈貘《バク》〉が出撃するまで十五分はかかる……!】

対応が後手に回ってしまっていることに、レンカの声が苛立《いらだ》ちに震える。

【いいか、みんな聞け。今回の相手はクラスAのしかも飛行タイプ、いくらきみらでも分《ぶ》が悪すぎる。増援の到着まで、ミスターFとユリーカ嬢の保護を最優先しろ!】

「「「了解!」」」

トウヤたちは戦術を専守防衛に切り換えた。

Fとユリーカを護衛し《チャルメラトンボ》の効果範囲外へ離脱を開始した、その直後——

「パミユゥウゥウゥウゥウンッ!!」

遥か彼方の上空を旋回していた《スゲェジェットバード》が、三つの頭をギョロリと向けた。

怪鳥がその巨体を突如急降下させ、あろうことかトウヤたち目がけて驀進《ばくしん》してくる。人間を容易に鷲摑《わしづか》みにできる巨大な脚が二本、降着装置《ランディングギア》のごとく伸び、鋭い爪が地面を抉《えぐ》った。

「伏せてっ！」と、トウヤがユリーカとFの頭を押さえてその場に倒れ込む。

「《弾きなさい》」「ふぅーっ……」

メイアとヨミの呼吸が重なり、構えた《魔女の手》と抜き放たれた打刀《うちがたな》とが怪鳥の両脚をそれぞれ弾いて強引に軌道をずらす。

「おとといきやがれぇーっ！」

ウルカが、擦過した怪鳥へさらにライフルを連射して追い払った。

「あいつ……！　ユリーカさんを狙ったのか……!?」

よろりと立ち上がったトウヤが毒突いた直後、怪鳥に攪拌《かくはん》された空気が甘く香った。

「！　この香り、ホオズキの……！　私の香水と同じ香りですわ！」

【そうか、〝刷り込み〟だ……！】

それを聞いたレンカが舌打ちする。

【私怨やら脅迫目的で故意に〈悪夢《ノイズ》〉を生成する連中が使う手だ。写真やら匂いやら言葉やら、何でもいい、標的《ターゲット》に関する情報を実体化する前のネガティブイメージに刷り込むことで、

〈悪夢《ノイズ》〉の行動パターンを制御できるっつぅ理屈らしいが……】

パーティー会場で嵐に吹き飛ばされかけたユリーカを救出した際、砕けた香水瓶が歪曲点に吸い込まれていったことを思い出し、トウヤが「あのときか……」と苦い顔をする。

《スゲェジェットバード》の標的がユリーカであるとなると、この場から離脱することすら難しい。

どうする、この局面《ピンチ》――トウヤが頭の中で防衛戦術の立案と棄却を繰り返していると、

「あら、それなら都合がいいじゃない」

そう口にしたのはメイアだった。口元には不敵な笑みを浮かべている。

「メイア……それ、どういう意味だ？」

「どうって、そのままの意味よ？　あんな速い動きで急にこられたら防御するだけで精一杯だけれど、いつ襲ってくるかわかるなら……ふふっ、どうとでもできるでしょう？」

「攻撃してくるタイミングがわかったとしても、どうとでもってわけには……歩兵で戦闘機を相手にするようなもんなんだぞ」

「条件さえ揃《そろ》えば――あの鳥を少ぉしだけおとなしくさせて、《魔女の手》の届く範囲に追い込めるなら……わたしがどうにかしてあげる」

「そんな都合のいい状況、どうやって作るんだよ」

「さぁ？　それを考えるのがリーダー《あなた》の役目でしょう？」

「…………」

覚醒《かくせい》現実で見せる幼い一面とは打って変わって、夢信《むしん》空間にいるときのメイアは〝魔性の女〟と呼んでいいほど艶《なま》めかしく、活き活きとして、生の喜びに満ちているように見えた。明らかに今のこの状況を楽しんでいる。

魔女が、やれると言っている。クラスAの飛行タイプ、相性最悪といってもいい強敵相手に。

数秒、トウヤは目を閉じ思考をフル回転させた。

薪花《シユーター・ワン》ウルカの狙撃《そげき》、那都神《アタツカー・ツー》ヨミの剣術、呀苑《ウイツチ・ワン》メイアの近接戦闘、瑠岬《アタツカー・ワン》トウヤの耐性能力、そして〈悪夢《ノイズ》〉の標的になってしまったユリーカ――これらの手札を使った、逆転の一手……。

「…………」

やがて、意を決したトウヤが目を開ける。

「……防衛戦を展開しようにも、〝刷り込み〟のせいで動けない。増援がくるまで十五分、〝大量《あ》破壊級《いつ》〟の嵐で〈千華《ちか》〉が壊滅するには十分な時間…………やるしかないか」

トウヤが、背後に立つウルカとヨミを振り返った。

「反転攻勢……マジでやるんすか、クラスA相手に、こんな少数で。正気とは思えないっすね」

「うい……クラスAをたった四人でやっつけたなんて話、聞いたことないんダヨ」

三人が揃って、メイアを見た。

「それでも――やれるっていうんだな、お前は」

トウヤのその問いかけに、メイアの暗紫色の瞳《ひとみ》が、怪しく光った。

「ええ。あなたに、あなたたちに、そのつもりがあるのならね？」

四人の目が、互いの目を見る。

やがてその視線は、フォーマンセルのアイコンタクトに変わり——コクリと、頷《うなず》き合った。

チームの意志が、ここに固まる。

「よし……。……レンカさん」

【あぁ、聞いてたよ】

「すみません、復帰戦早々、また無茶してみようと思います。やらせてください」

【正直言うと、止めたいところだが……それが君の、悪夢を狩り続ける新たな理由か。——なら、私はそれを見届けないとな、トウヤ】

レンカから現場での作戦指揮を任されたトウヤが、改めてメイアを見た。

——俺が、メイアの〝呪い〟になるって。そう誓ったんだ。あの〈銀鈴《はじまりの夢》〉の中で。

——「悪い夢は忘れなさい」と言い残して、一度は独りで消えようとまでしたきみを、繋《つな》ぎ止めるために。生かすために。支えるために。

——だから俺は、〝ここ〟にいる……〈貘《ここ》〉に。戦場《ここ》に。そして隣《ここ》に。

——俺たちが、この悪夢を終わらせる……どんな手を使ってでも。

トウヤはそう、自分の思いを確かめて——そして次に、彼の視線が向いた先は、

「ユリーカさん」

「は、はい！」

予期せずトウヤに正面から見つめられたユリーカが、その場でぴょんと飛び上がった。

「こんな状況で、なんですけど……ユリーカさんに、協力してもらいたいことがあります」

「わ、私に、ですか？」

「〈悪夢《ノイズ》〉を倒すために、ユリーカさんにしかできないことです。俺たちが、必ず守ります。だから」

トウヤの熱の籠《こ》もった言葉に、ユリーカが「まぁっ」と両手を口へやる。

それから少女は、背後に立っていたＦを振り返った。

「お義父《とう》さま。私は、ユリーカは……」

義娘《むすめ》の視線を前に、Ｆは黙考した。

サンドマンから受けたダメージをものともせず、杖をついて自分の脚でしっかりと立っているＦの姿には凄《すご》味があった。紛れもなく大企業のトップに立つ者の風格。

「……うん。そういうことなら、やってみなさい」

Ｆが、閉じていた青い瞳をトウヤへ向ける。

「きみたちの能力と、僕の目利きを信じよう」

「決まりですわね。瑠岬《るみさき》さま、皆さま。不束者《ふつつかもの》ではございますが、どうぞよしなに」

ゴシックドレスの正面で手の甲に掌《てのひら》を重ねたユリーカが、ぺこりと礼儀正しく頭を下げた。

「それで、その……私は、何をすればよろしいのでしょう？」

そこでにこりと笑ってみせた〈貘《バク》〉たちの表情は、少し、不敵な色を帯びていた。

「大丈夫です。ユリーカさんにお願いしたいのは、ものすごく単純で、簡単なことなので――」


「――あーん！　〝単純で簡単なこと〟って、おっしゃいましたでしょー!?」

夢信《むしん》空間〈千華《ちか》〉に、ユリーカ嬢の悲鳴が響き渡っていた。

「走ってください！　ユリーカさん!!　そのまま真っ直ぐです!!」

「はぁ、はぁっ……んもーっ!!　だから走ってますでしょ!?　私ドレス着てますのよ!?」

「もっとです！　もっと速くっ！」

「聞いてませんわあの方、鬼ですの!?」

顎《あご》を上げてひぃひぃ言っていたユリーカが、一瞬立ち止まって後ろを向く。

五十メートルほど後方で、トウヤが腕を回して「走れ走れ！」とサインを出し続けていた。

やけくそになったユリーカが、パーティーシューズを投げ出して素足で芝生を踏む。スカートをたくし上げ、太股《ふともも》まで露《あら》わにして、少女は再び駆けだした。

「やぁってやりますわ！　見てらっしゃーいっ！」

ユリーカの声を背に聞きながら、トウヤは前を向いていた。

《スゲエジェットバード《case/A・024》》迎撃戦にあたり、トウヤの立案した布陣は少々奇抜なものだった。北端にホテル〝ラビッツ・フット〟を置き、南方へ向かって広がる大庭園の広大な地形。そこに東西方向へ横切る形で、〈貘《バク》〉の陣形は真一文字に展開している。

各員はおよそ百メートルずつの大きな間隔を開けての配置。ほとんど孤立状態である。

庭園の中央にトウヤが陣取り、東方へ駆けていくユリーカ、西方へ向かってはメイア、ヨミ、ウルカの順。

この五人と、上空を旋回する《スゲエジェットバード》の六者が一直線に並んだ瞬間こそが、トウヤの考案した迎撃作戦の発動タイミングであった。

裸足になったユリーカが庭園を走る。東へ東へ、一直線に。

「！　パミユウウウウウウンッ」

ユリーカを感知して、西の空に旋回していた《スゲエジェットバード》が急降下へ転じた。

バサリッ。地表すれすれで翼を展開した怪鳥が、急降下から超低空飛行へと直角に軌道修正。翼の根元に生えた二つの鳥頭が、フィイイインッッとターボジェットの唸《うな》りを上げる。

驀進《ばくしん》する怪鳥が〈貘《バク》〉の展開する大庭園外縁に到達するまで、およそ五百メートル――。

「――先輩！　釣れたっすよ！　真っ直ぐこっちに飛んでくるっす！」

怪鳥がホテルの西方を流れる河面に荒波を立てたのを目撃したのは、ウルカだった。

『よし、第一迎撃戦、開始！　飛ぶ鳥相手にこれ以上のお膳立てはないんだ、外すなよ！』

「誰に向かって言ってんすかっての！」

先鋒、薪花ウルカ《シューター・ワン》。

ガションッ。遊底《ボルト》が重いスライド音を立て、弾薬を弾倉《マガジン》から薬室《チエンバー》へと装填《そうてん》した。

芝生の上で片膝《かたひざ》立ちになったウルカが三脚架と両手で構えるその銃は、普段彼女が〝ウルカちゃんスペシャル〟と呼んで愛用している細身のスナイパーライフルではない。

それは普段の愛銃よりも更に一回り大きい、いかつい見た目の長銃。

「虎の子！　対戦車ライフル、〝ウルカちゃんビクトリー〟じゃい！　受けてみさらせーっ!!」

飛び回る鳥を撃つのは至難の業《わざ》。しかしその飛行経路があらかじめわかっていて、真正面で待ち構えることができたなら──それはどんな高速で飛んでいようが、止まっているのと同義。

東へ駆けるユリーカを追い、西から飛来する《スゲェジェットバード》の進行方向、その延長線上に居並んだ〈貘《バク》〉の配置は、まさに絶好の迎撃配置であった。

ズドォオンッ！

ウルカの夢信《むしん》特性、《魔弾》。己の心臓を自ら止めてしまえるほどの強固な意志の力で夢信空間へ干渉し、物理法則を改変して、絶対不変の直進軌道を描く弾丸を射出する能力。

ウルカはただ一発、特大の《魔弾》を怪鳥の右翼、ターボ吸気口たる鳥頭へと叩《たた》き込んだ。

ガンッ！　と、弾頭が鳥頭の内部に噛《か》み込む音がして――――その直後、ボガァッンッ!!

《スゲェジェットバード》の右翼が爆炎を上げた。火だるまになった鳥頭を翼に吊るしたまま、怪鳥がウルカの頭上を高速で擦過する。

「っしゃあ！　那都神《なとがみ》せんぱーい！　次、よろしくお願いしまーっす!!」

『――ウルカが決めてくれた！　次！　第二迎撃戦開始！　頼んだ、ヨミ！』

「うい、まーかさーれたー」

薪花《シューター・ワン》ウルカより百メートル後方――――次鋒、那都神ヨミ《アタッカー・ツー》。

右翼の推進頭部を炎上させた怪鳥が、ウルカを飛び越えヨミの立つ地点へと高速飛来する。

その飛翔速度は依然高速だったが、推進力が一つ潰《つぶ》れた分だけ、確実に勢いは削がれている。

ヨミの夢信特性、《明晰夢《めいせきむ》》――夢の中の自身の肉体パラメーターを強化・変動させる能力による超加速をもってすれば、並走も可能。

が、ヨミはただじっとその場で待つばかり。

「ヨミの〝加速〟は……走ったり避けたりばっかりが能じゃないんダヨ」

ロングスカートのスリットから脚をすらりと覗かせたヨミが、ぐっと腰を落とした。

打刀《うちがたな》は未だ鞘《さや》の中。右手をそっと柄に添え、全身の筋肉の緊張を解く。

フィイイイイイイイイインッ。《スゲェジェットバード》の爆音が目前に迫る。

が、それでもまだ、ヨミは打刀《うちがたな》を抜かない。

〝まだ、早い〟――極限のリラックス状態のなか、ヨミの意識が独り言《ご》つ。

そこからわずか、百分の一秒にも満たぬ刹那《せつな》の後。

――――――――〝斬《ここ》ッ！〟

……ヨミの放ったそれは、トウヤたちの目には、ただの一条の閃光《せんこう》に見えた。

《明晰夢《めいせきむ》》による肉体動作の超加速。それを移動ではなく、抜刀動作のみに適用させて。放たれたるは極神速の居合《いあ》い斬《ぎ》り。人の目がそれを認識した時点で、仕合は既に終わっていた。

怪鳥の左翼推進頭部が、宙へ舞う――――――一刀、両断。

頭上を擦過していった怪鳥本体を見送り、納刀したヨミがはふぅと肩の力を抜いた。

「うい……瑠岬《るみさき》くーん、メイアちゃーん。あとはがんばってなんダヨー」

「――パミユウウウウウウン……ッ!?」

《スゲエジエットバード》の、言葉にならない動揺の鳴き声が突き抜けた。

薪花《シユーター・ワン》ウルカ、那都神《アタッカー・ツー》ヨミと交差したわずか数秒の間に、怪鳥は両翼の推進頭部を失った。

しかし、それでもなお、《スゲエジエットバード》は自身に刷り込まれた衝動に従い続ける。

一つきりになった鼻と、二つきりになった目玉とで、怪鳥はひたすら因縁《ユリーカ》を辿《たど》ろうとする。

その眼下に、

「——ねぇ、〈悪夢《あなた》〉。あんな弱そうな子じゃなくて、わたしと遊びましょう?」

人語を解さぬ本能に、《スゲェジェットバード》はただ、その音の羅列を耳にした。

「——《受け止めなさい》」

——————ガッシィイイッ!!

地表すれすれを滑空していた怪鳥を、メイアが真っ正面から《魔女の手》で受け止めた。

ガリガリガリガリガリッッッ!!　両手両足を地面に突き立て、芝生を抉《えぐ》りながら怪鳥を押し留めるメイアの姿はまるで野獣。

動きを止められた怪鳥が、バサリッ、バサリッ、と羽ばたく。周囲に烈風が巻き起こる。

制帽が吹き飛び、外套《マント》が風に暴れる。嵐の中心で、メイアがニヤァと妖艶に笑った。

「ふふっ……あぁ、やっぱり……夢信空間《こっちのせかい》は、楽しいわ……ふふ、ふふふ、ふふふふっ……」

そんななか、両腕で顔面を庇《かば》いながら烈風の中に飛び込んできたのはトウヤだった。

「う、わっ……お前、ほんとに滅茶苦茶な奴だよ……!」

「あらそう?『条件さえ揃《そろ》えばどうにかしてあげる』って、わたし言ったでしょう?」

「だからってこんな、ただ単純に掴んで止めるなんて、強引すぎだろ……」

怪鳥との力相撲を展開している魔女を見て、トウヤが顔を引《ひ》き攣《つ》らせた。

「でも困ったわ?　掴《つか》んだのはいいのだけれど、わたし動けないの。ちょっとでも力を抜いたら逃げられてしまいそう」

「あぁ、あとは俺がどうにかする！」

この場の拮抗《きっこう》をメイアに託し、トウヤが《魔女の手》をよじ登っていく。

背中に異物《トウヤ》が乗ったのがよほど不快だったのか、怪鳥がバッサバッサと翼を大暴れさせる。

ドルンッ！　ドッドッドッドッドッドッ！

トウヤが外套《マント》から取りだしたそれは、巨大な円盤状ブレードを搭載したエンジンカッター。

内燃機関でブレードを高速回転させ、コンクリートも真っ二つにできる切断機械だった。

「これでぇぇぇぇぇえっ！」

エンジンカッターを振り上げたトウヤが、《スゲェジェットバード》の片翼へと斬《き》りかかる。

「パミユウウウウウウウウウウンッッッッッッ!!」

〈悪夢《ノイズ》〉の巻き上げる烈風が竜巻ほどにもなって、トウヤとメイアを攪拌《かくはん》する。

ズルッ、ズルと、猛抵抗する怪鳥についに押し負け始めたメイアが、地面の上で滑り始めた。

「っ！　トウヤ、早くして！　わたし、そろそろ限界よ……っ！」

「あああぁぁぁあっアァっぁあああぁッッッ!!」

巨翼が風を裂く音と、竜巻の爆音。メイアの食い縛った呻《うめ》き声と、トウヤの咆哮《ほうこう》。エンジンカッターの唸《うな》りと、飛び散る火花の弾ける音。

理性など遠く置き去りにして、人と獣の境も失せるほどの絶叫の奔流が迸《ほとばし》る。

「こんんのおぉおぉぉおおっ！　墜ちろぉおぉぉおおっっっっ!!」

――――バキィィイッッ!!


巨大なブレードが砕け飛ぶ。エンジンカッターが爆走の果てに煙を上げた。

同時にその破砕音は、怪鳥の片翼が切断された音でもあった。

そしてそれと全く同時…………それは、《魔女の手》がねじ折れた音でもあって。

トウヤがドサッと芝生に落下する。ガクリとメイアが大地に伏す。

最後に、飛翔能力を失った怪鳥が、鳴く力も失してズゥンと重力の底を舐《な》めた。

エンジンカッターの残骸《ざんがい》が上げる黒煙と、竜巻で巻き上がった木っ端たちが夜空を舞う。

「はぁ、はぁ……はぁー……。……なんとか、間に合った……」

浮かぶ三日月をじっと見つめて、トウヤが呟《つぶや》く。

その横で力を出し尽くしたメイアが、目を閉じたまま息を吐く。

「単純に力だけなら、クナハよりも強かったわね、あの鳥。《魔女の手》、折れちゃったわ」

二人は芝生の上で頭を転がし、目を合わせた。

「ねぇトウヤ。わたし今、すっごく、〝生きてる〟って感じがするわ」

「……うん」

――きみがそう思えたのなら、それだけでも、無茶した甲斐はあったのかもな。

そっと目を閉じる。しばらくこうして、夢の夜のそよ風に撫《な》でられるのも悪くないと思った。

大将戦、瑠岬《アタッカー・ワン》トウヤ・呀苑《ウイッチ・ワン》メイアペア――《スゲェジェットバード《Case/A-024》》、撃墜。

「――瑠岬《るみさき》さまぁー！」

目を開けたトウヤが立ち上がりかけていると、遠くから呼び声が聞こえた。

振り返ると、ユリーカが手を振って走ってくるところだった。別方向からはFの姿も。

「瑠岬さま！　呀苑《がえん》さまっ！　お身体は!?　何ともありませんの!?」

「俺たちなら大丈夫です。いや、ちょっと今回は無理しちゃいましたけど……」

「Unbelievable《信じられない》！　いや失礼……でも、いざ目の当たりにすると、全く信じられないよ！」

Fが感情を全身で表現する。自身の傷《イメージ》の痛みも忘れて飛び跳ねる勢いだった。

Fとユリーカが恐る恐る、撃墜された《スゲェジェットバード》をトウヤの肩越しに見る。

片翼を失った怪鳥はビクビクと泡を吹いていて、少しずつ霧散していくところだった。

「……。ちょっと今、かなり真面目にきみたちの引き抜き《ヘッドハンティング》を検討してるんだけど、どうだい？」

「あはは、すみません……お金儲《かねもう》けでこの仕事やってるわけじゃないので、そういうのは……」

「んもう、お義父《とう》さま。瑠岬さまたちは恩人ですのよ？　お困りになることおっしゃらないで！」

【社長、助けられたその場で引き抜きとか勘弁してくれ……たくましすぎんだろ】

権力者とは思えないラフさでしれっと大事な話を持ちだすFに、トウヤは苦笑いするしかない。その横ではユリーカが膨れっ面《つら》になっていて、レンカが通信の向こうで呆れていた。

庭園の遥か西方ではウルカとヨミが手を振っている。わずか三分にも満たない大作戦だった。

被害はあったが、一件落着。長かった夜が、ようやく終わる——

トウヤのなかでそのようにして、緊張の糸が切れたときだった。

「………パ、パミユッ……」

背後に、事切れかけている異形の鳴き声がした。

霧散していくばかりの〈悪夢《ノイズ》〉に、もはやとどめなど不要。そもそもトウヤにもメイアにも、もう体力が残っていなかった。それで何も問題ないはずだった。

だからトウヤは特に気にするでもなく、肩越しに〈悪夢《ノイズ》〉を振り返った。

……それは改めて思えば、驕《おご》りと無知のせいだったのかもしれない。

トウヤたちは初めてだったのだ。クラスAの〈悪夢《ノイズ》〉とやりあったのは。

だから——

…………グバッ……。

「……え」

だから——クラスBを遥かに凌駕《りようが》する、その執念深さを、誰も知らなかった。

……フィイイイイイイイイイインッ。

霧散しかけの、最後に残った鳥頭。その大きく開いたくちばしの奥で、光が迸《ほとばし》って——

「パミユウウウウウウウウウウウウウウウンッッッ!!」

その一瞬が切り取られて……世界がコマ送りになった気がした。

――あ……ダメだ。

〈悪夢《ノイズ》〉の首がユリーカに向く。収束した空気の塊が、真っ赤に燃え上がるのが見える。

――わかる……これを喰《く》らったら、心が壊れる……。死ぬより酷《ひど》いことになる……。

トウヤがユリーカの前に出て、両腕と両脚をいっぱいに広げて、少女を守る壁になる。

そこに、飛び込んでくる影があった。

――馬鹿……お前、なんでそんなとこにいるんだよ……。

ユリーカを庇《かば》うトウヤと同じに、メイアの背中が両腕を広げ、トウヤのことを庇っていた。

――ダメだ、そんなことしたら……そんなことしたら、きみが、壊れちゃうだろ……。

〈悪夢《ノイズ》〉が紅蓮に燃える火球を吐きだす。空気が燃えて、陽炎《かげろう》の揺れるのが見えた。

――ダメだ、ダメだ……ダメだダメだダメだダメだダメだ。ダメだ！　こんなのは、ダメだ！


――――――――……………………助けて、姉さん!!


……ググッ、バキリッ！

前髪の下に隠していた額の古傷が――〈礼佳弐号事件《四年前》〉に刻み込まれた、因縁の証《あかし》が開く。

血潮の代わりに、光の粒子が吹き上がる。夜空に一つ、新たな星が灯《とも》る。

ここに、〝道《光》〟が開かれて。

『────────ラァァァァァァァァァァァァァアァッ』

〝獣〟が、美しく澄んだ声で啼《な》いた。

「──《悪夢《おまえ》の周りは、真空になる！》」

……ヒュゥイッ。

トウヤが唱えた次の瞬間、彼らに直撃する寸前だった火球が、蠟燭《ろうそく》の火のように吹き消えた。

《スゲェジェットバード》の全身が、まるで水疱《すいほう》のような膜に包み込まれていた。

それは空気の断層。その内側は大気の存在しない、完全な真空。

空気を操るその〈悪夢《ノイズ》〉は、逆に周囲の空気を奪い尽くされ、自らが内に溜め込んだ高圧を支える術《すべ》を失い、次の瞬間、内側から破裂して四散した。

その断末魔さえも、突如出現した真空の中では響かなくて。

『ラァァァァァァァアッ』

その一部始終を見ていたのは、次元の穴の向こうからこちらを覗く、大きな大きな瞳《ひとみ》だった。

其《そ》は〈獣の夢〉。《頭蓋《ずがい》の獣》。人工頭脳〈礼佳《らいか》弐号《にごう》〉の化身──あるいは、瑠、岬、セ、ン、リ、。

夢の世界の、絶対強者。

【──人工頭脳〈礼佳弐号〉から〈千華《ちか》〉へ、大規模な演算介入発生！】

ヘッドセットの向こうから、数えきれない警報と管制員《オペレーター》たちの怒号が響いた。

【侵食指数10、絶対崩壊値を突破ッ！　観測装置各種、現象の測定不能！】

【空間パラメーター崩壊！　物理法則が完全に無視されています！】

【強引に世界規定を上書きしてやがるのか……焼き切れちまうぞ、〈千華〉が……！】

その存在を知っている者も知らぬ者も、皆等しく、恐れ戦《おのの》いていた。

「あれが、《頭蓋の獣》……綺麗《きれい》な獣《コ》なんダヨ……綺麗すぎて、怖いぐらい……」

《スゲエジェットバード》など足元にも及ばぬ存在の出現に、ヨミが神職の顔つきになる。

「瑠岬《るみさき》先輩、これは、ダメっすよ……〝望むままに世界を変える力〟なんて、傲慢《ごうまん》っすよ……」

〝獣〟に見蕩《みと》れるあまり膝《ひざ》から崩れ落ちたウルカが、放心して対戦車ライフルを放りだす。

「これが、瑠岬さまの夢信《むしん》特性ですの……あぁ、なんて神々しい……」

獣の瞳《ひとみ》を間近に見上げたユリーカが、自然と胸の前で手を組み合わせる。

「すごい……まるで東洋の伝説に出てくる、夢喰《ゆめぐ》らいの獣……〈貘《バク》〉そのものだ……」

そしてFは魅入られたように、その身を支える杖も放り、両腕を伸ばし感嘆を漏らしていた。

「…………ねえ、トウヤ？」

その場でただ一人、変わらない声が彼を呼んでいた。

「苦しいわ。ねぇ、そんなに強くぎゅっとしないで？」

彼女のことを背中から抱き締めて、彼の吐息は震えていた。

自分の油断で彼女のことを失いかけたその恐怖に、彼の身体は震えていた。

「怖がらないで？　わたしはここにいるでしょう？」

彼女の手が、そっと彼の頭を撫《な》でる。まるで、〝獣〟をあやす魔女のように。

【――……全員聞け、交換局からだ。『御社の尽力に感謝する』だと。よくやった、お疲れ】

レンカが交換局から送られてきた感謝文を読み上げて、それから深い溜め息を吐《つ》く。

【とはいえ、ちとやりすぎたのも事実だ。さっきの大規模演算介入で〈千華《ちか》〉が熱暴走《オーバーヒート》しかけてる、緊急冷却に入るそうだ……三十秒後に強制遮断が実行される。戻ってこい、状況終了だ】

レンカが部下たちに労いの言葉をかけた後、【瑠岬《るみさき》】と名指しして、

【ナリタが使うなと忠告したとおりだ、トウヤ……その力は、強すぎる。行きすぎた力は、巡り巡っていつかそれを使う者の身を滅ぼすことになる……それを忘れないでくれ……】

レンカの通信に、トウヤは込み上げる思いで喉《のど》が潰《つぶ》れて返答ができなかった。

ただぎゅっと、目の前で失いかけた大切なものを抱き締めるだけで、胸がいっぱいだった。

『ラァァァァァァァァァァァァァアアッ』

夢の彼方へ去っていく《頭蓋《ずがい》の獣》が、トウヤの心を代弁するように啼《な》いていた。

＊＊＊ **覚醒《かくせい》現実** ＊＊＊

三日後。私立西界《にしざかい》高校。

〈L．D．《ラヴリイ・ドーター》強奪未遂事件〉は、あれからすっかり人々の間に知れ渡っていた。

〝夢信《むしん》症発症者多数、被害者の現状と家族の苦悩を追う〟。

〝十五億円の夢は娘への誕生日プレゼント!?　GD社社長、F氏独占インタビュー〟。

〝サンドマンの仮面、夢信通販サービスで早速模倣品が流通か〟。

〝クラスAの脅威、〈千華〉に襲来。今学びたい安全安心な夢信利用術十選〟。

事件はメディア各社から根掘り葉掘りあらゆる角度から取り上げられていたが、トウヤがいくら調べ回っても一切出てこない話題が一つだけあった。

〈千華〉を熱暴走《オーバーヒート》に追い込んだ、正体不明の〈悪夢〉《獣の夢》について。

《頭蓋の獣》が出現した記録が、一切残っていなかった……それが理由だった。

無我夢中だったとはいえ、《頭蓋の獣》による過負荷で人工頭脳を破壊しかけたのだ。交換局から批難が飛んでくるか、もしかすると警察沙汰になるかもしれないとトウヤは身構えていたのだが、すべて《スゲエジェットバード《Case/A-024》》による被害として片付けられたらしかった。

『〈千華〉の一件は忘れろ、そしてもう使うな……あの力は、人の手に余る』――事件後、〈夢幻S・W・《セキュリティ・ワークス》〉から帰宅してレンカに言われたその言葉を、トウヤは胸に刻み込んだ。

「――おぉし、それじゃ授業始めるぞぉ。今日はこの前の続き、五十四ページの頭から」

本日の四限目は覚醒現実の教室にて英語の授業。クラス担任でもある男性教師が教壇で教科書を捲《めく》る。

何はともあれ、こうして日常は続いていく。窓辺の向こう、〝深窓の編入生《メイア》〟の横顔を遠くに見ながら、トウヤはクルクルと手癖でシャーペンを回していた。

「……先生、ちょっとちょっと」

そのときガラッと、教室前方の扉が開き、廊下からクラス担任を手招きする人影があった。

「理事長！　どうなさったんです？」

「ちょっと今いいですかな？　お話がありまして……」

外から手招きを続ける理事長に誘われ、クラス担任がほいほい廊下へと出ていく。

生徒たちが「ラッキー」と伸びやら突っ伏すやらしていると、外から会話が聞こえてきた。

『——え？　そんな話、この前の職員会議じゃ出てなかったですが？』

『いやそれがね、急な話なもんだったから——』

『いや急って言われましても……今朝のミーティングでもそんな話一言も……』

『いやだからね、ほんと急な話で——』

その後も何やら、廊下からクラス担任と理事長のやりとりが聞こえたが、終始戸惑う担任と頼み込む理事長という内容の会話だった。

左後方窓際席が廊下に一番近い右最前列席を見たが、彼女も〝さぁ？〟と肩を竦《すく》めるだけで。

「——あーっと……皆さんに連絡事項があります」

数分後、戻ってきたクラス担任が教壇に立ち直し、頭を掻《か》いて困った様子で切りだした。

「えーっと、どうすっかな……まぁとりあえず入ってきて、どうぞ」

教師が廊下に向かって手招きすると——ガラリ。

扉が開かれ、パタパタパタパタと、上履きがタイルを踏む音が続いた。

それは自分たちが履いているのと同じ上履きとは思えない、何とも優雅な足取りで。

「急なご挨拶《あいさつ》、失礼いたします。貴重な学びのお時間ですもの。手短に自己紹介を」

制服の正面で手の甲に掌《てのひら》を重ねた人物が、ぺこりと礼儀正しく頭を下げる。

「たった今、こちらの学《まな》び舎《や》に転入させていただくことになりました——ユリーカ・ファイ・ノバディと申します。どうぞよしなに、よろしくお願いいたしますわ」

クルクル、クルクル、クルクル………ポトリ。

教壇に立つ金髪碧眼《へきがん》の少女と目が合い、トウヤの手からシャーペンが落っこちた。

「…………はい？」

第四章 マイ・ヒーロー

〝ユリーカ・ファイ・ノバディ〟。

十七歳。本籍地、イギリス。父親の仕事に同行し、現在はこの極東島国の首都に居住。訳あってここ那都界《なとざかい》市へ転居。よろしくお願いします――

授業中に突如やってきた、金髪碧眼《へきがん》の少女。その自己紹介は、そんな内容で手短に終わった。

「あー……とりあえず、空いてる席に座ってもらおうか」

「はいっ、わかりましたわ」

教師の指示に従い、少女がざわつく教室を横切っていく。

〝空いてる席〟――そんな都合のいい存在が、ここ二年四組には実在していた。

最後列、窓際から二番目の空席へやってきたユリーカが、にこりと微笑《ほほえ》む。

「やっとお会いできましたわ、瑠岬《るみさき》さま……うふふっ！」

「……。……ユリー、カさん……どうして……えぁ!?」

それはいきなりのこと。ユリーカに抱きつかれたトウヤの奇声だった。

柔らかな頬《ほお》が頬に当たって、耳元で「チュッ」と唇が弾ける。

それを見た周りの生徒たちから一斉にどよめきが起きた。

「……あら、どうかされまして？　ごあいさつのつもりだったのですけど」

ハグとチークキス《ヨーロッパ式のあいさつ》を終えたユリーカが、目を丸くしているクラスメイトたちに首を傾げ返す。

「お騒がせしてしまったようですわね。先生？　どうぞ授業をお続けになってくださいまし」

何食わぬ顔でトウヤの隣に着席したユリーカが、ぱちりとウインクしてみせる。

〝そこ、メイアの席なんですけど〟…………頬に付いた香水の匂いで頭がいっぱいで、トウヤはとうとう、それを言いだすことができなかった。

≫≫四限目終了後、昼休み。校舎屋上。

「──皆様、ご無沙汰しております。先日は大変お世話になりました」

ぺこり。屋上に集まったトウヤたち四人を前に、ユリーカが深く頭を下げた。

「びっくりしましたよ、ユリーカさん。まさか西界高校《うちの学校》でお会いするなんて……」

大企業のご令嬢との、覚醒《かくせい》現実での思わぬ再会。トウヤがたじたじとなっていると、頭を上げて姿勢を正したユリーカが、トウヤの顔を見るなり急に唇を打ち震えさせて──

「……あぁっ、瑠岬さまぁー！　マイ・ヒーロー!!」

そう声を上げると、ユリーカが何の前触れもなくトウヤに抱きついた。

「ッ、はっ!??!　ユリーカさんっ!?」

更には、チュッと。今度は頬と頬を当てて《チーク》唇は鳴らす《キス》だけではなく、本当に唇で頬に触れてきて。突然のことにトウヤが戸惑いの絶叫を上げる。

「…………医者を呼んでくれー！」

「ウルカちゃんしっかりしてー。道端で干からびたミミズみたいになんないでー」

その横では、ショックで地べたに伸びたウルカをヨミがつんつん突き回していて。

「ほうや《トウヤ》がぎゅっほ《がぎゅっと》ふるの《するの》ひやはるの《嫌がるの》、わらし《わたし》はひめへ《初めて》みるは《見るわ》？」

そしてメイアはカオスな光景を見つめながら、購買のカレーパンをもぐもぐ頬張《ほおば》っていた。

数十秒後、ようやくハグから解放されたトウヤがどっと疲れた顔でフェンスに寄りかかった。

「せ、説明……っ、説明してください、ユリーカさん……何だってんですかっ！」

「……あら！　これは失礼しましたわ。私ったら、皆さまにお会いできたのが嬉しくて、つい」

二本に結った金髪を払うと、改めてユリーカがここまでの経緯を語り始める。

「先日の〈L．D．《ラヴリィ・ドーター》強奪未遂事件〉、〈夢幻S．W．《セキュリティ・ワークス》〉さまには大変お世話になりました。二度ならず三度、いいえ、何度も守っていただいて。私も義父《ちち》も、深く深く感謝しております」

「お元気そうで、よかったです……Fさんのほうは、あれから？」

「ええ、私は幸い発症前症状《夢信酔い》で済みました。義父《ちち》は、元々左腕と左脚に麻痺《まひ》があるのですけど、それが酷《ひど》く痛むようで。幻痛症状は中度夢信《むしん》症の一種だそうです。今は静養中ですの」

「それは、お気の毒です。それで、どうして急に転入なんて？」

「そうです、そうですわ！　それが一番大切なお話ですもの！」

パンと掌《てのひら》を鳴らしたユリーカが、本題に移る。

　そこでふと、ユリーカの表情に影が差した。

「あの事件のすぐ後《三日前》、GD社《お義父さまの会社》の役員さんたちと〈警察機構〉の方々を交えて、お話があったのです。〈アトリエ・サンドマン〉を取り逃がしてしまった以上、〈ラヴリィ・ドーター〉を狙った襲撃が今後もあるかもしれないと……」

　そこまで言って、あの夜のことを思い出してぶるりと震えたユリーカが両腕を抱き寄せ、

「私、それを聞いて、悔しくてっ。あの夢信アートは、お義父《とう》さまが私に贈ってくれたお誕生日プレゼントなのに……あんな連中にお義父《とう》さまのお気持ちが踏みにじられて、私……！」

「ユリーカさん、落ち着いて。大丈夫、ゆっくりで大丈夫ですから」

「……ごめんなさい、取り乱しましたわ。私もお義父《とう》さまも暴力には無力です。悔しいですが、それが事実。……でも、どうしても、この気持ちのやり場がなくてっ……だから私！　今日こうして瑠岬《るみさき》さまに、〈夢幻S・W《セキユリテイ・ワークス》〉の皆さまに、お願いにきたのです！」

　そしてユリーカは俯《うつむ》けていた顔を上げ、胸の上で拳《こぶし》を握って、トウヤたちをまっすぐ見た。

「お願いします。〈貘《バク》〉の皆様に、私を。ユリーカを、守っていただきたいのです!!」

　少女の熱の籠《こ》もった言葉が、島国の夏の青空に溶けていく。

　それはあまりに唐突な申し出だった。合理性もなく、辻褄《つじつま》も合わない行動にしか見えなかった。よほど感情が昂ぶっているのか、ユリーカは肩で息をしている。

「ちょっといいかしら？」

そこに切り返したのは、ちょうどカレーパンを食べ終えたメイアだった。

「わたし、今の話がよくわからないわ。あなた、言っていることがめちゃくちゃではないの？」

トウヤが思わずメイアを止めようとするが、魔女は彼の言葉を遮って続ける。

「守ってほしいのなら、そういう仕事をしている人たちがあなたの〝おとうさん〟の会社にいるのでしょう？　どうしてわざわざわたしたちを頼るの？」

「ご尤《もっと》もですわ。ええ、私もただ身辺警護をしていただきたいのではありません。〈千華《ちか》〉で拝見したあなた方の実力を見込んでのお願いなのです」

そう言って、ユリーカがスカートのポケットから取りだしてみせたのは、一通の封筒だった。

「二日前のことですわ……GD社と〈警察機構〉の間で今後についての話し合いがあった矢先に、この手紙が送りつけられてきたのだそうです……また、〈警察機構〉那都界支局に」

差しだされた封筒をトウヤが受け取る。ユリーカの手は震えていた。

封筒の隅には、筆跡鑑定ができないよう崩された筆致でメッセージが書かれていた。

――〝F氏へ、愛を籠《こ》めて〟

封筒を開けると、中には便箋《びんせん》が一枚。そこには同じ筆致で――

〝真実の愛は一つきり。二つに一つ、愛《いと》しの娘はどちらかな？　選ぶ機会を差し上げよう〟

「何すか、これ。気持ち悪っ」

トウヤの横から便箋を覗き込んだウルカが、「げろげろぉ」と顔を顰《しか》める。

「うい……何だか、これじゃまるで……」

同じくその文面に目を走らせたヨミが、ジト目を険しくさせて呟《つぶや》いた。

〝愛しの娘《ラヴリィ・ドーター》〟とは、〈千華〉で見た夢信《むしん》アートのタイトルであり、Fにとっての〝愛しの娘《ユリーカ》〟のことでもある。〝二つに一つ〟、〝選ぶ機会〟、つまりは……

「恐らく……誘拐予告ですわ」

震える息を吐きだして、ユリーカがそう結論を述べた。

手紙の差出人は不明だったが、こんなものを送りつけてくるのは〈アトリエ・サンドマン〉意外に考えられなかった。〈ラヴリィ・ドーター〉を強奪するために不特定多数の一般人を巻き込むことも厭《いと》わなかったあの犯罪集団が、今度はユリーカ個人に標的を定めたということ。

「この三日間で何があったのかはわかりました。でも、俺たちでないとできないことって？

ユリーカさん、あなた、何を企んでるんですか？」

トウヤの問いに、ユリーカが熱心な視線を返した。

「〈アトリエ・サンドマン〉が私を狙うというのなら――私は進んで囮になります。あなた方には私の学友として夢の中で行動をともにしていただき、奴らが私の前に現れたところを逆に捕えていただきたいのです。それが、今回こちらの学校へ転入してきた目的ですの」

少女の青い瞳《ひとみ》の奥で、決意の炎が燃えていた。

「これは私が、わがままで押し通す闘争――どうぞよしなに、よろしくお願いいたしますわ」

≫同日、午後六時。


「——で、それからユリーカさん、午後の授業も普通に受けて、夕方迎えに来たリムジンに乗って帰っていきました」

ここは那都界《なとざかい》市中心、オフィス街に隣接した歓楽街、そこに軒を構えた小さなバー。

扉には〝営業中〟と札が下がっていて、店内にはカウンター席に客が四人並んでいる。

「要はきみらを学友兼警護人《シークレットサービス》として雇うためにわざわざ転入してきたってことかよ。はぁーっ、親子揃《そろ》って執念深いこって」

トウヤから昼間の話を聞いて、犀恒《さいづね》レンカが溜め息を吐《つ》いた。

「その様子だと、〈夢幻S.W.《会社》〉にも何か連絡が？」

「あぁ、かかってきたよ。ミスターFから直々に、ご令嬢の身辺警護依頼の電話がな……」

喉《のど》を鳴らしてグラスの中身を飲み干したレンカが、ゲフゥとげっぷを一つ吐く。

「ふぅん、何だかあんまり乗り気でない感じなのね、レンカさん？」

メイアがトウヤの隣で、オレンジジュースを飲みながら言った。

「そりゃ、要人警護なんて本来、対悪夢特殊実務実働班《私の部署》の領分じゃねぇからな。っても今回は乗りかけた船、〈L.D.《ラヴリィ・ドーター》強奪未遂事件〉も未解決とあっちゃあ、知らん顔はできん」

「ということは受けるんですね？　この仕事」

「あぁ、やるしかないだろ。きみたちは知らないかもだけどな、今入れ替え中の〈夢幻S.W.《うち》〉の精密夢信機《ベッド》、GD社製なんだよ。今回の仕事の見返りに工事費据え置きで技術者増やして工期短縮もしてくれるって話だから、まぁ、そういう意味じゃ私らにとっても悪い話じゃあない。――んっ！」

レンカが空にしたグラスを突き出すと、そこに向かってトトトトっとビールが注がれていく。

「へへぇ、犀恒さんもなかなかどうして、商売上手なとこあるんですねぇ」

「かーっ！　他人事《ひとごと》かよ改谷《あらたや》さぁん！　本来〈警察機構〉の仕事でしょお、こういうのはぁ！　まーた連中の手紙の仲介なんて、いつからお宅は郵便局になったんです？」

「たはーっ！　酷《ひど》い言われようですなこりゃ。いやね、ワタシらも仕事してんですよ？」

トウヤがカウンターに身を乗りだして、レンカ越しにヒョウゴを見遣《みや》る。

「〈L.D.《ラヴリイ・ドーター》強奪未遂事件〉って、改谷さんの担当なんですよね？　捜査はどうなんですか？」

「難航してますなぁ。何せ仮面の構成員全員に起きられ《逃げ》ちまいましたからねぇ」

「〈アトリエ・サンドマン〉関係で過去の犯罪記録とか、そういうのは？」

「ある、と思うでしょ？　ワタシも真っ先に調べましたよ。ところがどっこい、なーんもなし」

グラスを傾けていたレンカが、それを聞いて考え込む。

「通信妨害霧《ジャミングスモッグ》に乗じての施設内侵入、〈悪夢〉《手慣れた人心掌握術》の意図的生成、何より本来不可能なはずの夢の中での発砲、あの手際と準備の良さで初犯？　信じられんな」

「海外を拠点にした犯罪集団の可能性も含めて捜査範囲を広げちゃおりますが、なかなか」

ヒョウゴ、レンカ、トウヤの三人が同時に黙り込んで首を捻《ひね》る。

そこへコトリと。グラスを置く音が響いた。

「ユリーカ……わたし、よくわからないわ、あの子」

「ふむ、魔女様の所感でも聞かせてもらおうか」

そう言うレンカを横目に見ながら、メイアがくぴりとグラスを傾ける。

「あの子を見てるとね？　なんだかずっとチリチリするの」

「チリチリ？」

「あぁ……こいつ、嘘を吐《つ》かれるとそんな感じになるらしいんです」

「ほう？　で？　ご令嬢がどんな嘘を吐いてるって？」

「そこまではわからないわ？　心が読めるわけではないもの」

グラスを両手で包んだメイアが、店内の薄暗い照明をぼんやり見つめて、

「でも、そうね……もしかしたら、昔のわたしに似てるのかもしれないわ。――何か手の届かないものへ必死に腕を伸ばし続けて、自分の足元がどうなっているかなんて全然気にしていないというか。まるで〝わたしは飛べる〟って信じてる、生まれたばかりの小鳥みたい」

「…………。ほれ、トウヤ、魔女様のご神託の意味は？」

「レンカさん、俺のことなんだと思ってるんです？」

「え、通訳だろ？　メイアの」

「そんな便利な道具みたいな……わかるわけないじゃないですか」

客も疎《まば》らな小さなバーで、四人が黙考し、それぞれの思いを巡らせる。

何か、自分たちの日常が、境界線を越えて新たな局面を迎えつつある予感だけがあった。

「……ま、考えてばっかいてもしょうがねぇ。地道に始めるか。〝サンドマンおびき寄せ作戦〟」


≫≫≫一週間後。私立西界《にしざかい》高校。

結局あれから。〈夢幻S・W《セキユリティ・ワークス》〉は正式に〈ゼネラル・ドリームテック《G　D》〉社社長《プレジデント》、ミスターFからの依頼を引き受けることとなった。

ユリーカの身辺護衛任務が開始されてから、すでに数日が経過していた。

とはいっても、〈アトリエ・サンドマン〉に動きはなく、トウヤたちがやれることといえばユリーカと夢の中を遊び歩くというだけだった。

相手に「決行《いける》だ」と油断させなければならないため、非武装・学生服姿で遊び歩くこと自体が作戦の一環だったのだが、肝心のサンドマンが現れなければ本当にただ夜中《よるじゅう》遊んで終わりという日々が続いている。

そして現在。時刻は昼休み、校舎屋上。

「——はいっ、どうぞ瑠岬《るみさき》さまっ、あーん♪」

からりと目も眩むほどの青空の下、給水塔の落とす影にピクニックシートが広がっている。

ユリーカは器用に箸《はし》を使いこなし、その先端には黄金色のだし巻き卵が摘まれていた。

トウヤが反応に困っていると、横から首を突っ込んできたウルカがぱくりと食らいつく。

「フモッ、ゆりーかふぁん、フモッ、ふぉうゆうのは、ゴクリッ、良くないと思——美味《うま》っ!?」

「うふふっ、ありがとうございます薪花《まきはな》さま。がんばって作った甲斐がありますわ」

「しかも手作り!? あかんあかん、それで〝あーん〟なんてやったらあかーん!」

あぐらをかいて座るウルカが、ユリーカの昼食と自分の囓りかけの焼きそばパンを見比べて喚《わめ》く。

ユリーカは花柄の可愛《かわい》らしい弁当箱を持参していた。中身は意外にも白米に玉子焼き、唐揚げにポテトサラダとほうれん草のおひたしという和風スタイル。しかもすべて手作りだという。

「お箸の使い方も上手なんダヨ、ユリーカちゃん」

両脚を横に流して座っているヨミが感心して言う。

「恐縮ですわ、那都神《なとがみ》さま。もう三年ほどこの国で暮らしておりますから、最近はナイフとフォークよりもお箸のほうが使いやすくて。那都神さまのご昼食はオムライスですのね」

「うい、お父さん作なんダヨ。一口どーぞー」

ユリーカとヨミが互いの弁当を「おいしいおいしい」と誉め合う。おっとり者どうし馬が合うようだった。

その横ではメイアが、トウヤ作のカレーピラフを食べながらぺたんと内股で座っていた。

「結局昨夜もまた現れなかったわね、あの人たち。何日も待ってるだけなんて退屈だわ」

「〈アトリエ・サンドマン〉……犯行予告を送ってきてるとはいえ、すぐには仕掛けてこないだろうな。この前の一件で俺たちも警戒してるわけだし」

「うい、こーゆーのは気長に根気勝負なんダヨ」

「ま、あたしら昼間はこうしてただの学生っすけど、夜はその道のプロっすから？　やると決まりゃ長丁場だろうが何だろうが、きっちりやり遂げてみせるっすよ！　ムフンッ」

「昨夜《ゆうべ》夢信空間《あっち》で、『これはもう実質休みだ、やっほい』とか言ってなかったかしら？」

「呀苑《がえん》さん、いい言葉を教えてあげるっす……〝休むのも仕事の内〟、オーケー？」

連日続く退屈を嫌うメイアと、リーダーとして現状分析に務めるトウヤ。粛々と長期戦に備える心構えのヨミに、事実上の休暇にはしゃいでいるウルカ。

此度《こたび》始まった〝サンドマンおびき寄せ作戦〟。四者の思いはそれぞれで。そんななか、

「奴らは、必ず現れます」

正座でぴんと背筋を伸ばし、誰よりも重く、硬い声音でそう発したのはユリーカだった。

「〈獏《バク》〉の皆さまにとって、護衛《これ》が本来のお仕事でないことは重々承知しております。ですが

〝すみません〟とは申しません。たとえ世間様にどれほどのご迷惑をおかけすることになったとしても、お義父さまの愛と尊厳を取り戻す――それがこの私の使命であり誇り。そのことをどうか、お忘れなきよう」

一人の少女が放つには、その気品と凄《すご》みはあまりにも鋭い。それはまるで家族を殺されたとでもいうような勢いで、憎い仇を討とうとする復讐者《ふくしゅう》じみていて。

そんなユリーカの姿に、トウヤは、一ヶ月前までの自分の姿を重ねていた。

この世界には、自分が死ぬよりも恐ろしいことがある。ユリーカにとってそれは、Fとの絆を失うことなのだろう。

まだたった十七歳の少女に、自らを囮《おとり》にしてでも犯罪者を引きずりだしてみせると覚悟させた、Fとの〝運命的な出会い〟とはどのようなものだったのか。

この子はきっと、地獄を見たことがある――ユリーカの横顔を見ながら、トウヤはただそう思った。

「――さ、そういうわけですのでっ！」

彼がそんな思いを抱きながら少女の凄みを受け止めていると、ユリーカがぱっと破顔した。

「私のわがままに何日もおつき合いいただいているのですから、この憩いのひとときぐらい、私から皆さまへ感謝と慰労をさせてくださいな♪」

そう切りだすと、ユリーカが自身の荷物をごそごそやりだす。それはアンティークの旅行カバンで、中には見るからに高級なティーセットと、手作りの焼き菓子が詰められていた。

「うふふっ、食後のティータイムはいかがです？　はい、どうぞ♪」

「いやっふぅーっ！　〈貘《バク》〉やっててよかったっすッ!!　役得じゃーい！」

「おー……ヨミ、チョコチップスコーン大好きなんダヨ、じゅるり……」

「良い香りのお茶ね。わたし、熱いのは嫌《や》ぁよ？　ちゃんと冷ましてちょうだい？」

「はいっ、このユリーカに全部お任せください！」

そうやって女性陣が賑《にぎ》やかになりだしたのを見て、トウヤはさっきまでの暗い考えを止めた。

「どうされました、瑠岬《るみさき》さま？　遠慮なさらず、どうぞこちらへいらっしゃってくださいまし」

トウヤに向けたティーカップに紅茶を注ぎながら、ユリーカが隣へ来るよう手で示す。

「ありがとうございます。……それじゃ、ごちそうになります」

トウヤがユリーカの隣へ座ると、ふありと花の香りに包まれる。

それは彼女のお気に入りなのだという香水の匂い――ホオズキの、甘い香りだった。

「…………」

そんな輪の中で、メイアはじっと、トウヤとユリーカの間を見つめながら紅茶を口に含む。

「……。香りは良いけれど、苦くてあんまり好きじゃないわ、このお茶……」

＊＊＊夢信《むしん》空間＊＊＊

≫同日、午後五時。第一世代人工頭脳〝寒月《かんげつ》〟型特殊仕様機、〈白夜《びゃくや》〉。

「――ンふふっ！　瑠岬《るみさき》くゥん？　君、いつからラブコメの主人公になったのォ？」

均一な白光に満たされた何もない空間で、蛭代《ひるじろ》ナリタの笑い声が弾けた。

「からかわないでくださいよ、蛭代先生……」

「だァって〝学校の屋上で女の子たちに囲まれながらランチとティータイム〟なんてイベント、どうやったら発生すんのよォ。……そのうち刺されるんじゃない？　夜道、気をつけたほうがいいわよ？」

「なんで最後のほうだけ真顔になるんですかちょっと不安になってくるんですけど」

トウヤの骨折治療が完了して以来、大学病院《ナリタの元》を訪れるのはおよそ二週間ぶりだった。

トウヤが近況として、昼間の学校のできごとをナリタに話している最中である。ユリーカのことについては、〝サンドマンおびき寄せ作戦《社外秘情報》〟を含むため触れないよう気をつけながら。

「トウヤ、早く診てもらいましょう？」

そこでトウヤの裾を引いたのは、真隣に生成されたソファに身を沈めていたメイアだった。

医療用夢信《むしん》空間〈白夜〉。〈L.D.《ラヴリィ・ドーター》強奪未遂事件〉で夢信症患者が急増したために、予約をとるのに一週間もかかってしまった。

本日の来院目的は、先日の戦闘で負傷したメイアの精密精神分析《カウンセリング》だった。

「例によってアタシには《魔女の手》が見えないから、瑠岬くん、どうなってるのか教えてェ？」

「はい――」

メイアの背後へと首を回したトウヤの視界に、うっすらとそれが視える。

「……折れてます。ちょうど、二の腕の真ん中ぐらいから、ぽっきり」

それはクラスA戦《スゲエジエットバード》の傷。メイアの《魔女の手》は、嵐に倒れた木のように折れていた。

「あーらら、派手にイっちゃってんのねェ……呀苑《がえん》ちゃん、痛みはあるゥ？」

「別に、何ともないわ？」

「じゃあ次は、動かせるゥ？」

「やってみるわ。――《摑《つか》みなさい》」

メイアが呪言を唱えたが…………《魔女の手》はピクリとも動かなかった。

「ダメね。全然応えてくれないわ？」

「ふゥ～～ん？　…………おもしろいわね……」

ナリタがふむふむ言いながら、手元に生成したノートに記録を取っていく。

「そもそもこれって、〝怪我《けが》〟って言えるものなんですか？」

「判断に迷うとこねェ。呀苑ちゃん自身はノーダメージっぽいしィ、それならそれで《魔女の手》が折れっぱなしになってんのが意味わかんないしィ」

そこでふと、ナリタの手が止まった。顎《あご》にペンを当て、「いや、待ってェ」と零《こぼ》し、

「そもそもそれ、ほんとに〈悪夢〉との戦闘のせいで折れてんのかしらァ？」

「どういうこと？」

パチィン。ナリタが指を鳴らすと、メイアの胸から〝銀幕《スクリーン》〟が投影された。

そこに描きだされたメイアの心の形は、以前と同じ、宇宙の果てのような暗黒である。

ナリタが大きな眼鏡越しに目を細め、その暗黒を凝視した。

「んー……？　……やっぱり……なんかあるわねェ」

ナリタのその発言に、「「え？　どこ？」」と、トウヤとメイアの声が重なる。

「ここよ、ここォ！　《魔女の手》が折れっぱの原因、きっとこいつねェ……拡大するわァ」

〝銀幕《スクリーン》〟のとある一点を指差したナリタが、そこへ向かって親指と人差し指の腹をくっつけたり離したりする動作を繰り返す。どうやらそれが拡大を意味するジェスチャーのようだった。

ひたすら拡大が続けられていくと、トウヤとメイアにも暗黒の中に何かが見えてくる。

それは暗く赤熱し、大きな瘤《こぶ》と小さな瘤が合わさった、歪《ゆが》んだ達磨《だるま》のような像だった。

その醜い造形を目にして、メイアが顔を顰《しか》める。

「なぁに、それ？　ボコボコブヨブヨしてて気持ち悪いわ。そんなものがわたしの中にあるの？」

それを見て、逆に声を弾ませたのはトウヤだった。

「いや、すごいことだよ、メイア！　今まで何にも映ってなかったんだから！」

メイアの〝銀幕《スクリーン》〟に変化が生じたことに、トウヤは当の本人《メイア》よりもよほど驚いている。

「トウヤは、わたしのこのブヨブヨを見て嬉しいの？」

「あぁ、だって……！」

〝俺は、メイアの死ぬな呪《い》になれているだろうか〟――それはトウヤがメイアと再会してから
ずっと、胸に抱いていた不安だったから。

暗黒《こころ》の変化は、きみが生きようとしている証《あかし》だから。それが自分のことみたいに嬉しいから。

トウヤはその思いを、つい勢いに任せて口に出しかける。

けれどその直前で急に気恥ずかしくなって、彼は慌てて口を塞《ふさ》いだ。

「どうしたのトウヤ？　最後まで言ってくれないとわからないわ？」

「む、なんでもない……なんでもないっ！」

そんな二人と〝銀幕《スクリーン》〟を交互に見ていたナリタが、急に「あはァッ！」と奇声を上げた。

「ど、どうしたんです、蛭代《ひるじろ》先生？」

「怖いわ、その笑い顔……」

「アタシわかっちゃったかもォ。ンふっ、ンふふっ……ンふふ！」

「わかったって……この像の意味がですか？」

「なぁに？　何なの？　教えてちょうだい？」

興味津々の二人へ、ナリタがくつくつ笑いながら顔を寄せてくる。

そして患者《メイア》の頭に、ぽんと掌《てのひら》を乗せると、

「ンっふふふー…………教えてあーげない！」

ナリタがそんな大人げないことを口走ったものだから、メイアもトウヤも呆れ顔になった。

「え、っと……これからどうすればいいんです？　さすがに《魔女の手》がこのままっていうのは困るんです、メイアの戦力が半減するどころの話じゃなくて」

喜び半分、悩み半分でトウヤが尋ねると、ナリタは顎《あご》を撫《な》でながら真顔になる。

「んー、そうねェ……ま放《ほ》っときゃそのうち治るんじゃなァい？」

再び肩すかしを食らい、トウヤが頬《ほお》を引《ひ》き攣《つ》らせた。

「そんな、さっきから適当すぎませんか……」

「なーによォ？　何でもかんでも他人に答えを聞いちゃダメよォ？　像《それ》が何なのかは、呀苑《がえん》ちゃんが自分自身で考えなくちゃァ。そのブヨブヨは、そういう類《たぐ》いの心《やつ》ってことォ」

ナリタの視線に促されるようにして、メイアが自分の胸に手をやる。

「ブヨブヨ……わたしの心……そう、自分で考えなくちゃなの。何だか、難しいのね？」

それきり魔女は首を右へ左へ傾けるばかりで、言葉が見つからずに黙り込んでしまった。

「ま、悩んで迷ってぶつかって、健やかに育つことねェ。それが十代の特権よォ。今日はここまでにしましょ」

「なんか納得いかないですけど……ありがとうございました、蛭代《ひるじろ》先生」

「こちらこそォ♪　イイ臨床データ、取らせてもらったわァ」

ナリタが〈白夜《びゃくや》〉から目覚める作業に取りかかる。完全にオフモードになっていた。

「――そいえば聞いたわよォ？　ＧＤ社のご令嬢の護衛なんてやってるんだってェ？」

だからナリタの口から出たそれは、何気ない、完全に雑談としての話題だった。

「あ、なんだ、蛭代先生知ってたんですか。社外秘情報だから気を遣っちゃってましたよ」

だからトウヤも、その返答に他意などなかった。

しかし……、

「（――あ、やっべ……）」

そこで、ナリタが何事かぼそりと呟《つぶや》き、急に手を口にやって黙り込んだ。

「？　どうかしました？　レンカさんから聞いたんですよね？　ユリーカさんのことと、〝サンドマンおびき寄せ作戦〟のこと」

「…………え、ええ、そぉよォ？」

ナリタのその応答には妙な間があった。それから続けて、

「ごっめェん！　今の話、アタシが知ってるってこと、内緒にしといてもらえないかしらァ」

「……どうしてです？」

なぜか焦っている様子のナリタを見て、トウヤが思わず首を傾げる。

「だって社外秘情報なんでしょォ？　部外者のアタシが知ってるってことが更に漏れちゃったらまずいじゃなァい。ねェお願ァい、レンカにもアタシが口滑らせたことは黙っといてェ」

「はぁ……？　まぁ、そういうことならわかりました……聞かなかったことにしときます」

「あァ助かるわァ、よろしくねェ？」

ナリタが急に下手《したて》になって、両手を合わせてぺこぺこ頼み込んでくる。

そんな挙動不審なナリタを見るのは、トウヤもメイアも初めてだった。

＊＊＊ **覚醒《かくせい》現実** ＊＊＊

〈白夜《びゃくや》〉から目覚めて、夢信《むしん》症病棟の〈眠り姫《センリ》〉を見舞って。大学病院を後にしたトウヤたちは、路線バスに乗り帰路についた。

昼間と夕方のできごとを思い返し、トウヤの脳裏には二人の少女のことがちらついていた。

まるでかつての自分《トウヤ》を見ているような気分になる、微《かす》かな危うさを孕《はら》むユリーカと。

本人にもわからない心の変化によって、《魔女の手》が使用不能となったメイア。

それは確かに〈獣の夢《悪夢》〉から取り戻した、日常のはずなのに。

――何だかちょっとずつ、おかしなことになってきてる気がする。

そんなことを思いながら、トウヤは隣の席を見る。

窓側席に座ったメイアが、ぼんやり外を眺めていた。傾き始めた陽光に黒髪が輝く。

それは何でもない、そしてかけがえのない、〝普通の風景〟。そのはずで。

そこにメイアの零《こぼ》した言葉だけが、まるで日常の外側からやってきた言葉のように聞こえた。

「——ねぇ、トウヤ。さっきの蛭代《ひるじろ》先生……なんだか、チ、チ、チリ、チリしたわ」

＊＊＊ 夢信空間 ＊＊＊

》》同日、午後九時。第二世代人工頭脳〝瞳《ひとみ》〟型十八番機、〈千華《ちか》〉。

ポーッ、ポポーッっと、運河を渡る客船が、クジラのようにのんびりと汽笛を鳴らした。

穏やかな夜の川面《かわも》に、月とガス灯の光が泳ぐ。

〈L.D.《ラヴリイ・ドーター》強奪未遂事件〉後、夢信空間〈千華〉は早期の復旧を果たしていた。

今宵《こよい》も実行中の〝サンドマンおびき寄せ作戦〟。トウヤ、メイア、ヨミ、ウルカ、そしてユリーカの五名は現在、定期運行の遊覧船に乗ってナイトクルージングに興じている。

遊覧船は二階建て構造。乗員乗客は約二十名。一周一時間の遊覧コースを正常に運行中。

各員が持ち場につくなか、トウヤが見回りで一階へ下りると、そこにちょうどメイアがいた。

遊覧船一階は、客室の外周を露天通路が囲っている。メイアはそこで夜風に当たっていた。

「どうだ？」

「そうね、綺麗《きれい》だと思うわ。遊覧船《ここ》は静かだから好きよ？」

メイアからずれた答えが返ってきて、ガクリとなったトウヤが手摺《てす》りにもたれた。

「じゃなくて……異常はないかって訊《き》いたんだけど」

「あら、そういうこと……えぇ、特に変わったことはないわ」

「ユリーカさんは？」

「すぐそこの客室よ。売店を覗いているみたいだったわ？」

トウヤが周囲を見回す。一階露天通路にはメイア以外誰もいない。

「ん、念のためユリーカさんの様子見てくる。お前はこのまま見張りでもしててくれ」

トウヤはそれだけ告げて客室へ向かおうとする。

と、そこへ。

「──ねぇ、トウヤ。もう少しここにいて？　よくわからないけれど、今そんな気分なの」

メイアがトウヤの腕を握った。彼女の暗紫色の瞳《ひとみ》がじっと彼のことを見つめる。

「……？　あ、あぁ。まぁ別に、いいけど……」

トウヤは一瞬疑問と戸惑いの表情を浮かべたが、手摺《てす》りにもたれてメイアの隣に立つ。

そこからは言葉もなく、穏やかな河よりもゆっくりと、二人の沈黙が流れていった。

ポーッ、ポポーッと、遊覧船がのんびり鳴く。

ざぷりざぷりと舳先《へさき》が水を掻《か》き分けて、すいすい前へと進んでいく。

それは一ヶ月前、二人きりの観覧車で感じた居心地の悪い沈黙とは違う、穏やかなもので。

「ねぇ、トウヤ？」

「うん？　何？」

遊覧船の吹かす風を優しく撫《な》でて、メイアの透き通った氷のような声が囁《ささや》いた。

「わたし、あなたとちゃんと、〝お友達〟になれている？　センリや、薪花《まきはな》さんや、那都神《なとがみ》さんや、レンカさん。管制室のみんなと、学校の人たち。……わたし、〝お友達〟になれている？」

「……。……メイア……」

それは普段の彼女より、もっとずっと幼い子供のような問いかけだった。

まるで、ずっと独りで優しい嘘《うそ》に包まれていたおとぎの国のお姫様が、〝ひとりぼっち〟という言葉を知って立ち尽くしているような。

トウヤは〈白夜《びやくや》〉で見たメイアの心の形を思い出す――ほんのわずかな変化の兆しはあるけれど、未だ真っ暗な夜空のような心。純粋で冷酷で時に残虐で、誰よりも孤独で寂しい心。

――『ねぇ、トウヤ……この子《メイア》と、お友達になってあげてね？』

彼の脳裏をよぎったそれは、姉の――瑠岬《るみさき》センリの遺した言葉。

暗い夜の水面《みなも》を覗き込んでいたトウヤが、顔を上げる。そしてメイアを振り向いた。

「……うん……大丈夫。大丈夫だよ、メイア」

自分の言葉を探しながら、トウヤはそれをゆっくりと紡いでいった。

「展望台でまた会えたとき、『お友達になりましょう？』って。きみは俺に言ってくれただろ？」

彼女の心に、届いてくれますようにと。

「きみは自分の思いを言葉にできる。それは簡単そうで、本当はすごく難しいことなんだと思う。だからそれができるきみなら、きっと誰とだって友達になれるよ。だから、大丈夫」

俺のささやかな〝呪い〟が、彼女を守ってくれますようにと。

するとメイアも、トウヤのことを見つめ返して。

「……そう……。……よかった」

呀苑《がえん》メイアは、ただ短くそう囁《ささや》いて。安心した子供のように、嬉しそうに微笑《ほほえ》んだ。

トウヤが思わず我を忘れて、メイアのそんな笑顔に見入っていると──

「──バァッ」

すっかり油断していたトウヤの首筋へ、意識外から冷たいものが押し当てられた。

「あひぃっ!?」

トウヤの口から、そんなあられもない声が飛び出す。

「うふふっ！　驚かせてごめんなさい、瑠岬《るみさき》さま！」

メイアとは真反対の位置取りで、トウヤの隣にユリーカが立っていた。

客室の売店で買ってきたのだろう。その手には冷えたレモネードの瓶が握られている。

「ユ、ユリーカさん！　すみません、任務中にみっともないところを……」

「いーえー？　さっき二階で薪花《まきはな》さまと那都神《なとがみ》さまから教えてもらったんです、こうするとおもしろいものが見れるって。うふふっ！　お二人のおっしゃるとおりでしたわ♪」

赤面したトウヤが顔を歪《ゆが》めて「あいつら……」と呻《うめ》く。

ひとしきり上品に笑うと、ユリーカはおやとトウヤの背後に目をやる。

そこへきてようやく、メイアがその場にいたことに気づいて、ユリーカが目を丸くした。

「呀苑さま！　……あぁっ、ご、ごめんなさい！　お取り込み中でしたか……」

「いいえ、トウヤとはちょうどお話が終わったところだったわ」

「そう、ですか。……あの、これっ、よろしかったら、どうぞ」

何やら気まずそうな様子のユリーカがそう言ってメイアへ差しだしたのは、レモネードの瓶。ユリーカはそれを両手に一本ずつ持って、トウヤに忍び寄ってきていたようだった。

「あのあのっ……あちらで時計塔が綺麗《きれい》なのですけど、見に行きませんかっ、お二人共！」

トウヤたちは現在、右舷《げん》から夜景を望んでいる。ユリーカが指したのは反対側の左舷だった。

ユリーカは先ほどからあわあわしていて、何か必死に取り繕おうとしているように見えた。

メイアはそんなユリーカをじっと見ながら、レモネードを開けて、くぴりと一口含み、

「……わたしはいいわ。仕事中だもの」

「メイア……？」

「トウヤ。わたし、客室を見て回ってくるわ、また後でね？」

「あ、あぁ……頼んだ」

メイアがくるりと踵《きびす》を返す。彼女は振り返ることもなく、一階客室へと消えていった。

ポーッ、ポポーッ。

トウヤとユリーカだけが、露天通路に取り残された。


「――すみませんでしたわ、瑠岬《るみさき》様っ！」

遊覧船、左舷《げん》露天通路。

ぺこぺこと、ユリーカが水飲み鳥のように何度も頭を上げ下げしていた。

「メイアのやつとは仕事とは関係ないこと話してただけですよ、そんな謝らなくても……」

「だったらなおのことですわ……だって明らかに、明らかにそういうあれだったじゃありませんの、ごめんなさぁい！」

「ちょ、だから落ち着いてくださいってば、ユリーカさん！」

トウヤに宥《なだ》められ、ユリーカがようやく落ち着きを取り戻す。レモネードをぐいと煽《あお》った。

「はぁーっ……」

「ユリーカさん、なんかよくわかりませんけど、お疲れなら座って休んだらどうです……？」

手摺《てす》りに項垂《うなだ》れて何やらぶつぶつ言っているユリーカを見かねて、トウヤが切りだす。

トウヤとユリーカの立っているすぐ後ろには、ちょうど観望用のベンチが据えられていた。

「……瑠岬さまはお座りになりませんの」

「いや、俺は仕事中なので」

「…………」

ぷくりと。そこでユリーカが唐突に膨れっ面になった。

「ユリーカさん？」

「……あぁんもう！　こうなったらヤケクソですわ！」

ユリーカがグビグビッと、残りのレモネードを飲み干した。そしてドスンとベンチに座り、

「――お座りになって！」

ユリーカが意を決したといった様子で、ベンチの余白を指差した。

「……？　いえ、俺は大丈――」

「いいからお座りになりなさい！　依頼主《クライアント》命令でしてよ!?」

遠慮する護衛人に対して、有無を言わさぬお嬢様。鼻息も荒く、ユリーカが言いきった。

「！　は、はい……。……そういうことなら、失礼します……」

その気迫に圧倒されたトウヤが、肩を縮めてユリーカの隣に腰掛けるも、

「……なんでそんな縮こまられてますの」

「いや……このベンチそんな大きくないので、俺が座るとユリーカさんが狭いかと……」

「……。……んもぉーっ！」

先の「ヤケクソですわ！」と同じトーンでもう一鳴きすると、ユリーカがお尻を滑らせた。

グイッ、グイッ！　と、トウヤに身を寄せていく。

「ちょ、ユリーカさん!?」

トウヤがベンチから立ち上がろうとすると、ユリーカは彼の胸ぐらを摑《つか》んで引き留める。

「命令しましたでしょ！　じっとしてらっしゃい!!」

そう語気を強めたユリーカは、飛びかかってきそうな形相で、耳の先まで真っ赤にしていて。

それに気圧《けお》されてしまったトウヤは、観念して肩の力を抜いた。

トウヤの眼前を、音もなく夜景が流れていく。

メイアと並んでいたときは、左から右へ。そしてユリーカといる今は、右から左へと。

「……はぁ……いろいろ想像してましたのに……こんなはしたないのは想定外でしたわ……」

ここへきてようやく安息を得た様子で、ユリーカがふぅとリラックスした吐息を漏らす。

「あぁ、マイ・ヒーロー……やっとここへ戻ってこれました」

夢見る少女そのままに、ユリーカの囁《ささや》き声が零《こぼ》れていく。

どう反応すればいいかわからずトウヤが黙り込んでいると、ユリーカが言葉を続けた。

「西界高校《にしざかい》さまへむりやり転入したのは、あなた方を学友兼警護人《シークレットサービス》として雇いたかったから。それは本当です。……けれどそうしたのには、もう一つ理由がありましたの」

「もう一つの理由？」

「あなたと、もう一度ふれあいたかったんですの」

「……〈アトリエ・サンドマン〉への、復讐《ふくしゅう》のお話は？」

トウヤの問いにぱっと顔を上げたユリーカが、眼光を鋭くする。

「私の闘争の覚悟はっ、揺らいでなどおりません！　ですけれど……」

眠るように目を閉じて、トウヤの肩に頭を預けて、

「復讐《それ》が目的ではなく、理由には、なってしまったのかもしれません……」

ユリーカに身を委ねられ、好意を示され、トウヤは戸惑うように目を伏せる。

いや。正確には、瑠岬《るみさき》トウヤは目の前の少女に、戸惑いすら感じることができないでいた。

「……すみません、俺には……俺には、そういうのは、よくわからないです」

虚空を見つめて、トウヤが呟《つぶや》いていく。

「俺は、ついこの間まで、ただ生きてるだけで精一杯だったんです。それで、まともな人づきあいとか全然してこなくて」

「はい」

「だから俺は、こういうとき、どうしたらいいのか……よくわからなくて」

「はい。何があったのかは存じ上げませんけれど、瑠岬様にもお辛い過去がおありなのですね……ええ、今はそれだけ聞かせていただければ、私は、ユリーカは、それで十分です」

「…………」

「ただ、そんなあなたに救われて、あなたにもう一度会いたいと願った女がいたのですと……それだけお伝えしたかった。私は、それだけで……」

「……はい」

「瑠岬《るみさき》さま、謝らないでくださいね？　あなたはとても、優しいお方だから……」

そうやって、不思議な時間がすぎていった。

互いに過去は知らないけれど、互いに地獄を見た者どうしと直感して。ただ身体をふれあわせて立ち止まる、時計の歯車が焼きついたような時間。

ボォーン、ボォーン――ボォーン、ボォーン――ボォーン、ボォーン。

どこかで、鐘の鳴る音がした。

「聞こえまして？　〈ラヴリィ・ドーター〉が歌っていますの。綺麗《きれい》な音色でしょう？」

「はい、とても」

「あなたが守ってくれた音色です……どうか、忘れないでくださいね？」

「はい……」

「瑠岬さま。今日のこの思い出を……どうかどうか、忘れないでいてくださいね」


……くぴり。

遊覧船の客室に寄りかかったメイアが、ユリーカのレモネードを傾けた。

「……わたし、何だか……ブヨブヨする」

＊＊＊ ??? ＊＊＊

》》》日時不明、所在地不明——某世界、某所。

「〜♪」


人影が一つ、おかしな鼻唄に合わせておかしなステップを踏みながら通路を進んでいた。

蛇行しながら、飛び跳ねながら、ときにバックステップを踏みながら——スカイブルーのスーツにナイトキャップ、笑う老人の仮面を被《かぶ》った道化が、踊りながらアジトをゆく。

通路の突き当たり。そこを曲がった先に、扉のついていない小部屋があった。

道化が——サンドマンが、パントマイムのように両手をうねうね踊らせて、部屋を覗き込む。

「ボス……ボォス、お取り込み中でございますですかぁ？」

シュウー、シュウー……。サンドマンが覗いた先は、真っ白だった。

視界を塞《ふさ》ぐ濃い霧が、部屋の中を埋め尽くしていた。

シュウー、シュウー……。部屋の奥から聞こえてくるのは、何やらガス漏れのような音。

それに混じってカサカサと、何かが蠢《うごめ》く気配がある。

天井から吊された、切れかけの裸電球。それがうとうと眠たそうに点《つ》いては消えてを繰り返し、思い出したように急に強く輝いて、霧の奥に潜《ひそ》む影を浮かび上がらせた。

カサ、カサ。それは巨大な蜘蛛《くも》の脚。天井に届くほどの八本脚が、部屋中を這《は》い回っていた。

八本の蜘蛛脚を目で追っていくと、その根元にあるのは人の背中。

長い燕尾《えんび》を垂らした黒の紳士服にシルクハット。蜘蛛脚とは別に背骨からも幾本もの管を生やして。シュウー、シュウーというガス漏れのような音はそこから聞こえてくるものだった。

「……Case/B-190……この霧は、なるほど、使い勝手がよい」

管から視界と電波を阻害する霧を吐きながら、〝ボス〟と呼ばれた人物がブツブツ呟《つぶや》く。

「先日食したこの〈悪夢《ノイズ》〉……見かけによらず、なかなかに美味であった」

「そらよござんした、ボォス。次に見つけたときは、この《囚われの箱《ジャック・イン・ザ・ボックス》》にしまっておくといたしますです。《チャルメラトンボ《Case/D-118》》も集め直さなきゃでございますねぇ」

サンドマンがパントマイムをしてみせると、その手の中にはいつの間にか黒い箱が収まっていて。ガサガサと上下に振られた箱の中で、無数の〈悪夢《ノイズ》〉が這い回っている気配があった。

ボスが、肩越しにサンドマンを振り返る。

「それで、何用であるか？　今はちょうど……食事中なのだがね？」

霧の中に浮かび上がったボスの横顔《シルエット》には、口からタコの足のようなものが生えていた。

ズゾゾゾゾ！　ボスが汚らしく啜《すす》る音を立てると、タコ足が吸い込まれる。グチャグチャと咀嚼《そしゃく》しゴクリとそれを呑み込むと、ボスは床の上に四つん這いになって〝食事〟を再開した。

ビクビクと床の上でのたうっているのは、真黒《しんこく》の異形の影。

「〈悪夢《ノイズ》〉は新鮮なうちにいただくに限る……報告があるのなら手短に述べたまえ」

「ヨーホーホー」

《囚われの箱《ジャック・イン・ザ・ボックス》》と呼んだ黒い箱を足元に置き、サンドマンが大仰な動作でお辞儀してみせた。

「ボスのご指示にあった下準備……整いましてございますです」

ピクリ。ボスが顔を上げ、背中の蜘蛛《くも》脚をカサカサ踊らせ、管から霧をポッポと噴き出した。

「ふむ。よろしい……よろしい、上々だ」

汚らしい捕食行為を止めると、ボスはゆらりと立ち上がった。

「それでは早速、計画を次の段階へ進めるのである」

「ヨーホーホー！　仰せのままにッ！」

サンドマンがお辞儀の次は敬礼してみせる。すると道化は、からかうように口へ手をやった。

「そういえば、ボォス……近頃〝悪食男爵《あくじきだんしやく》〟なんていう噂《うわさ》話が流れておりますです……あれはきっと、ボスのことでございますですよ、ヨホホホホ！」

「悪食男爵……悪くない名であるな。ならば今後は、そう名乗ることにしよう……」

ボス改め悪食男爵が、首元のクロアゲハのような蝶ネクタイを締め直し、笑う老人の仮面を被《かぶ》る。サンドマンを従えて、部屋を後にし、アジトをゆく。

その後ろにぞろぞろと、悪食男爵の私兵たる、〈アトリエ・サンドマン〉一座が続いていった。

「この時を待っていた。夏が始まる。楽しみたまえ――――逃がしはせんよ、我が寵愛《ちようあい》……」

『『『『『ヨ　ー　、ホ　ー　、ホ　ー　ゥ　!!　』』』』』

第五章　サマーバケーション

＊＊＊ 覚醒《かくせい》現実 ＊＊＊

翌日。私立西界《にしざかい》高校。

キーンコーンと終鈴が鳴り、クラス担任が手元の資料を閉じた。

「――はぁい、じゃ、手引きやら連絡事項やら注意喚起やら、その他諸々《もろもろ》面倒臭いこと終了ぉ」

「きりーつ」

教師が教室を後にする。その途端、クラス中から「わぁっ」と歓声が上がった。

いつもは空席になっているトウヤの隣の席にも、今日は珍しくメイアがいる。

「ねぇトウヤ？　クラスの人たち、今日はどうしてこんなに嬉《うれ》しそうなのかしら？」

「あぁ、まぁ、そりゃそうだよ」

「今日はね？　購買も開いてないの。お昼のカレーパン、食べられないわ……」

「あ。そっか、お前にはそっちのほうが大事か」

トウヤが苦笑いしていると、カバンを手にぶら下げたヨミがやってくる。

「うい、瑠岬《るみさき》くん、メイアちゃん。帰ろー」

下の階の一年六組から駆け上がってきたウルカが、ひょこりと二年四組を覗き込む。

「せんぱーい！　お昼ご飯、どっか食べ行きましょっす！」

そうやって、最後列の窓際席にいつもの四人が集まっていたときだった。

「うふふっ、皆様浮き足立ってらっしゃいますわね」

そこへ金髪碧眼《へきがん》の少女、ユリーカが加わってきて、

「ところで皆様、いかがでしょうか？　私から、ご提案があるのですけれど――」

「「「――――えーっ!!」」」

ご令嬢からもたらされたその提案に、一同の驚きの声が響いていった。

＊＊＊

「――別荘バカンスぅ？」

犀恒《さいづね》家のリビングに、レンカの間抜けな声が上がった。

「はい。いえ、ウルカがそう呼んでるってだけなんですけど。仕事の話です、もちろん」

トウヤとメイアが学校から帰宅し、三人がかける食卓。そこで事の経緯が説明されている。

「うちの高校、今日から夏休みじゃないですか？　それで、〝サンドマンおびき寄せ作戦〟、これからどういうふうに進めていこうかっていう話になって」

「それでね？　学校で顔を合わせられなくなるから、状況が落ち着くまで一週間ぐらい、泊まり込みで護衛をお願いできませんかって、あの子に言われたの」

「ユリーカさん、何軒か別荘を持ってるそうで。そのうちの一つが隣の市の海浜避暑地にあると。静養中のFさんとお手伝いさんたちとで、今はそこに住んでるんだそうです」

「ねぇわたし、〝うみ〟を見てみたいわ？」

二人の話を聞いたレンカが、缶ビール片手に「ふーん？」と鼻を鳴らす。

「なるほど？　〝お泊まり護衛合宿〟ってことか……」

「とはいっても、俺たちの専門分野は夢信《むしん》空間なので。だから覚醒《かくせい》現実の警備のほうは、元からユリーカさんの身辺警護についてる警備を増員してくれもするそうです」

「ふむ、そうだな……ちょうど精密夢信機の工事の仕上げで管制室の機能止めなきゃだったし、せっかくの夏休みだし、〈貘《バク》〉としてのきみらにも夏期休暇取らせないとだし？　今の状況でできる気晴らしとしてはもってこいか――うん、いいんじゃねぇの？　行ってきなよ」

それを聞いたトウヤとメイアが顔を見合わせる。〈銀鈴事件《過去の因縁》〉を断ち切ってから初めての夏休みということもあって、二人とも心なしか頬《ほお》が緩んでいた。

「ありがとうございます、レンカさ――」

「ただしだ、お前ら」

と、そこへ。チーズかまぼこをむちゃむちゃしていたレンカが、険しい目つきで指を立てた。

「ここに一つ、重大な問題がある」

「重大な、問題……？」

ごくり……レンカの真剣な声色に、トウヤもメイアも思わず固唾《かたず》を呑んだ。

そして、犀恒《さいづね》レンカが続けたのは……

「お泊まり、行ってきていいんだけどさ――――私、家政夫《トウヤ》がいない間、どうすりゃいいんだ？」

トウヤとメイアが、揃《そろ》って「『は？』」と口を開けた。

「………………いや……そこは自分でどうにかしてください……」


≫≫≫二日後。

那都界《なとざかい》市より車《リムジン》で約一時間。海を見下ろすなだらかな丘陵地帯に、高校生たちはいた。

「……ふおぉぉおー……しゅ、しゅげぇ……！」

大きなスーツケースを引きずってきたウルカが、口を半開きにして首を上向ける。

「おー……ごーじゃす、ふぁびゅらす、わんだふる……」

コンパクトな旅行鞄を手に提げて、ヨミがジト目を輝かせる。

「ねぇ？　〝うみ〟はどこにあるの？」

麦わら帽子を被《かぶ》ったメイアが、林道の木漏れ日を浴びながらキョロキョロしている。

「急《せ》かすなって、まずはこの荷物を落ち着けてから……」

そしてトウヤは、自分の荷物《リユックサック》とメイアの荷物《ショルダーバッグ》を両方担ぎ、早々に汗だくになっていた。

「うふふっ、ようこそ、我が家の別荘へ！」

ユリーカが背景へ腕を伸ばすと、そこはまるで絵本の世界だった。

丘陵地帯の林を切り拓いた土地に、英国式庭園《イングリッシユガーデン》が造成されていた。

自然美のまま自由に枝葉を伸ばす四季折々の草花たち。小川のせせらぎに野鳥たちの歌声。

石畳の道中には、真っ白なガーデンパラソルを差したテーブルセットが佇《たたず》んでいる。

そしてその先には、ベージュ色の石壁に三角屋根と煙突を乗せたお屋敷が建っていた。

「――やぁ、いらっしゃい。歓迎するよ、恩人さんたち」

そう言って杖をつき、ゆっくり立ち上がったのは、軍手にハンドスコップを握って庭の手入れをしていた人物。

「Fさん！　ええと、覚醒現実《こちら》では初めましてっ……このたびは、ご招待いただいて――」

「あぁいいよいいよ、畏《かしこ》まらなくて。今の僕は静養中、ただの庭いじりが趣味のおじさんさ」

夢で会ったときと同じ、ポロシャツにジーンズ姿で。Fが首に巻いたタオルで汗を拭《ぬぐ》う。

「道中で義娘《むすめ》が失礼をしなかったかい？　ユリーカ、昨夜からずっとはしゃぎっぱなしで――」

「も、もうっ！　お義父《とう》さま！　やめてくださいまし！　恥ずかしいではありませんか……っ」

顔を赤くしてFに駆け寄ったユリーカが、義父の肩をぽこぽこ叩《たた》く。

「ははは、からかいすぎちゃったかな。さ、ユリーカ、ゲストをお待たせしちゃいけないよ？」

「んもぉ、どうして私が失礼したふうになってますの」

それは何とも微笑《ほほえ》ましい親子の光景。トウヤは二人のそんなやりとりをしばし見つめていた。

「トウヤ？　何をぼーっとしているの？」

そこへ、玄関へと進んでいたメイアが、ふと振り返ってトウヤを呼ぶ。

「パイセーン、早《は》よ早よ！　あたし待ちきれないっすよ！」

「瑠岬《るみさき》くん、このお屋敷、中もすんごいんダヨ。ほぁー……っ」

一足先に屋敷に入ったウルカとヨミが、二人揃《そろ》って窓から顔を覗かせた。

「あぁ、今行く！」

仲間たちの声に促されて、トウヤも屋敷の玄関を潜《くぐ》った。


「夏だっ！」

「海ダヨー」

「プライベートビーチですわ!!」

わぁーい！　と歓声を上げて、ウルカとヨミとユリーカが揃って坂道を駆け下りた。

Fの別荘は丘の上の林の中に建っている。屋敷から林道を下っていくと、すぐ目の前にプライベートビーチが広がる立地だった。

我先にと駆け下りていった三人を見送り、トウヤとメイアはまだ林道の半ばを歩いている。

「〝うみ〟……〝うみ〟……どういうのかしら」

麦わら帽子に日焼け防止服《ラッシユガード》を着たメイアが、先ほどから無表情のままそう繰り返す。

「終業式の日にユリーカさんの話聞いてからずっとそれだなぁ、お前」

唯一の男手として荷物を担いでいるトウヤが、メイアと肩を並べながら短く笑った。

「どうして笑うの？　だってわたし、覚醒現実《昼間》の〝うみ〟を見たことがないんだもの」

「テレビとか本でずっと見てたじゃないか、この三日間」

「あれは〝テレビ〟と〝ごほん〟よ？　〝うみ〟なわけないじゃない。馬鹿なの、トウヤ？」

「ええ……なんだろ、お前と話してると、時々幼稚園児を相手にしてる気分になる……」

陽の昇らぬ常夜の世界である夢信《むしん》空間で生まれたメイアは、夜の暗い海のことは知っていても、昼間の海の青さを知らない。

潮風が細道を抜けてきて、海の匂いがした。気づけば潮騒《しおさい》もはっきりと聞こえる。燦々《さんさん》と降り注ぐ陽光と海の照り返しとが重なって、木立の向こうで真っ白な光が踊っていた。

「ほら、メイア――もうすぐそこだよ」

トウヤがそう告げた、次の一歩で。木立の向こうに、世界が開けた。

――……………ザザァ……ザザァ……。

真っ青な、単一の青で塗られた眩《まばゆ》い空。

綿花のような純白の、もこもこと大きく膨れ上がった入道雲。

そして、濃淡とグラデーションが組み合わさった、無限の色彩《あお》を湛《たた》えた海。

一面に、青と白の、極彩色の世界があった。

「わっ。久し振りに見たけど、やっぱり迫力あるなぁ…………どうだ？　メイ――」

「…………」

トウヤが隣のメイアを見遣《みや》ると、彼女はその場で固まっていた。

まるで麦わら帽子を被《かぶ》ったカカシのように。棒立ちになって。微動だにもしないで。大きな目を真ん丸に開いて。小さな口をほんの少し、無意識に開けて。

「…………。…………トウヤ」

数秒、あるいは数十秒、それとも数分。メイアがやっと首を回してトウヤを見た。

「すごいの……ねぇ、すごい、すごいのよ？　初めはね、頭の奥がグワグワーってなったの。それからスルスルーって身体が吸い込まれていきそうになって、チカチカで、クルクルだったの」

メイアのそれは、あまりに感覚的な表現だった。もはや言葉の形をなさぬ、彼女だけの感覚《世界》。

その言葉にできない感覚を、一生懸命に伝えようとしている。

「うん……わかるような気がするよ」

だからトウヤも、メイアの言葉をそのまま受け止める。

「行こっか」「ええ」とだけ言葉を交わして、二人の足が砂浜を踏む。

他《ほか》の誰もいない世界に、五人分の足跡が刻まれていった。


プライベートビーチは、高校生のはしゃぎ声でわちゃわちゃと賑《にぎ》やかになっていた。

「ちゅうぅー……っぷはぁ！　いやぁ、贅沢《ぜいたく》だなぁ！　がははははっ！」

大きなサングラスを掛けたウルカが、トロピカルジュース片手に笑い声を上げる。

「ウルカちゃーん、ふんぞり返ってないで、泳ぎいこー」

ビーチベッドに寝そべっているセレブ気取《ウルカ》りを、ヨミがうちわでパタパタ扇《あお》いでやっている。

「あのさ二人とも、暇ならこっち手伝ってほしいんだけど……」

すぐ傍《そば》でそう漏らしたのは、何やらごそごそと手こずっているトウヤである。

「もぉ何モタモタしてんすか瑠岬《るみさき》先輩！　早《は》よテント組み立ててください、待ってんすよ？」

「思いきりくつろぎながら言うセリフなのかそれは……」

それを見たユリーカが、張りきり顔で駆け寄ってくる。

「瑠岬さまっ、ユリーカがお手伝いいたしますわ！」

「あぁ、すみませんユリーカさん。それじゃそっち持ってもらって——」

更にそこへ、なぜだかしょんぼりしているメイアがやってきて、

「トウヤ、聞いて？　アイスが溶けて落っこちちゃったの……」

「今手が離せないの！　あとで出してあげるからがまんしなさい！」

「瑠岬《るみさき》くん、お母さんみたいになってるんダヨ……」

五人きりの白い砂浜に、わーわーと騒がしい声が湧き出ては波にさらわれていく。くーくーと鳴くカモメたちが、時間の流れを穏やかにしていく。

やがてビーチテントが組み上がると、「どぅるるるるる……」とどこからともなくドラムロールが聞こえだした。ウルカが口で言っていた。

「――それでは！　本日のメインイベント！　〝水着お披露目会〟を開催するっすよー!!」

それは一行が荷物を落ち着け、さぁこれから何をしようかとなった段に出た企画。

ここまで、女性陣は屋敷で着替えて以来、全員パーカー型の日焼け防止服《ラッシュガード》を羽織っている。

設営されたテントの中でそれを脱ぎ、一人ずつ水着を披露しようというのである。

「それでは前置きもほどほどに、早速参りましょうっす！　ぁ赤コーナー……」

「ん？　赤コーナー⁉」

おかしな入場コールにトウヤが首を傾げる中、テントに待機する一人目の名が告げられる。

「西界《にしざかい》高校きってのフリーダムへアスタイル！　ジト目は怖いけど実はチャームポイント！　三度の飯より寝るのが好き！　那都神《なとがみ》ぃ～、ヨォーミィーッ!!」

ウルカの野太いアナウンスに合わせ、ヨミが姿を現した。

直前までウルカに突っ込みを入れていたトウヤも、気づけば言葉を失っていた。

……左右非対称の長さと髪型に切り揃《そろ》えられた銀髪。それを今はアップにまとめて。若草色の瞳《ひとみ》とまるで対をなすかのように、那都神ヨミは深い青色のビキニを纏《まと》っていた。柄も装飾もない生地のデザインは、地味というより落ち着いている。それがヨミの内包する猫のようなマイペースさを伸び伸びと魅力的に強調してみせている。スレンダーな体型に深い色合いがめりはりを与えてもいて、腰に巻いたパレオの紫陽花《あじさい》柄がアクセントになっていた。

「どうダヨ？　瑠岬くん？」

いつかの参道でのやりとりのように、ヨミがふわりと回って問いかけた。

「う、ん……似合ってる……めちゃくちゃ似合ってるよ、那都神」

「可愛《かわい》いんダヨ？」

「……いや……可愛い、っていうより………綺麗《きれい》、です。すっごく……」

昼間は学校の同級生、夜は頼れる仕事の相棒。そんな彼女の知らない一面を垣間見たようで。

「ふぅーん……そか。うい……フフッ。嬉しい」

彼女が見せたそのとびきりの笑顔を、青空と入道雲と一緒に、トウヤは思い出に焼きつけた。

「はーい次いくっすよー、代わって代わってー」

そんな夏の一幕を、ウルカの声が事務的に押し流していく。

トウヤが思わず「え？　もう？」と言いかけたが、そこに後輩の姿は既になく。

「続きましては、ぁ青コーナー……」

「続くのかその流れ……」

「西界《にしざかい》高校が誇る射撃部スポーツ特待生！ 〈警察機構〉も泣かしてやんよ！ あたし、参上！ 薪花《まきはな》ぁ～、ウルゥーカァーッ!!」

自分で自分の入場コールを読み上げて、テントの中からウルカが勢いよく飛び出した。

……鳶色《とびいろ》の髪に飴色《あめいろ》の瞳《ひとみ》をした天真爛漫《らんまん》な少女——普段のそんなイメージを落ち着かせるどころか、逆にこれでもかと爆発させて。薪花ウルカは、ひまわりの妖精へと変身していた。

胸元と腰に、それぞれあさがおの花弁のように広がる生地をあしらった、ひまわり柄のフレアビキニ。普段から前髪を留めているへアピンも、よく見ればひまわりに統一されている。まるで人懐っこい仔犬が、誰かへのプレゼントにお花を咥《くわ》えてやってきたような。

そんなウルカを見て、トウヤは思わずくすりと笑顔になっていた。

「へぁ!? ちょ、何で笑うんすか!?」

「いや、なんか、ウルカらしいなぁって思って。似合ってる似合ってる」

「さっきと比べてえらいリアクション軽いなオイ!?」

なんでぇ！ と、トウヤの反応に不満なウルカが地団駄を踏む。

するとそのとき、それまで余裕を見せていたトウヤがピシリと固まった。

「おー……揺れる揺れる……」

顎《あご》に手をやり、そんなことを口走ったのはヨミだった。

「……ふ、ふふん！　そうですとも！　なんたってあたしは、〝持つ者〟っすからね！」

そう言って腰に手を当てたウルカが、それを強調するかのようにふんぞり返った。

「どうっすか瑠岬《るみさき》先輩！　この豊満なボディーを前にしてもクール男子のフリしてられますかっ。フンッ、フンッ！」

「!?　わかった、わかった！　めちゃくちゃかわいいから、目の前で飛び跳ねるなって……！」

「がははは！　だそうですよ那都神《なとがみ》先輩！　どうかね持たざる者よ、羨《うらや》ましかろう？」

「うーん……いいなぁとは思うけど、でもお胸にばっかり栄養がいって身長が全然伸びないのは困るんダヨ。ヨミ、いろんな服着たいから」

「誰が身長低すぎで子供服コーナーの常連客だとコラァッ!!」

「おぉう、そこまでは言ってないんダヨ……」

柔肌を晒《さら》した女子二人が胸のサイズで言い争うのを見せつけられて、トウヤは終始目のやり場に困っていた。

「──えー、次は、ぁ赤……いやこれじゃ被《かぶ》るっすね、えぇーっと……そだ、黄色コーナー」

「さすがに思いつきでやりすぎでは？」

自分の水着の披露が終わったので早く泳ぎにでもいきたいのか、大きな浮き輪に身体を通したウルカが三人目の入場を告げる。

「西界高校に突如やって来た転校生！　一週間しか通ってないのに夏休みなんてズルいぞ！

スキンシップモンスター！　ユリィーカァ〜・ファ〜イ・ノバァーディーッ!!」

「参りますわっ！」

ジジィイーっとテントのファスナーが開き、優雅な所作でご令嬢が現れた。

……これまでのごっこ遊びではない、それは正真正銘のセレブ。日々己を研鑽《けんさん》し続けているユリーカ・ファイ・ノバディは、奥ゆかしいワンピース水着というチョイスだった。

スカート状のフリルをつけた白の水着は、そのまま私服として通用しそうな洗練されたデザイン。一見露出が少ないようで、その実肩紐を排除したオフショルダースタイルが見る者をドキリとさせる。よく見ればフリルはレース編みになっていて、夏の陽射しを透かしていた。

「！　ユリーカさん、とってもお綺麗《きれい》です……！」

「うおっ、ま、眩《まぶ》しい……！　直視できないっす！」

「ふーむ、これは……拝んどいたほうがいいと思うんダヨ」

その場にいた三人が、揃《そろ》って目をぱちくりさせた。

「まぁ、嬉しい。デザイナーに作らせた一点もの《オーダーメイド》なのです、そう言っていただけて光栄ですわ」

トウヤもウルカもヨミも語彙《ごい》を失っていた。彼らの口から出てくるどんな言葉よりも、その後から漏れる感嘆の溜め息こそが真実を語る。

送られる賞賛に慣れた様子で優雅に会釈し、ユリーカも観客側へと加わった。

「さぁーてそれでは、いよいよラスト一名の登場です！」

五人きりの水着ショーも、いよいよ佳境。

「取りは西界高校《にしざかい》の新アイドル！　〝深窓の編入生〟はこのウルカお姉ちゃんが守ってみせる！　はぁーっ、あたしも同居とかしてみたい！　呀苑《がえん》ん〜、メイィーアァーッ!!」

そして、その言葉に召喚されるかのようにして、魔女が姿を現した。

「これでいいのよね？」

ポトリ……………。

それは、トウヤの手からアイスが棒ごと落っこちた音だった。

……潮風に当たってもなお、絹糸のように滑らかな黒髪を風に靡《なび》かせて。呀苑メイアは、最も面積の少ない黒の水着を身につけていた。

ただでさえ白銀の肌を隠しきれない黒生地は、あろうことか胸の中央と腰の左右で大きなリングで繋《つな》がれていて、その分余計に柔肌が露《あら》わにされている。谷間も骨盤のラインも露出するなか、少女は無知ゆえに、その大人びた水着を着こなすという奇跡をやってのけていた。

「ふぁっ!?」とウルカが飛び上がり、サングラスがずり落ちる。

「……ダヨ……ダヨ……」とざわざわしだしたヨミが、ジト目を真ん丸にする。

「だ、大胆ですわぁ……！」と両目を覆ったユリーカが、指の隙間から思いきり凝視していた。

そして、トウヤは――

「はぁっ、はぁっ……！」

　皆がメイアのセクシー水着に仰天している間にビーチテントへと猛ダッシュしたトウヤが、日焼け防止服《ラッシュガード》を引っ張り出して、慌ててメイアの肩に羽織らせたところだった。

「トウヤ、どうしてまた着せるの？　ここでは脱ぐものなんでしょう？」

「いや、さすがに……さすがにダメだ……っ。お前、何だってそんな過激なやつを!?」

「レンカさんがね、『私の水着貸してやろうか？』って言ってくれたの。だからじゃあそれでいいわって――」

「レンカさぁぁぁぁぁあんっ!!」

　青年の悲鳴が夏空に突き抜ける。砂浜を見れば、先ほどトウヤの落っことした棒アイスがすっかり溶けて、〝あたり〟の三文字が浮かび上がっていた。

　その後、魔女による〝黒の衝撃〟が駆け抜けた小さな小さな水着ショーは、品評どころではなくなってお開きとなった。

　波打ち際へ繰りだして、高校生たちは思い思いに夏と戯れた。泳ぎが得意なヨミがすいすい気持ちよさそうに平泳ぎして、その横で泳げないウルカが浮き輪にお尻を乗せてぷかぷか漂う。ユリーカが浅瀬でぱちゃぱちゃと水を蹴り、メイアは砂山にトンネルを掘るのに夢中だった。

　そしてトウヤは、ヨミが沖へ出ないよう見ていたり、ウルカがひっくり返ってないかチェックしたり、ユリーカとボール遊びをしてみたり、メイアの砂山に交差トンネルを開けたりして。

　鋭い夏の陽射しも、海辺で浴びれば心地よかった。もっと強く降り注げばいいとさえ思った。

この何でもない特別な瞬間を、その熱気で心に焼きつけておきたくて。

終わってしまうとわかっているこの夏を、願いの力で一秒でも足止めできたらいいのにと。

そうだったらいいのになと――――ユ、リ、ー、カ、は、心の内でずっとそう祈り続けていた。

≫ 夕暮れ。

『――かんぱーい！』

カランコロンと、薄暮の英国式庭園《イングリッシュガーデン》にグラスを合わせる音が重なった。

プライベートビーチでの海水浴に遊び疲れて屋敷へ引き揚げ、シャワーを浴びて一眠りした後、トウヤたちを待っていたのはガーデンパーティーだった。

庭先に設営されたバーベキューグリルで骨つき肉や大きなフランクフルト、取れたての貝に魚といった品々がジュージューと食欲をそそる音を立てている。

「ウルカちゃん、そんな見張ってなくたって、ヨミは取ったりしないんダヨ？」

「ちょっと黙っててくださいっす、那都神《なとがみ》先輩！　今あたしはこのお高いお肉を焼く《育てる》ことに全神経を集中しておるのです、余所見《よそみ》は許されないんす！」

「あら、焼けてるわね、そのお肉。もらっていくわ？」

「うあーん！　ほら目を離した隙に呀苑《がえん》さんが！　あたしの肉次郎をーっ！」

「何でお肉に名前なんてつけてるんダヨ……？」

乾杯して早々にグリルへ飛んでいった三人がわーきゃーと歓声を上げている。そこへ使用人たちの笑い声も混ざるのを聞きながら、テーブルに残っていたトウヤが苦笑を浮かべた。

「すみません、うちのメンバーが騒がしくしてしまって……」

「構わないさ。別荘《こっち》に来てから静かすぎてね、これぐらい賑《にぎ》やかなほうが張り合いがあるよ」

トウヤが視線をやった上座には、グラスに注いだワインを口に含むFの姿。

「えと、ユリーカさんから幻痛症状《中度夢信症》だと伺いました。あれからお加減、いかがですか？」

「ああ、話しちゃったのか、あの子。……ということは、僕の左半身のことも聞いてるのかな？」

「はい、左腕と左脚がご不自由だと。……あの、失礼なお話になってしまってませんか？」

「何の、そんなことはないさ、君は誠実な青年だね」

傍らに立てかけた杖の頭を撫《な》でながら、Fに考える間があって、

「ふむ、そうだな……これも何かの縁だ。晩餐《ばんさん》の添え物に、昔話でも聞いてもらおうかな」

そう切りだし、Fがグラスを掲げた。トウヤも合わせて炭酸水を注いだグラスを持ち上げる。

「この前のパーティーで、確か僕は『妻に先立たれて、子供も授からなかった』と話したね？

……実はあれ、嘘なんだ。本当はね、いたのさ、この血を分けた愛娘《まなむすめ》が一人」

ランタンの光に浮かび上がるFの視線は、小さな炎の奥に過去を見ている。

「十二年前。妻が、〝ヘレナ〟が他界したとき、僕には〝サーシャ〟という娘がいたんだ。天

使のような子だったよ。……でも、悲しいことというのは、どうしてか重なってしまう。ヘレナに逝かれて日も経たないうちに、当時住んでいた家が火事になってね。それで、サーシャも……この左腕と左脚はね、そのとき傷めたものなんだ」

「そうだったんですか……。……それから、ユリーカさんと巡り会われたんですね」

「そういうことさ。あの日以来、僕は無力だった自分の名を捨てて、あの子と暮らし始めたんだ」

「――お待たせいたしましたわぁ！」

ちょうどそのとき、最初の乾杯以来お屋敷に姿を消していたユリーカが戻ってきた。

袖詰めのTシャツにショートパンツという部屋着スタイルのユリーカは、その上からエプロンを纏《まと》っていた。両手には鍋摑《オーブンミトン》みを嵌《は》めていて、大きな四角いオーブン皿を抱えている。

「焼き上がりましたわ。イギリスの家庭料理、コテージパイです。どうぞ召し上がれー♪」

ユリーカがオーブン皿をテーブルに置くと、チーズとスパイスの香ばしい匂いが広がった。

メイアが、切り分けられたパイから立ち上る湯気をくんくんと嗅《か》ぐ。

「トウヤ、これ、初めて見る料理ね？　おいしそうな匂いがするわ？」

トウヤも興味津々で、取り皿を目の高さに持ち上げてパイの断面を観察する。

「へぇ……炒めた挽《ひ》き肉の上に、パイ生地の代わりに潰《つぶ》したジャガイモを乗せて焼いてるのかぁ。材料も作り方もシンプルな分、いろんな味つけができそう……」

その横で早速ユリーカのパイを頬張《ほおば》ったウルカが、顔をニコニコ綻《ほころ》ばせた。

「んー！　肉汁うまうま！　ポテトほくほく！　どっちもスパイスが効いてて香ばしいっす！」

「たっぷりチーズにトマトソース、濃い味と酸っぱいのが混ざっていい感じなんダヨー」

そう言いながら、ヨミが早速二口目に手をつける。

「……うん！　美味《おい》しい！　メイアもきっと好きなやつだよ、これ」

トウヤが言うと、「そう？」と、メイアも小さな口を開けてパイを含んだ。

もぐもぐ、もぐもぐ、こくん、と、メイアの細い喉《のど》が上下する。

「……。……何だか、優しい味がするわ……ええ、わたし、これ好きよ」

最後の取り皿にパイを盛りつけながら、ユリーカが笑みを浮かべる。

「うふふっ、お口に合ったようでよかったですわ。お義父《とう》さまの昔からの好物で、私がお料理を始めたきっかけでもある思い出のレシピですの。——さ、どうぞ、お義父《とう》さま」

「あぁ、ありがとう、ユリーカ」

パイを供したユリーカに、Fも優しく微笑《ほほえ》み返す。

それはトウヤが二人と初めて対面したときと同じ、仲睦《なかむつ》まじい家族の姿だった。

あのときは単に「何不自由のない、仲のいいお金持ちの親子」としか思っていなかったけれど。その幸せそうな笑顔の裏には、様々な想いがあるのだ。

妻と愛娘《まなむすめ》を失い、その喪失と共に自らの名を捨てて、夢の世界で成り上がった一人の男と。

そんな男を支え続け、非力なその手で義父の想いを踏《ふ》み躙《にじ》った犯罪集団への復讐《ふくしゅう》を誓う少女。血の繋《つな》がりこそなかろうと、二人は互いを想い合う、立派な家族だとトウヤは思った。

トウヤがそう、二人に対して尊敬と憧憬の念を抱いていると、Fが「ふぅ」と息を漏らした。

「ちょっと飲みすぎちゃったみたいだ。気持ちだけはまだ若いつもりなんだけどなぁ、ははは」

アルコールに顔を赤らめたFが、杖をついてよろりと立ち上がる。

「すまないが、先に休ませてもらうよ。そのほうがきみたちも気楽だろうしね」

「そんな、とんでもないです。今日はありがとうございました、Fさん。こんなよくしていただいたのと、たくさんお話を聞かせていただいて」

「あぁ、どうにも君のことは、他人に思えなくてね……それじゃおやすみ、みんな。よい夢を」

コツッ、コツッと杖を鳴らし、Fが一人屋敷へと帰っていく。その背中は世界的大富豪という地位を得てなお、悲しい過去に縮こまっているように見えた。

ふと、トウヤがFの去った後の空席を見る。

余程お酒を飲みすぎたらしい――Fの好物《コテージパイ》は、一口も食べられないまま冷めてしまっていた。

＊＊＊

≫≫同日、深夜。山中。

……カラララン……カラララン……。

梟《ふくろう》が賢《さか》しく囀《さえず》る獣道を、闇《やみ》に溶けて進む一つの影があった。

……カラララン……カラララン……。

バカンスに合わせて増強された警備網を、その影は足音を潜《ひそ》めるどころか、自ら音を立てて進んでいた。しかし、それを聞きつける警備の姿はどこにもない。

そこは死角の道だった。何重にも張り巡らされた警備網の死角と死角を線で結び、屋敷へ向けて一本に繋《つな》がる、警備主任すら見落とした、唯一の進入路。

そんな道を隠者のように嗅《か》ぎ分けて、影はゆっくりと進んでいった。

……カラララン……カラララン……。……カラララン……カラララン……。

「…………さぁ……始めようか…………」

＊＊＊

》》》同刻。Ｆ氏別荘。

夕食会の後片づけを使用人たちに任せ、トウヤたち五人は夜の浜辺で花火に興じていた。

両手に花火を八本同時に摑《つか》んだウルカが、「ぃやっふぅーっ!!」と奇声を上げて浜辺を走る。

ヨミが線香花火を睨《にら》みつけ、その火が落っこちないよう微動だにしないでいる。

ヘビ花火がうにょうにょ伸びていくのを、しゃがみ込んだメイアがじっと観察していた。

そんな夏の夜をトウヤが林道に腰かけ見守っていると、頰《ほお》にひやりとしたものが触れた。

「はい、これどうぞ」

ユリーカだった。彼女が両手に持った瓶のうちの一本を、トウヤに向けて差しだしていた。

「自家製のレモネードです。この前は夢の中で、渡しそびれてしまいましたので」

「あぁ、ありがとうございます。いただきます」

トウヤは受け取った瓶の栓を早速開けると、一口傾ける。

生のレモンと氷砂糖を漬けて作られたレモネードは、ほんのり苦くて素朴な味がした。

「おいしい……何でも作れちゃうんですね、ユリーカさん」

「難しいものじゃありません。それとも金持ちの令嬢は家事なんてできないと思われまして？」

「いえ、そんなことは。今時庶民でも珍しいですよ、ユリーカさんみたいな家庭的な人」

「あら、それをいうなら瑠岬《るみさき》さまこそでしょう？」

トウヤの隣にユリーカが自然と腰かける。二人の間に掌《てのひら》二つ分ほどの隙間を開けて。

「昼間からそうやって、ずっと皆さまのことを見てらして。まるで保護者のようですわ？」

「昼間那都神《なとがみ》からも言われたなぁ。〈貘〉《仕事》でチームリーダーなんてやってるせいですよ」

「逆だと思います。瑠岬さまがそういうお方だから、あんな過酷なお仕事で重責《リーダー》が勤まるのです。瑠岬さまのことを信頼されてますのよ、那都神さまも薪花《まきはな》さまも……呀苑《がえん》さまも」

ユリーカのその言葉と間が、先日のナイトクルージングの一件の後だと随分と意味深なものに聞こえてしまう。

ただもう一度ふれあいたかっただけだと。あなた《トウヤ》に救われて、あなた《トウヤ》にもう一度会いたかっただけだと。そんな彼女の言葉を、けれどトウヤは「よくわからない」と受け流しただけで。

「……あの――」

真夏の夜の魔力に背中を押される思いで、その先の言葉も思いつかぬまま、トウヤが切りだしかけたときだった。

「私、あの人のこと嫌いです」

抱え込んだ膝《ひざ》に顎《あご》を埋めて、トウヤよりも先にユリーカがそう口にしていた。

それがメイアのことを言っているということぐらい、トウヤにもわかった。

「今日一日、瑠岬《るみさき》さまのことをずっと観察しておりましたの、私」

ごめんなさい、と一言添えて、ユリーカは続ける。

「瑠岬さまは、私を含めて皆さまのことをずっと見守っていらっしゃいました。ですけど……呀苑《がえん》さまに向けるあなたの視線だけは、いつだって特別でしたわ。今だって、そうです」

遠く砂浜にしゃがんでいるメイアの姿を無意識に視界に入れていたことを、トウヤはユリーカに指摘されて自覚する。

「……〝嫉妬《しっと》〟、というのでしょうか、この気持ちは……ええ、きっとそうなのでしょうね。

マイ・ヒーロー、あなたに会うために遙々《はるばる》やってきたというのに、あなたの特別を独り占めにしている冴苑さまを見て、私……」

「…………」

「自分でも驚きましたわ。こんな醜い感情を抱くつもりなんてありませんでしたの。ただあなたに、私のことを、ユリーカ・ファイ・ノバディのことを、覚えていてほしかった……たったそれだけの願いだったはずなのに」

ユリーカのその言葉を聞いて、ふと、それまで無表情だったトウヤの眉間《みけん》に皺《しわ》が寄った。

ユリーカが何を言っているのかわからない。

「……？　ユリーカさん、それって、どういう意味——」

言いかけたトウヤの言葉を、ユリーカは首を横に振って押し黙らせる。

「ごめんなさい、瑠岬さま。私の過ちだったのです……あなたなら、私が私でいるうちに、私に愛を与えてくれるかもしれないと、そんな幻想を抱いてしまった、私の」

「ユリーカさん……？」

ピュゥ～～ッ……パンッ。

浜辺にロケット花火の弾ける音が響く。メイアとヨミとウルカの歓声が上がる。

それはまるで……穏やかな真夏の夜の幻想が、終わりかけている暗示のようだった。

「この前のことは忘れてください。重ねてですが、謝らないでください。でないと、私——」

真夏の青空のような瞳《め》をした少女が、トウヤに背を向ける。

「でないと私――あなたのことも、嫌いになってしまいます」

それだけ言い残して、ユリーカは屋敷へ続く林道へと歩き去っていった。

「――せーんぱーい、何そんな暗いとこに一人でいるんすか。花火、なくなっちゃうっすよー？」

ウルカたちの呼ぶ声がする。ユリーカの気配は、もうどこにも残っていない。

トウヤが何も理解できないまま、何一つ答えることができないまま……ユリーカの中で、何かが終わったようだった。


花火も終わり、皆が屋敷へ戻った後の真夜中。

客室のベッドに横になったまま、トウヤは天井を見つめていた。

トウヤたちが屋敷に戻ってからも、ユリーカの姿を見ることはなかった。使用人に尋ねても「お嬢様はおやすみになられました」という返事がくるだけで、彼女の様子はわからなかった。

「……いづらくなっちゃった、ってことなのかな、これ……」

ぽつりと、トウヤの口から独り言が零《こぼ》れる。

結局、ユリーカが最後に何を伝えたかったのか、トウヤにはわからず終《じま》いだった。〝どうするべきだったんだろう〟と考えて、〝いや、よそう〟と心の中で首を振る。

「今日はちょっと、羽目を外しすぎたんだ。これは仕事……あの人の依頼《復讐》だけは、叶えてあげなきゃ……二人《かぞく》が、穏やかな暮らしに、戻れるように――」

トウヤたちが宿泊する屋敷二階の個室の客室は、古風な造りでテレビも夢信機《むしんき》もなかった。

うとうとと、意識が機械の介在しない眠りの中へと沈んでいく。

自然睡眠。それは昼夜を問わず稼働し続けるこの夢信社会から隔絶された、孤独な夢。

おやすみなさい。せめて、いい夢が見れますように――誰に向けた祈りなのかもわからないまま、トウヤの意識はぷつりと途切れた。

＊＊＊トウヤの夢＊＊＊

……ザザァ……ザザァ……。

心地のよい、波の音が聞こえていた。

気づけば一人、トウヤは白い砂の上に立っていた。ここがどこなのか全く心当たりがない。

ただ唐突に、〝白い砂の上に立っていた〟という状況だけがトウヤの意識に認識されている。

……ザザァ……ザザァ……。

月明かりが煌々《こうこう》と降り注ぐ碧《あお》い夜。聞こえ続ける波音を追って、ぐるりと首を回してみる。

そこは白い砂浜ではなく、延々と白い砂丘が広がるだけの、荒涼とした砂漠だった。

波の幻聴、一滴の水もなく。

それは明らかに夢だった。超常と不条理に満ちた世界。

「……おーい！　みんな、どこ行っちゃったんだよ、おぉーい!!」

いくら歩いても何の変化もなかった。茫漠《ぼうばく》とした砂漠のあまりの広さに、トウヤは次第に不安と恐怖を覚える。

「……嫌だ……一人は、嫌だ……一人にしないで……独りに、しないでよ……」

いつしかトウヤの肉体《イメージ》は、幼い少年の姿になっていた。

そこへ、

「――もし、そこの少年。お困りかな？」

トウヤが泣きじゃくっていると、背後から声がした。

振り返ると、そこには知らない人の背中があった。

長い燕尾《えんび》がひらひら風に揺れている。砂漠のど真ん中にあるまじき紳士服。手には白い手袋を嵌《は》めていて。そしてその手が摘まんでいるのは、大きなシルクハットだった。

「だれ？」と、口調まで幼くなったトウヤがその背に問う。

「ふむ、それはなかなかに難しい質問である」

クイッ、クイッとシルクハットの位置を正しながら、紳士が喉《のど》を唸《うな》らせた。

「吾が輩には元来、名前というものがないのだよ。だが、そうであるな……近頃は巷《ちまた》でこう、呼ばれているらしい。よって少年、君もそう呼ぶがよい――」

クルリと、紳士がミュージカル役者のような大袈裟《おおげさ》な動作で振り返った。

「――〝悪食男爵《あくじきだんしゃく》〟、と」

そう名乗った紳士は、顔に仮面を嵌めていた。

にんまりと頬《ほお》を吊り上げた、しわくちゃの、笑う老人の仮面。

トウヤはそれをどこかで見たような気がした。が、トウヤの夢はただ「そういうものだ」という常識でその違和感を押し潰《つぶ》す。

「して、なぜに泣いているのであるかな、少年？」

「だれもいないの……ひとりになっちゃった……」

「おぉ……！　何ということだ、こんな場所で迷子とは。あぁッ、可哀想に……ッ」

観客もいないのに虚空へ向けて「あぁッ」と訴えかけると、悪食男爵がトウヤへ駆け寄る。

「そうかい、そうかい。さぞや怖かっただろう。吾が輩が来たからにはもう心配無用である」

「だんしゃくさん、たすけてくれるの？」

「そうとも、あぁそうともさッ。さぁ、この手をお取り。吾が輩が道案内をしてあげよう」

ヨーホーホー！　と不気味に笑う男爵が、トウヤへ手を差し伸べる。

トウヤはおどおどしながらも、悪食男爵の手を握りかけた。

すると男爵が意地悪するように、その手をサッと引っ込めて、

「おっと、だがその前に、代金をいただこうか」

悪食男爵《あくじきだんしゃく》が五本の指を踊らせる。うねうね、うねうね、うねうねと。

「……だんしゃくさん……ぼく、おかねもってない……」

「おやおやなんと、これは困った……助けてあげたいのはやまやまであるが、吾が輩もタダでというわけにはいかない」

しょんぼりしているトウヤを見て、悪食男爵は「ふぅむ」と顎《あご》に手を当てた。やがて、

「ならばこうしよう。代金の代わりに、君の持っている〝秘密の力〟を見せておくれ」

「ひみつのちから……？」

「そうとも」

「でも……あれは『つかっちゃだめ』っていわれてるんだ」

「なぁに、〝使う〟んじゃあない、〝見せる〟だけさ。それなら怒られないだろう？」

悪食男爵は道化じみた声音で、惑わすように語りかけてくる。

「……う、ん……」

トウヤは促されるまま、迷子の道案内の代金として〝秘密の力〟を喚《よ》びだした。

『――ラァァァァァァァァァァアッ』

夢の世界の裂け目から、《頭蓋《ずがい》の獣》の瞳《ひとみ》が覗く。

「おぉッ、素晴らしいッ……出会えた、遂に……ッ！」

獣の巨大な目と目が合った男爵が、感嘆に両手を天に掲げた。トウヤのことをほっぽりだす

と、そのまま《頭蓋の獣》の下へ歩み寄っていく。

「長かった……長かったぞ、ここまで、ようやく……あぁ、我が寵愛《ちょうあい》よ……」

ぐいと、悪食男爵が仮面をずらした。口元を覗かせて、べろりと舌舐《したなめず》りする。

「一口でいい、たった一口……それで我が悲願は成就するのだ……！」

何が起きているのかわからないトウヤは、ただ額の傷痕《きずあと》から光を放ちながら呆然《ぼうぜん》としている。

大きな口を開けた悪食男爵が、《頭蓋の獣》へ歯を立てた。

その瞬間――バキィィィインッ。

「むぐッ……!?　こ、れは……ッ!?　何だ、一体ッ……!?」

「だめだよ、だんしゃくさん」

口を押さえてよろりと後退《あとずさ》った男爵に、トウヤが語りかける。

「にんげんは〈けもののゆめ〉にはさわれないんだよ？　〝ろんりしょうへき〟があるから」

「世界規定を書き換えた……？　いや、この〝迷路〟でそんな高度演算は……ならば、吾が輩か！　吾が輩自身が、無意識に世界規定を曲解して……！」

《頭蓋の獣》へ悪食男爵が再び手を伸ばす。その手も先と同じく見えない壁に弾かれて、「うがっ……！」と呻《うめ》いた男爵は得心した。

「やはりそうか……！　獣よ……阻むのか、吾が輩の悲願を。ここまで来て……！」

悪食男爵が何を言っているのか、幼くなったトウヤの意識では理解できない。

ギロリ。

「……瑠岬《るみさき》、トウヤ……！」

男爵《だんしゃく》が、眼光鋭く迫ってくる。その鬼気に押されて、一歩二歩とトウヤが後退《あとずさ》る。

「貴様、どうやってこの獣を手なずけた……!?」

悪食男爵《あくじき》にガッシと腕を摑《つか》まれる。小さなトウヤに抗《あらが》う術《すべ》はない。

「あ……う、あ……！」

男爵が仮面の額をトウヤに押し当てる。閉じない瞼《まぶた》の向こうから、血走った目がトウヤのことを射殺すほどに凝視してきた。

「知らねばならぬ、知らねばならぬ……！　何を置いてもその秘密を暴かねば……ッ！　瑠岬イイイイッッ!!」

「はっ、はっ、はっ……！」

幼いトウヤは悪夢に呑まれて、悲鳴を上げることもできなかった。

その間も、ザザァ……ザザァと、波の幻聴が途切れることなく続いていた。

そこへふいに、そよ風が吹き抜けた。

その風に乗り、何かがひらりとトウヤの眼前に舞っていく。

それは真っ白な、一枚の鳥の羽だった。

そして、パチィン！　と。足元から、世界が揺れて、

【──おきなさい、トウヤ！】

＊＊＊覚醒《かくせい》現実＊＊＊

全身をびくりと跳ね上がらせて、瑠岬トウヤは飛び起きた。

うとうとする直前まで見上げていた天井と対面する──ここは、Ｆ氏別荘の客室。

「はぁ、はぁ、はぁ……！　…………はぁぁー……」

戻ってきた……それをようやく認識して、トウヤが安堵《あんど》の溜め息を吐《つ》く。

「やっと起きたわね、トウヤ」

「うわぁっ!?」

そして目の前で突然声がしたものだから、トウヤは再びベッドの上で跳ね上がった。

真上の天井を見ていた視線を下へやると、そこにはメイアの顔があった。

メイアはぶかぶかのＴシャツ一枚姿で、トウヤの上に馬乗りになっていた。

「ちょ……は!?　何がどうなっ……は!?」

どこからどう見ても夜這《よば》いにしか見えない状況。トウヤが動転していると、

「トウヤ、気をつけて──この屋敷、何かおかしいわ」

メイアが真剣な顔つきでそう言ってきて、トウヤは一気に頭が冷えた。

「……何かって……？」

「わたし、さっきまで自分の部屋からお月様を見ていたの。それから寝ようとしたらね？　身体中がピリピリして、全然眠れなかったの。そうしたら外から変な音が聞こえて……だから、トウヤに教えたほうがいいと思って来たの」

砂漠の夢で、鳥の羽と共に聞こえた声を思い出す。あれはメイアの声だったのだ。トウヤが自分の頰《ほお》に触れると、気つけのビンタをされた箇所が熱を帯びていた。

「俺も、変な夢を見た……よくわからないけど、起こされなかったらやばかったのかも──」

そこまで言って、

「ちょっと待て……変な音？」

その不穏な単語に、トウヤが思わず訊《き》き返した。その直後、

……カラララン……。

まさにその瞬間に聞こえてきたその音に、トウヤは心臓が止まるかと思った。

「あの音よ、変でしょ──むぐ？」

咄嗟《とっさ》にトウヤに口を塞《ふさ》がれ、メイアが馬乗りのままきょとんとなる。

……カラララン……カラララン……。

トウヤが耳をそばだてる。聞こえる。二階の廊下から。近づいてくる。こっちへ。

金属音だった。音の響き方からして長い棒状。ちょうど鉄パイプのような。音が低い。かな

りの重量がある。……遅れて、犯行予告のことを思い出し、トウヤは背筋が冷えた。

屋敷に侵入された。襲撃。覚醒《かくせい》現実側から。〈アトリエ・サンドマン〉。……目覚めたばかりの頭でどうにか状況を分析したトウヤは、そのまま沈黙を選択する。

相手は夢信《むしん》犯罪集団であるから、覚醒現実で襲撃される可能性はほぼゼロと踏んでいた。屋敷の警備は普段以上に厳重だという話だったし、今夜は全員夢信空間に接続してもいない。にもかかわらず、この異常事態。これは現実。想定外。対抗手段がない。やりすごすしか。

……カラララン……カラララン……カラララン……。…………………カラッ。

ちょうど、部屋の前でその音が止まって……………トウヤは、生きた心地がしなかった。

ガチャ…………ドアノブが回るのが、月夜の闇の向こうに見えてしまう。

ガチャ。ガチャガチャ。ガチャガチャガチャッ。

ドアノブが更に数回回る。でもそれだけ。口を塞いだメイアを見る。メイアが頷《うなず》きを返す。

鍵は締まっている。よしいいぞと一縷《いちる》の望みを見いだして、トウヤは祈る。諦めてくれと。

……………………………。

沈黙。

……………………………そして、

……バギィッ！

木の扉を突き破ったのは、バールの鋭い先端だった。

覚醒《かくせい》現実にあるまじき、その非現実的な光景に、トウヤは頭が真っ白になって動けなかった。

メリッ、メリメリッ！　木枠ごと鍵をねじ曲げて、扉がこじ開けられていく。

次の瞬間、蹴り開けられた扉から、人影が飛び込んできた。

バールが振り上げられたのを目にして——トウヤはようやく、己の無策を後悔していた。


≫≫ 同刻。那都《なと》界《ざかい》市、〈夢幻S・W《セキュリティ・ワークス》〉。

プルルルル、プルルルル……。

設備更新の作業中だった管制室に、固定電話の呼び出し音が鳴り響いた。

「はい、〈夢幻S・W《セキュリティ・ワークス》〉運用監視部、犀恒《さいづね》です」

『お疲れさんでっす、〈警察機構〉の改谷《あらたや》です』

レンカに外線を寄越してきたのはヒョウゴだった。

「何すか？　こんな真夜中に。急に寂しくでもなっちゃいました？」

『よりによってあんたに弱音吐くほど耄碌《もうろく》しちゃいませんよ——仕事の話です、仕事の』

「こっち今、技術屋呼んで機材の最終調整中で手ぇ離せないんすけど。急ぎです？」

『できれば』

「……もしかして、〈アトリエ・サンドマン〉？」

『それです』

捜査が難航していると話していた夢信《むしん》犯罪集団について。レンカの背がしゃきりと伸びた。

「うし、聞きましょう」

『過去の犯罪記録に連中と関連するものは見当たらないってとこまで、報告済みでしたわな？』

「ええ」

『あの後、国際犯罪者リストも洗ったんですが、そっちもめぼしいもんは出てきませんでした──ですんで、最終兵器を使いました』

「最終兵器？」

『ええ、人海戦術です。知り合いの探偵事務所も引っ張って、総当たりで調べ上げましたよ』

「何を？」

『全国の夢信症病棟の受診記録をです』

ヒョウゴが電話の向こうで「ふぅーっ」と煙草《タバコ》を吹かし、続ける。

『〈L.D.《ラヴリィ・ドーター》強奪未遂事件〉で、呀苑《がえん》さんが伸《の》したサンドマン二名。ありゃ自滅した他《ほか》の構成員たちに比べてもかなりの重症、確実に病院に担ぎ込まれてると踏んでね。事件発生日時から三日間に絞り込んで、国内の新規夢信症患者をリストアップしたんですわ』

「うわ、そりゃ数がえぐいわ……で、見つけたと。呀苑の鉄拳で沈められた二人を」

『ええ。ざっと五千人の中からね。苦労しましたよ』

興味深い話に、レンカのほうもつられて煙草《タバコ》に火をつける。二人同時に「ふぅーっ」とやる。

「……それで？　連中の素性ってやつは？」

『それなんですが、ちと妙でしてね…………サンドマンの、バックにいたのは――』


≫≫ 同刻。Ｆ氏別荘、二階客室。

ドゴォッ！

襲撃者の振り上げたバールがトウヤとメイアの頭上を擦過し、壁に突き刺さっていた。

「――あらァん？　なぁんだ、起きてたのォ？　急いで損しちゃったァ」

襲撃者が言葉を発した。……どこかで聞いたことのある声で。

月の光が室内に差し込む。トウヤの目に、三日月を貼りつけたような薄気味悪い笑顔の人物が映った。

「…………蛭代、先生？」

「やほォー♪　お楽しみ中にお邪魔しちゃってごめんなさいねェ、お二人さァん、ンふふっ」

バールを担いだ襲撃者。その正体は、臨床夢信《むしん》科医、蛭代《ひるじろ》ナリタだった。

混乱したトウヤが「え……え……？」と零《こぼ》していると、そんな彼を押しのけてナリタが凝視したのは、さっきの一撃で開けたベッド直上の壁の穴。

バキバキと壁材が剝《は》ぎ取られると、そこから現れたのは、銅線が複雑に巻かれた機械だった。

「！　それって、まさか……論理コイル!?」

「正解《せいかアい》。型式は見たとこ、〝ユーロ・ドリームダイバー2000〟の後期型ァ……ンふふっ、わざわざこの国の夢信技適に通ってないモデルを仕込むとか、いい趣味してるわァ」

三日月の笑みを深くして、ナリタが心底愉快そうに笑う。

「わたしがピリピリして眠れなかったの、これのせいだったのね」

「んん？　あぁ、なるほどォ？　王子様が逆にお姫様に助けられたってわけェ。っていうか呀《が》苑《えん》ちゃん、そのカッコやらしすぎなァい？　高校生でそういうプレイ、まだ早いと思――」

「すいませんこれ以上混乱させないでください断じて違いますこれは誤解です」

心労で今にもベッドに倒れ込みたくなるのを堪えて、トウヤはナリタに恐る恐る尋ねる。

「ええと、まず、確認させてください……蛭代先生、敵とかだったりしませんよね……？」

「？　何言ってんの瑠岬《るみさき》くゥん？　どこからどう見ても、助けに来たに決まってんでしょォ？」

「あぁ、よかった。この頭がおかしい言動、いつもの蛭代先生だ……」

バール片手に全身黒ずくめのボディースーツを着込んだ、どこからどう見ても変質者――そんなナリタが正常に異常なことを確かめて、トウヤはほっと胸を撫《な》で下ろす。……が、

「……え？　助けに、来たって……？」

キッ。キキッ。

それはちょうど、窓の外から聞こえてきた音だった。自動車のブレーキ音。

窓際に回り込んだナリタが壁に背をつけ、窓外を覗き込む。

「おいでなすったわねェ。道中で何人か気絶《ヤ》ったの気づかれたかァ。予想より早いじゃなァい」

トウヤも外を覗くと、庭の向こう、乗り入れ場に三台の黒いＳＵＶ《スポーツ多目的車》が停車していた。

そしてその車内から、下りてきたのは――

「サ、サンドマン……っ!?」

それは見覚えのあるスカイブルーのスーツにナイトキャップ、そして笑う老人の仮面を嵌《は》めた集団だった。

壁の中に仕込まれていた論理コイル。更に覚醒《かくせい》現実での〈アトリエ・サンドマン〉の急襲……状況に全く理解が追いつかないが、ただひとつはっきりしているのは、

「――みんなを！　みんなを起こして、ここから逃げないと……！」

トウヤが他《ほか》の客室へ向かおうとすると、ナリタがそれを制止した。

「ストーップ瑠岬《るみさき》くゥん。言ってなかったんだけどォ、きみたちが一番お寝坊さんなのよォ？」

「――要するにィ、こ、この屋敷そ、の、ものが、馬、鹿でかい夢、信、機に、改造、されてた、の、よォ、」

廊下を渡り、階段を下りる道中。二人を先導するナリタがそう告げた。

「ってことは、他の客室にも……？」

トウヤが問うと、ナリタが返事代わりに肩に担いだバールを振る。

「あの論理コイル、違法改造されてるわァ。意識を特殊な夢信空間《むしん》に引きずり込まれて、起きられなくされてたのよォ、あんたたち。一部屋ずつぶっ壊して回るの大変だったんだからァ」

「〝起きられなくなる罠〟は奴らの常套《じょうとう》手段……それを覚醒現実側で仕掛けられてたってことですか……！」

「まさか護衛対象の本陣がトラップハウスにされてるなんて、夢にも思わないわよねェ？」

「でもそんな大がかりな罠……屋敷には警備の目があったのに、サンドマンはどうやって!?」

メイアとナリタが来なければ今頃どうなっていたのか。トウヤに悪寒が走った。

「それはそうと、どうして蛭代《ひるじろ》先生がここにいるのかしら？」

トウヤに腕を引かれてふぅふぅ息を切らしていたメイアが、会話に割り込む。

「その話は後《あと》。今はここから無傷で脱出できるよう祈ってなさァい？」

不穏なことを言うナリタに導かれた先、三人が辿《たど》り着いたのは一階のキッチンルームだった。

「はァーい、出てきていいわよォ？」

ナリタが無人の室内に向かって呼びかけると、そこに応答があった。

床下収納の蓋《ふた》が持ち上がり、その下からひょこりとヨミが顔を覗かせる。

大きな冷蔵庫が内から開いて、中で縮こまっていたウルカがガチガチと歯を鳴らしていた。

「那都神《なとがみ》！　ウルカ！」

「おー、瑠岬《るみさき》くん、無事でよかったんダヨ」

「呀苑《がえん》さんも！　心配してたんすよ！　ムギュゥー！　ふわぁー、人肌あったけぇ！」

思わぬ危機のなかで無事に再会を果たし、四人が輪になり安堵《あんど》する。

そしてトウヤたちの横を通りすぎ、窓辺に至ったナリタが振りかぶって——バリィンッ！

バールでキッチンの大窓を叩《たた》き割ると、ナリタは流し台《シンク》によじ登り、一同へ振り向いた。

「ほんじゃ、全員揃《そろ》ったから、さっさととんずらしましょォ？」

「待ってください、蛭代《ひるじろ》先生！」

ナリタのその言葉に、はっとなったトウヤが噛《か》みついた。

「まだ全員揃ってません！　Fさんとユリーカさんがっ！　助けに行かないと！」

しん……と、そこで沈黙が下りた。

胃の底が裏返るような、不穏な沈黙だった。

「うい……瑠岬くん、まだ蛭代先生から聞いてないの……？」

「先輩……Fさんと、ユリーカさんは……」

ヨミとウルカが、トウヤから視線を逸《そ》らして俯《うつむ》いた。

「どうしちゃったんだよ二人とも……!?　蛭代先生！」

流し台へ駆け寄ったトウヤが、必死の形相でナリタへ訴えかける。

けれどナリタは……呆れたように溜め息を吐《つ》くと、冷たい目でトウヤを見下ろした。

「瑠岬くん、君さァ…………いい加減気づけよ」

＊＊＊ 夢《む》信《しん》空間 ＊＊＊

……ザザァ……ザザァ……。

白い砂漠に幻の波音が聞こえる夢に、一人の人物が取り残されていた。

それは金髪碧眼《へきがん》の少女——ユリーカ・ファイ・ノバディ。

「どうなっているのですか！　説明なさいっ！」

ユリーカが耳元のヘッドセットへ怒鳴りつけると、覚醒現実《その向こう》から使用人の声が聞こえてくる。

【ユリーカ様、お首に注射器の痕《あと》が！　お眠り中に何者かが睡眠剤を注射した可能性がございます！　急ぎ覚醒《かくせい》処置を！　医療班を呼んでおりますので、しばしご辛抱くださいませ！】

「そんなもの待ってなどいられませんわ、自分で処置します！」

ユリーカが語気荒くそう告げると、彼女は夢の中で行動に出た。

両手を天に掲げ、くるくると踊らせる…………まるでパントマイムでもするかのように。

やがて少女の手の中に、真っ黒な箱が現れる。

「開きなさい……《囚われの箱《ジャック・イン・ザ・ボックス》》」

黒い箱からバネが飛び出し、箱の中身が砂漠に転がった。

「――フォンンンンン……」

それはくす玉ほどの大きさをした、触手を何本も生やした巨大な目玉の〈悪夢《ノイズ》〉だった。

その〈悪夢《ノイズ》〉が、ユリーカ目がけて襲いかかる。――そこへ、
シユウウゥウゥウッ。

突如、深く濃い霧が、辺り一面に噴きだした。

「フォンンン……？」

視界を奪われた大目玉が、獲物を求めてキョロキョロ視線を回していると、

「おくたばりなさい」

霧の奥からユリーカの声。次の瞬間、
グサッ！　グサッ！　グサグサグサッ!!

少女の声と共に突き出された鋭い蜘蛛《くも》脚が、大目玉を背後から滅多刺しに貫いていた。

「餌《ザコ》に構ってなどおれませんの……大人しく喰《く》われるがよろしいですわ、この私に」

ズル、ズルと、蜘蛛脚が大目玉の〈悪夢《ノイズ》〉を霧の中へと引きずり込んでゆく。

グチャ、グチャリッ。ブチブチッ……やがて聞こえてきたのは、汚《きたな》らしい咀嚼音《そしゃくおん》だった。

風が砂漠を吹き抜けて、霧が次第に晴れていく。その奥に、醜いシルエットが浮かび上がる。

長い燕尾《えんび》の紳士服に、大きなシルクハットを被《かぶ》って。背中から蜘蛛脚を生やしたユリーカが、仕留めた大目玉の〈悪夢《ノイズ》〉に食らいついていた。

グチャ、グチャッ。ズズッ。……ゴクリ――――「げふっ」

あっという間に〈悪夢《ノイズ》〉を喰らい尽くしたユリーカが、口元を拭ってゆらと立ち上がる。

「大目玉の〈悪夢《Case/C-303》〉……特性は、〝不眠症の誘発〟……屈辱ですわ……ただ目が覚めるというだけの能力……こんなつまらない能力《もの》を取り込まなくてはならないだなんて……⋙」

＊＊＊　**覚醒《かくせい》現実**　＊＊＊

⋙パチリと、次の瞬間、ユリーカはベッドの上で目覚めていた。

「おぉっ、ユリーカ様！　お目覚めに！」

目の前に使用人の姿を認めて、少女はすぐさまその手を払いベッドを下りる。

「状況を報告しろ」

「はっ。賊に侵入されました。屋敷内の警備の者が全員薬物で眠らされているうちに、学生四名は賊の手引きで敷地外へ逃走。追跡を出しましたが、山中に潜《ひそ》ませていたと思われる車輌に乗り込まれてしまい……現在、位置情報をロストしております……っ！」

ガッ！　と、使用人の顔面を直撃したのは、ユリーカが投げつけた本だった。

「無能め。貴様はクビだ。処遇は追って待つがいい」

鼻を押さえた使用人がよろよろと部屋を出ていく。ユリーカの寝室には、使用人の他《ほか》に十人以上の男たちがずらりと整列していた。その集団へ向かってユリーカが告げる。

「那都界市《なとざかい》だ、奴らが向かっているのは。巣へ戻るつもりだろう」

「では、急ぎ車を向かわせます」「先回りして道路の封鎖を」「銃の用意もできております」

「…………」

男たちのその進言に、ユリーカが目を閉じ、数秒の逡巡《しゅんじゅん》があって、

「……。いや、必要ない……今頃はもう身を隠されているだろう。あの方との連絡手段は？」

「は。つい先ほど、電話回線を確保いたしました」

「繋《つな》げ、私から報告する」

男たちから供された受話器をユリーカが耳へ当てると、その向こうから冷酷な声が聞こえた。

『……連絡はこちらからのみ入れると言ったはずだが？　何様のつもりだ、お前は』

「別荘の秘匿回線です、傍受される恐れはありません。ご容赦を」

『黙れ、口答えするな。その声を聞くだけで忌々しい』

ビクリと、ユリーカの受話器を持つ手が一瞬震えた。そこへ電話向こうの声が続ける。

『我が《囚われの箱》《ジャック・イン・ザ・ボックス》と、お前の《私は誰》《ミス・ノーバディ》。能力を二つも投入しておいて失敗するとは』

「申しわけありません……例の連中に介入されたようです。ここも速やかに放棄します」

『愚問。一時間以内にこちらへ合流しろ。お前はこの計画のために存在しているのだからな』

「承知いたしております。仰せのままに」

ガチャリ……受話器を下ろしたユリーカが、暗く淀《よど》んだ目を上げる。

「……車を回せ。第一計画、〝瑠岬《るみさき》トウヤの拉致〟は失敗だ。これより第二計画チームと合流する——あの方のほうは、問題なく成功されたようだ」

ユリーカが、優雅な足取りで寝室を後にしていく。

その背に、彼女の従者たる男たちを——サンドマンたちを引き連れて。


≫≫≫同刻、那都界市。〈夢幻S《セキユリテイ》・W《ワークス》〉、管制室。

『——サンドマンのバックにいたのは…………GD社です』

受話器の向こうから、ヒョウゴの声が聞こえてきていた。

『夢の中でドンパチできて当然だったんです……〈アトリエ・サンドマン〉の構成員は、イギリスで正規登録されている夢信《むしん》武装執行員——あんたらと同じ、〈貘《バク》〉だったんですよ』

報告してくるヒョウゴの声は、これまで聞いたこともないほどに緊張していた。

『犀恒《さいづね》さん、気をつけてください……あんたの受けた仕事、何か仕込まれてますよ。……もしもし？　犀恒さん？　聞こえてますか？　犀恒さん？　犀づ——』

ガチャリ……無言のままに終話ボタンを押したのは、ハンドガンの冷たい銃口だった。

「…………改谷《あらたや》さん……忠告が遅ぇっつの……」

固定電話の横で、頭の上で手を組んだまま跪《ひざまず》かされたレンカが、屈辱に顔を歪《ゆが》めていた。

「――やれやれ、ようやくだ。苦労したよ、この状況を作りだすのに」

剽軽《ひょうきん》な声が管制室に響いた。コツッ、コツッと、杖をつく音がそれに続く。

「我が社の夢信《むしん》機は評判がいいからね。こうしてその道のプロからもご好評いただいている」

これまで中身が丸見えの状態で使われていた、新品の精密夢信機。今日の工事でようやく取りつけが完了したその真新しい外装には、でかでかとメーカーロゴがペイントされていた。

〝GD〟と。

「日頃のご愛顧に感謝するよ。〈夢幻S・W・《セキュリティ・ワークス》〉さん？」

技術者に紛れ込んでいたFが、レンカに向かってにこりと笑う。

その背に、仮面を被《かぶ》ったGD社社員《サンドマン》たちを従えて。

〈アトリエ・サンドマン〉改め、GD社私設武装集団――

ミスターF……保有夢信特性、《囚われの箱《ジャック・イン・ザ・ボックス》》。

ユリーカ・ファイ・ノバディ……保有夢信特性、《私は誰《ミス・ノーバディ》》。

――〈夢幻S・W・《セキュリティ・ワークス》〉を、襲撃。

「――イッツ・ショータイム。ヨーホーホー!!」

第六章　夏の大三角

犀恒《さいづね》レンカは、耳を疑っていた。

「ヨー、ホー、ホーゥ！」

目の前に立っているその男が、あの不気味な笑い声を上げていることが、信じられなかった。

F。ただそうとだけ名乗る男。誰にも本名を教えない男。巨大夢信企業〈ゼネラル《G》・ドリーム《D》テック〉社社長《プレジデント》にして、〈夢幻S・W・《セキュリティ・ワークス》〉の護衛対象だった男。それが今や——

「……あんたが親玉だったたって？　〈アトリエ・サンドマン〉の……」

「ふむ、答え合わせをご希望かい？　いいとも、答案用紙を見せたまえ」

レンカたちは現在、管制員《オペレーター》を含めて全員が管制室の外、事務作業区画へ連れだされている。

コツッ、コツッと杖をつき、Fが飄々《ひょうひょう》とレンカの前を行ったり来たりしはじめる。

「質問の答えは〝イエス〟。僕が〈アトリエ・サンドマン〉の指揮者で間違いない」

Fが笑うのに合わせ、取り巻きのサンドマンたちも一斉に「ヨーホーホー！」と笑った。

「自作自演だったってことか……予告状も、ホテルの襲撃も、学友兼警護人《シークレットサービス》の依頼も、全部！」

「〝イエス〟。シナリオ作成とタイムテーブル管理は得意でね。尤《もっと》も、誰がいつどう動くのかは僕も把握しきっていなかったが。きみたちを含め、誰もが自分の役割をこなしたにすぎない」

「サンドマン《自分の部下同士》と警備の人間を衝突させた……？　義娘《むすめ》も、自分自身すら巻き込んで……私たちに信じ込ませるために、そうまでしたってのか!?」

「〝イエス〟。でないとリアリティがないだろう？　より臨場感を高めるために〈警察機構〉も巻き込んだ。〝敵を欺《あざむ》くにはまず味方から〟。この国で僕が一番好きなことわざだ」

「敵？　〈夢幻S．W．《私たち》〉が？」

「〝ノー〟。言葉の綾《あや》だよ。別に〈夢幻S．W．《きみたち》〉を怨んでいるわけじゃあない」

「だったら今のこれは何だ？　そういうプレイだなんて言わねぇよな？　変態紳士」

そう挑発したレンカに対し、Fは麻痺《まひ》のある左手で杖を突き出した。

「ミス犀恒《さいづね》……きみは確かに魅力的な女性だが、僕は今でも死んだ妻一筋だ……。不貞な侮辱はするものじゃない。その代償はきみにはちと高すぎる」

にわかに、Fの青い瞳《ひとみ》に怒りが灯《とも》った。レンカとFの視線が交差し、火花が散る。

「……富も名声も権力も持ってるてめぇが、なぜこれをやる……——目的は、何だ？」

「富も名声も権力も、虚しいだけだ。哀しいだけだ……——僕の見た、悪夢に比べれば」

そして。Fが、感情の消えた声で囁《ささや》いた。

「…………………〈獣の夢〉」

「ッ!?」

「きみたちがそう呼ぶ存在について。それがヒントだ。さてミス犀恒、どこまで見えるかね？」

Fの挑発にレンカが思考をフル回転させる。パズルのピースを組み直し、状況を整理する。

……Fは〈ラヴリィ・ドーター〉という夢信アート《十五億円のお宝》の存在を喧伝《けんでん》し、自らの駒である〈アトリエ・サンドマン〉を使って窃盗予告を〈警察機構〉へ送りつけた。大々的に警備が敷かれる過程で〈夢幻S・W・《セキュリティ・ワークス》〉にも仕事の依頼が回ってきて、最終的に《スゲェジェットバード《クラスA》》との戦闘事案にまで発展した。――それが先日の〈L．D．《ラヴリィ・ドーター》強奪未遂事件〉。

自作自演の目的は、〈獣の夢〉を――トウヤに《頭蓋《ずがい》の獣》を使わせることが目的だった？

いや、だがちょっと待て。と、レンカの思考が疑問を呈する。

自作自演の目的がトウヤに《頭蓋の獣》を使わせることだったとして、それが一体何になる？

いや、疑問の本質はそこじゃない――なぜFは、トウヤと〈獣の夢〉のことを知っていた？

初めから〝トウヤが〈獣の夢〉を使役できる〟ということを知っていなければ、そもそも〈L．D．《ラヴリィ・ドーター》強奪未遂事件〉なんていう自作自演《シナリオ》は書けない。

いや、それも違う。と、レンカは自分の心の声を聞く。やがて、

「……〈獣の夢〉の使役者が誰なのかを特定すること……それが自作自演の目的か……！」

レンカの答えを耳にしたFが、「ほう？」と感心した様子で数度頷《うなず》いた。

「きみは僕の期待以上に頭が回るようだね。〝イエス〟、〝イエス〟、〝イエス〟だ」

できの良い生徒を前にした教師のように、機嫌をよくしたFが捕捉していく。

「僕は四年前にこの国で起きた夢信《むしん》災害、〈礼佳弐号《らいかにごう》事件〉についてずっと注目し続けていた。情報管理が甘い貴国だが、この件には骨が折れたよ。〝夢の中で人間を殺せる悪夢〟の存在は、

夢信《むしん》技術の先駆者として覇権を握る貴国にとって命取りだ。必死に隠蔽《いんぺい》するのも当然だろう」

レンカに突きつけていた杖を下げ、指示棒のように振り回す。

「僕はこの四年間、ずっと待っていたんだ……〈礼佳弐号事件《らいかにごう》〉の再来を。〈獣の夢〉を観測するため、そのデータを得るために。そして一ヶ月前、ようやく待ちに待った時が訪れた」

「ッ……〈銀鈴事件《ぎんれい》〉のことを、どうしててめぇが……！」

「〈銀鈴事件〉？」

そこでFがレンカを見て首を傾げた。墓穴を掘ったと悟り、レンカが己に舌打ちする。

「あぁ……そう呼んでいるのかね、きみたちはあの事象を。まぁ呼び名はどうでもいい、僕はその〈銀鈴事件〉を調べ上げた。そして辿《たど》り着いたんだよ、〈夢幻S・W・《セキユリティ・ワークス》〉に……！」

「ありえん……〈銀鈴〉は、あの夢信空間は、どことも繋《つな》がっていない封印された孤立空間だった……調べるどころか、存在を感知することすらできないはず……それを、どうやって」

「〝ノーコメント〟。残念ながらそこから先は企業秘密でね」

レンカのことを凝視するFの目は、昂《たかぶ》る感情に血走っている。

「那都神《なとがみ》ヨミ、薪花《まきはな》ウルカ、呀苑《がえん》メイア、瑠岬《るみさき》トウヤ。この四人のうちの誰かが、〈獣の夢〉と繋がっている。〈夢幻S・W・《セキユリティ・ワークス》〉にまで辿り着いた僕は、その可能性にすべてを賭けてあのシナリオ《L・D・強奪未遂事件》を演出した……そして僕は、賭けに勝った。瑠岬トウヤを見いだしたんだ」

富も名声も権力も手にした男の瞳《ひとみ》が、未だ手に入れられずにいたものを前にギラついた。

「すべてはこのときのため。〈獣の夢〉の力、我ら〈アトリエ・サンドマン〉がもらい受ける」

トウヤたちは今、Fの別荘にいる……バカンスが一転、〝敵〟の懐の真っ只中に……。

「……てめぇ！　トウヤたちに何かしたら、私の手でぶち殺――」

激昂《げっこう》したレンカが、Fに殴りかかろうとした瞬間。

ガッ、と、サンドマンが後ろからレンカを押さえつけ、のしかかって身動きを封じた。後ろ手にねじ上げられたレンカの腕に、ガチャリと手錠が嵌《は》められる。

「これも我らがいただくよ、ミス犀恒《さいづね》」

そう呟《つぶや》いたFが見上げたのは、管制室の重厚な扉だった。

管制室へ踏み入ったFの姿が、扉の向こうへと消える。ガコンと鍵が掛けられて、〈貘《バク》〉の心臓部たる最重要区画は、その内側から完全に封鎖された。

頬《ほお》を床へ押しつけられながら、歯を食いしばり、レンカが唸《うな》る。

「……トウヤ、ここに来ちゃダメだ……頼む、無事で……無事でいてくれ、みんな……っ！」


》》》同刻。那都界《なとざかい》市――F氏別荘中間地点、山間部。

片側一車線の峠道を、白のミニバンが爆走していた。

「――そんな……Fさんと、ユリーカさんが……」

右へ左へと立て続けにハンドルが切り返される車内に、トウヤの声が揺れている。

「ユリーカさんが〈アトリエ・サンドマン〉の一員で、俺たちを騙《だま》してたってことですか……？」

「んもう、瑠岬《るみさき》くん鈍すぎィ。普段の洞察力はどぉこいっちゃったのかしらねェ。あらよっと」

ガコガコッとキレよくギアチェンジしながら、溜め息交じりにナリタが零《こぼ》す。

「きみたちが相手にしてる〈アトリエ・サンドマン〉の本質は、〈ゼネラル・ドリームテック〉社——最初から何もかも計画されてたのよォ、今夜のためにィ」

「最初からって——おわぁ→!?——どっからのことっすか——ぎにゃあ←!?」

後部座席のウルカが、カーブのたびに左右に振られながら疑問を投げかける。

「だぁから最初っからよォ。〈L．D．《ラヴリィ・ドーター》 強奪未遂事件〉より、もっとずっと前からァ！」

「ヨミたちを夢信迷路《砂漠の夢》に嵌《は》めるためにそんなことしたんダヨォ↗？ でもどうしてぇ↘？」

激しいアップダウンで上下に跳ねているヨミへ、メイアが答えを返す。

「〈獣の夢〉よ。サンドマンたちの狙いは〈ラヴリィ・ドーター〉でもユリーカでもなくて、トウヤだったのよ。そうよねトウヤ⤹？」

上り坂の頂点に達したミニバンが宙を舞う。ガゴンッとお尻から突き上げる着地の衝撃。

「ッ……あぁ！ 悪食男爵《あくじきだんしゃく》……あいつは俺に《頭蓋《ずがい》の獣》を喚《よ》ばせて、あれはきっと……喰おうとしてたっ!!」

「……ンふっ！ なぁんだ、アタシが説明する手間省けたわねェ」

クレイジーな運転を続けるナリタが、ニヤァと顔面に三日月を貼りつけた。

「〝喰《く》った〈悪夢《ノイズ》〉を取り込む能力〟。それが悪食男爵の――ユリーカって子の夢信《むしん》特性よォ」

「あれが、ユリーカさん!?」

夢信迷路の夢の中で、〈獣の夢〉に異常なまでの執着を見せていた狂おしき道化――あの仮面の下にユリーカの顔があったと告げられて、トウヤは数秒間息もできなかった。

そしてトウヤは思い至る。その事実と並ぶ違和感を。

「蛭代《ひるじろ》先生……どうして、そんなことまで知ってるんですか」

トウヤがナリタを睨《にら》んだが、臨床夢信科医は無言のままギアチェンジするだけ。

「何者ですか、あなた……今回の件、あなたはどこまで知ってるんですか!」

「……………………」

沈黙を続けるナリタへ、トウヤが詰め寄ろうとする――それを止めたのはメイアだった。

「トウヤ、今はそれどころではないわ。全部が計画されていたことだったのなら、わたしたちが〈夢幻S.《会》W.《社》〉を離れたことはどうなの？　レ、レンカさんたち、大、大丈夫なの、かし、かしら？」

「……ッ……」

メイアのその一言で、トウヤはナリタへの詰問を止めざるを得なかった。

「ンふっ、呀苑《がえん》ちゃんのほうがよっぽど冴《さ》えてるわねェ？　今重要なのは形勢の立て直しよォ」

現在、トウヤたち一行は孤立無援状態。〈アトリエ・サンドマン〉からの追跡を避けるため、交通量の多い国道ではなく、地元住民が主に利用する峠道をひた走っている。

「ちなみにレンカがどうなってんのかは、事情通のアタシもさすがに知らないわァ。でもま、今のアタシたちの状況からして、十中八九落とされてるでしょうねェ、〈夢幻S・W・《セキユリテイ・ワークス》〉も」

「え!? あたしてっきり、レンカさんに助けてもらう気でいたんすけど!?」

「うい……ヨミ、〈警察機構〉に連絡したほうがいい気がしてきたんダヨ……」

後部座席でウルカとヨミが不安の声を上げるのを、ナリタが鼻歌交じりに聞き流し、

「だから言ってるでしょォ？ 形勢を立て直すのよォ。ここからねェ」

峠道から細い脇道へ、更に脇道へと入り込み……やがて地元住民すら存在を忘れた山中の更地へと乗り入れたところで、ナリタはミニバンを停車させた。

街灯はおろか反射板の一つも立たぬ熱帯夜。鬱蒼《うつそう》と茂った雑草に残り漂う草いきれ。

「どうしてこんな所に……那都界市《なとざかい》へ、〈夢幻S・W・《セキユリテイ・ワークス》〉へ向かってたんじゃ……？」

車から降りるよう指示するナリタに渋々従いながら、トウヤが訝《いぶか》しんでいると、

「どうしてって、これがアタシの受けた〝指令〟だからよォ？」

居並ぶトウヤたち四人を前に、ナリタが肩を竦《すく》めた、次の瞬間――――ビカリ!

目を灼《や》く強烈な白光が二つ。大きなヘッドライトが闇夜《やみよ》に灯《とも》り、トウヤたちを照らし出した。

「――〝きみたちを安全にこの地点へと連れ出し、助っ人と合流させること〟ってねェ」

ヴォッ、ヴォォオーッ。ドルルルルルッ。

腹の底を震わせたのは、唸《うな》り哮《たけ》るエンジン音。

トウヤたちの前に潜《ひそ》んでいたのは、巨大なコンテナを牽引《けんいん》した、大型トレーラーだった。

「助っ人……？」

謎《なぞ》の車輌をトウヤたちが呆然《ぼうぜん》と見上げていると、ナリタがそのボディーをこんこん叩《たた》き、

「そォ。とっても頼りになる奴よォん――――そうよねェ、課長さァん？」

プシュウゥウーッ。トレーラーが返事代わりに、排気音を轟《とどろ》かせた。

ウイィーン。それに続いて、運転席のウインドウが下がる。

そして、その向こうから聞こえてきたのは――

「――はぁーい！　どぉーもぉー！　ご無沙汰しておりまーあっす!!」

それは何とも…………胡散臭《うさんくさ》い男の声だった。

「毎度お世話になっております――〈鴉万《からすま》産業〉の亜穏《あのん》シノブでございます！　ハハッ！」

「――亜穏さん!?」

トレーラーから下りてきたその男を見て、トウヤの声が上擦《うわず》った。

「よっと……やぁや、お久しぶりです皆様！　お元気でしたかぁ？」

真夏の熱帯夜にトレンチコートなんて羽織り、手袋を嵌《は》めた手で中折れ帽《フェドーラ》をひょいと持ち上げて。真夜中にもかかわらずサングラスで目元を隠し、営業スマイルを浮かべる二十代の男。

亜穏《あのん》シノブ――自称〝しがないサラリーマン〟。

その実態は……民間諜報会社〈鴉万産業《からすま》〉サービス四課、課長。

安いスパイ映画のコスプレみたいな格好をして、本当にスパイ稼業に従事する男であった。

「〈銀鈴《ぎんれい》事件〉では大変お世話になりました。一ヶ月ぶりの再会ですねぇ。嬉しいなぁ！」

シノブが満面の営業スマイルで、皆に向かって両腕を広げる。

それに対して、トウヤたちの反応は、

「「「……うげぇっ」」」

トウヤとヨミとウルカが声を揃《そろ》えて、嫌そぉ〜な顔を浮かべた。

「あら？　あららぁ？　どうしたんです皆さん、そんな大凶のおみくじ引いたような顔して？」

「大凶どころじゃないですよ……このタイミングで亜穏さんが出てくるなんて、疫病神そのものじゃないですか……」

「御札と盛り塩、御札と盛り塩……あくりょーたーいさーん」

「か、え、れ！　か、え、れ！　とっとか、え、れ!!　Bｏｏｏｏｏｏ！」

〈銀鈴事件〉ではシノブの思惑に振り回されて酷《ひど》い目に遭った三人である。一時は共闘関係でこそあったが、今は熱の入ったブーイングが飛ぶ。

「ひっどいなぁ……嫌われるのが仕事とはいえ、わたくしだって傷つくんですよ？」

口をへの字に曲げたシノブが大袈裟《おおげさ》に肩を竦《すく》めてみせる。

そしてトウヤたちの後ろに〝彼女〟の姿を見つけると、シノブは一歩、ザリッと踏みだした。

サッと、そんなシノブの行く手をトウヤたちが無言で遮る。

〝彼女〟に——メイアに、たとえシノブであろうとも、〈鴉万産業〉の人間の手が二度と触れないようにと。

シノブはそれを見て、落胆するどころか安堵《あんど》の表情を浮かべた。

「……そうです、それが正解です。悪いピエロを、夢の国のお姫様に近づけさせてはいけません。安心しましたよ、皆さんと仲良くやれているようですね、呀苑《がえん》さん」

「シノブ……。……ええ、そうね」

トウヤたちの背中に守られながら、メイアがじっとシノブを見つめ返した。

「シノブ？　ねぇ、聞いてくれるかしら？」

「誰にも歓迎されてないようですが、それでもよければ」

「わたし、この一月《ひとつき》でいろんなことを経験したの。あなたがわたしを連れ出した、覚醒現実《このせかい》で」

「そうですか、それはそれは。いえいえ、皆までは結構、聞かなくてもわかります。以前よりずっと、いい顔になっていらっしゃいますから」

「あらそう？　でもこれだけは言わせてもらうわ——久しぶりね、シノブ。嬉しいわ。また、あなたに会えて」

「おやおや……元召し使いのこの身に、それはすぎたお言葉ですよ、ご主人様」

「ええ、それでもよ。ありがたく受け取っておきなさい？」

そうやってメイアとシノブが静かに言葉を重ねていると、そこへぱんぱんっ！　と、掌《てのひら》を打ち鳴らしたのはナリタだった。

「はァい、シノブゥ？　何かイイ雰囲気になってるとこ悪いんだけどォ、いい加減説明のほう、進めてもらえなァい？」

「およ……？　──……あァあァ！　そうでした！　そういえばそうでしたねぇ」

ナリタの一言で一瞬にして〝課長、亜穏《あのん》シノブ〟に戻ったシノブが、調子のいい声を上げた。

「ええと、さっきから気になってたんですけど……」

そう切りだしたトウヤの視線の先にあるのは、肩を並べて立つシノブとナリタで。

「まずは当然そこからですよねぇ。蛭代《ひるじろ》さん？　どうぞ、自己紹介を」

「はいはァい」

ナリタがポケットの中をごそごそやりながら、トウヤたちの前に歩み出る。

「はいこれ、アタシの名刺ィ。そっち系の人にしか渡さないレアバージョンよォ？」

トウヤたち四人が、手渡された名刺をしげしげ眺める。

──〈鴉万《からすま》産業〉、蛭代ナリタ。

住所も電話番号もない、白地にたった二行のその記載。

「それ、アタシの裏の仕事《カオ》なのォ──〈鴉万産業〉技術一課、チーフエンジニアの蛭代ナリタですゥ。改めてよろしくねェん、ンふっ♪」

そのわずか一枚の紙きれによって、これまで見てきた世界の色が全く別物になった気がした。

　当たり前だと思っていた日常に、大きな力がずっと潜《ひそ》み続けていたと知らされて。顔を引《ひ》き攣《つ》らせたトウヤの口から、万感の思いがたった一語に集約して零《こぼ》れ落ちていった。

「…………嘘ぉ…………」


「――弊社と英国のGD社とは、長年いがみ合ってきた仲でしてね」

　山中の更地で六名が円陣に並び立ち、シノブが此度《こたび》の経緯を語っていた。

「皆さまご存じのとおり、この国は世界初の人工頭脳《真処女機》、〈銀鈴《ぎんれい》〉の開発に成功して以来、世界トップの人工頭脳建造技術を保有しています。……とはいえ、夢信《むしん》業界のすべてをこの国が牛耳っているというわけではありません。例えば夢信機――人間の意識と人工頭脳を繋《つな》ぐ末端装置の製造法などは、欧米諸国のほうが高い技術を保有しています」

「〝産業スパイ〟ってやつですか？　〈鴉万産業〉とGD社の小競り合いって」

　そう発言したトウヤに、シノブが指を鳴らして「ハハッ！」と笑う。

「そのとおりでございます。GD社はこの国の人工頭脳建造ノウハウが、この国はGD社の夢信機製造技術がほしい。自分の権益は死守しつつ、相手の技術を盗みだす――そういう権力者たちの汚い思惑のなかで立ち回るのも、我々〈鴉万産業《民間諜報会社》〉のお仕事のひとつというわけです」

「つってもGD社とはここ数年、不可侵協定が成立しててバランス取れてたのよォ」

捕捉を入れてきたナリタが、そこでぴっと人差し指を立てた。

「だけどそのバランスが、一ヶ月前――〈銀鈴事件《ぎんれい》〉が起きた直後に、突然崩れちゃったのォ」

「GD社の実働部隊と思われる一団が、事前通告もなしにこの国へ入国してきたのです」

三日月の光が、シノブのサングラスを青光りさせる。

「〝彼ら〟が入国してきてからの一ヶ月、我々はその動向を注視しておりました。そして〝彼ら〟――〈アトリエ・サンドマン〉が〈夢幻S.W.〉へ接触したことを確認し、これ以上の看過はできないと判断、本日こうして実力行使に出たという次第です」

シノブの説明にごくりと喉《のど》を鳴らして、ウルカが恐る恐る手を挙げる。

「えっとぉ……要するに、GD社が敵で、〈鴉万産業《からすま》〉は味方……ってことでいいんすか？」

「ええ。前回の〈銀鈴事件〉では亜穏シノブ個人《わたくし》としてのご協力でしたが、今回は〈鴉万産業〉として、あなた方《あなた》に全面協力させていただきます」

ほっと一安心するウルカの横で、ヨミがジト目を深くする。

「でも、ユリーカちゃんが敵……。ヨミ、まだそのことが信じらんないんダヨ……」

つい半日前まで一緒に海で遊んで、楽しく夕食を囲みもしたユリーカが、罠を仕掛けていたなんて……トウヤも含めて全員が、程度の差こそあれショックを受けていた。

トウヤが再び、シノブに問う。

「わからないです。ＧＤ社と〈鴉万産業〉の因縁に、何で〈夢幻Ｓ・Ｗ・《セキュリティ・ワークス》〉と〈獣の夢〉が出てくるんですか。そんなものほしがっても、人工頭脳の技術は手に入んないじゃないですか」

「おっしゃるとおりです」

トウヤの困惑を、シノブが重く頷《うなず》き肯定する。

そしてシノブは、皆に問いかけた。

「……先ほど、『〈銀鈴事件〉の直後に〈アトリエ・サンドマン〉の動きが活発化した』とお話ししましたね？　妙だとは思いませんか？」

トウヤたちが首を傾げるなか、〈銀鈴〉に最も詳しいメイアがその答えを寄越す。

「確かにおかしいわ？　だって〈銀鈴〉はずっと誰も接続できない世界だったんですもの。ＧＤ社が〈銀鈴事件〉のことを知る手段なんてないはずよ？」

「そういうことです……そしてここからが、弊社とＧＤ社との間にある、真の問題となります」

「真の問題？」

「さぁってとォ、こっからは技術担当として、アタシから説明するわねェ？」

ここまでの前振りをすませたシノブが後ろへ引いて、代わりにナリタが前に出てくる。

「〝産業スパイ合戦〟ってのは、表面上のいざこざなのよォ。その奥にある真の問題は、ＧＤ社が〈鴉万産業〉にはない諜報技術を保有してるっていうこと――具体的に言っちゃうとォ、〝夢を介して人間の思考を覗けちゃう〟っていう技術の存在が問題になってんのォ」

ざわと、それを聞いた一同が困惑した。

「……どういうことですか、それって……?」

「言葉のまんまよォ。アタシが臨床夢信科医《表のカオ》でやってる精神分析《カウンセリング》は心の状態を読み取るものだけど、これは頭の中《考えてること》を全部覗けてしまえる技術なのよォん。品がないったらありゃしないわァ」

〈アトリエ・サンドマン〉に頭の中を覗かれていたと聞かされて、トウヤは気味が悪くなる。

「……。……そんな〈鴉万産業《諜報会社》〉も持ってないような技術を、どうしてGD社が?」

「何でも、ミスターFが自力開発したらしいのよォ。あ、こっから先はまた人絡みの話になるから、シノブ、よろしくゥ」

ナリタからバトンを受け取り、シノブが再び切りだす。

「ミスターFが〝思考を読み取る技術〟を保有しているという情報を弊社が摑《つか》んだのは、〈礼《らい》佳《か》弐号《にごう》事件〉の数ヶ月後、今から約四年前のことです。民間諜報《ちょうほう》会社としてその分野で遅れをとるわけにはいかないと、我々はヨーロッパ地域で大規模な調査を行いました」

しかし……と、そこでシノブの顔が曇り、

「その装置の設置場所はおろか、形状、呼び名すら不明のまま一年が徒労に終わりました。そして三年前、弊社とGD社との衝突が激化していた最中、突如ミスターFが活動拠点を英国からこの国へ移したのです」

「そんな状況だったのに、わざわざFさんのほうからこの国へ?」

「それに合わせて、弊社とミスターFとの間で協定が交わされました。『ミスターFが保有する諜報技術を含め、互いに産業スパイ行為を停止する』と――最初に話した〝不可侵協定〟とはこのことです」

「それが、最近になって破られた……」

「そういうことです――〈銀鈴《ぎんれい》事件〉を契機にしてね」

トウヤにも、徐々に前後関係が見えてくる。

「……GD社は、その諜報技術を使って〈銀鈴事件〉の内容を知ったってことですか？　だから俺たち以外の誰も知らないはずのあの事件をきっかけに、態度が変わった」

「そうです。〈獣の夢〉の存在を感知してから、GD社は不可侵協定を一方的に破棄、〈アトリエ・サンドマン〉をこの国へ呼び込んだ。……どうです？　ここまでの背景をご説明した上で、話を一番始めに戻すと、意味合いが違って見えてきませんか？」

トウヤがしばし黙考し、頭の中を整理する。やがて、

「……つまり……Fさんは、人工頭脳の建造技術がほしかったんじゃなくて、〈獣の夢〉を探すこと自体を目的に産業スパイを仕掛けていた……？」

シノブがにっこりと営業スマイルを浮かべ、小さく拍手した。

「瑠岬《るみさき》さん、やはり貴方はいい目をしている。さすがはわたくしを看破したお方だ」

おもむろに、シノブが円陣の周りを歩き始める。

「『ミスターFは、〈獣の夢〉を探しだすために〝思考を覗く諜報装置《ちょうほうそうち》〟を開発した』……〈銀《ぎん》鈴《れい》事件〉をきっかけに態度を硬化させたGD社を調査した結果、これが〈鴉万産業《からすま》〉の導きだした結論です。……そしてつい数週間前、我々はついに、その諜報装置の正体を突き止めた」

ザリッ、ザリッと、シノブの足音だけが真夏の夜の静寂をかき回していく。

「…………コードネーム、〈ラヴリィ・ドーター〉……それが、〝思考を覗く装置〟の名です」

え？　と、皆が一斉にシノブへ振り向いた。

「〈ラヴリィ・ドーター〉って……あの夢信《むしん》アートのことなんダヨ？」

「そうです」

「あたしたちが〈アトリエ・サンドマン〉とやり合った、あれっすか？」

「そうです」

「Fがユリーカへ贈った、お誕生日プレゼント……そうよね？　シノブ？」

「そうです」

「でもなんで、そんな秘密中の秘密の装置を、わざわざ目立たせるような真似《まね》を……？」

「〈鴉万産業〉の手から守るためです。ミスターFが一芝居打ったのですよ」

いまいちピンとこない様子のトウヤたちへ、シノブが捕捉していく。

「諜報装置である〈ラヴリィ・ドーター〉を、夢信アートという体《てい》でオークションに出品。それを自ら十五億円で落札。〝歴代最高額の夢信アート〟として喧伝すると共に、自作自演の劇場型犯罪を実行。お陰で世間の好機の目と、厳重な警備体制が今も〈ラヴリィ・ドーター〉に集中しています」

ザリッ、ザリッ。季節外れのトレンチコートが揺れていく。

「してやられましたよ。どこかに隠されるよりよほど質《たち》が悪い……〈鴉万産業《われわれ》〉が最も忌避するのは、〝大衆に認知されること〟です。我々は影の存在でなくてはならない。〝著名なアート作品の破壊工作〟なんて、そんな目立つ行為をするわけにいかないのです」

ザリッ、ザリッ。俯《うつむ》いたシノブの目元を、中折れ帽《フエドーラ》の鍔《つば》が隠す。

「〈L.D.《ラヴリイ・ドーター》強奪未遂事件〉に乗じて、〈獣の夢〉を狙うユリーカ嬢は堂々とあなた方に接近できた。対して我々〈鴉万産業〉は、注目を浴びる〈ラヴリィ・ドーター〉に近づけなくなった。……不確定要素を多分に含んだあの状況を演出しきったミスターF……敵ながら、見事です」

GD社《ゼネラル・ドリームテック》、〈鴉万産業〉、〈夢幻S.W.《セキユリテイ・ワークス》〉。三社を結ぶ因縁が、あの夜ホテル〝ラビッツ・フット〟に仕込まれていた……トウヤはその話に、あの義親子の執念を感じた。

「動機は、何なんですか……Fさんとユリーカさんにそこまでさせる動機って……そうまでして〈獣の夢〉を見つけだして、一体、何をしようとしてるんですか、あの二人は」

ふと、トウヤはつい数時間前の夕食の席を思い出す。

妻と愛娘《まなむすめ》を失ったという、Fの悲しい過去を聞いた。

Fの好物だというコテージパイを一生懸命手作りする、ユリーカの笑顔を見た。

あれは、幸せな家族そのものに見えた。

トウヤが失ったものをFはもう一度手に入れて、救われていたのだと。だからこそユリーカは、再び傷つけられたFの尊厳を取り戻すために、復讐《ふくしゅう》に乗りだしたのだと。

そんな二人の関係が、羨《うらや》ましいとさえ思っていたのに。

「ユリーカさんを、大切な義理の娘を巻き込んでまで、Fさんはどうしてこんなことを……」

そこでシノブが足を止めた。トウヤを振り返り、一瞬何のことかわからないという顔をして。

「義理の娘？　……あぁ、そういえばそういうことになっているのでしたね」

「どういう意味です？」

「わたくしのサービス四課でも、長年ミスターFの動機と目的については重大な関心を寄せておりました。数年がかりでミスターFの個人情報を収集し、人物分析《プロファイリング》を重ねてきたのです」

シノブが夜空を見上げる。晴れた夜空だった。昼間なら、青空が澄み渡っているような。

「そのなかで浮かび上がった人物……ユリーカ・ファイ・ノバディ。彼女はミスターFの義理の娘などではありません。――あの二人は、血の繋がったれっきとした実の父親と娘です」

今度はトウヤのほうが、シノブが何を言っているのかわからなかった。

「でも、Fさんの実の娘は、十二年前に火事で亡くなったって……」

「おや……？　ミスターFがその事故の話を瑠岬《るみさき》さんに？　それは興味深い……その事故の記録と当時のF一家に関する情報《Fの人物分析に欠けていた最後のピース》……我々が長年追い続けて、今月になってようやく突き止めたものなんですけどねぇ。ミスターFは貴方によほどシンパシーを感じたらしい」

シノブの、社会の裏を見つめてきた山吹色の瞳《ひとみ》が、トウヤをじっと見る。

「その最後のピースを得て、ミスターFの人物分析がやっと先日完了したところでしてね――彼の中にあるのは、権力欲でも支配欲でも、歪《ゆが》んだ思想や陰謀などでもありません」

生温《なまぬる》い風が吹き抜けて……そしてFと名乗った男の過去が、語られてゆく。

「そこにあるのは、ただの私情……〝親心〟という感情《やつ》が、Fを突き動かしているのです――」

＊＊＊ある男の追憶＊＊＊

≫十八年前。

「――ヘレナ！　ヘレナー!!」

バタバタと小さな庭先を駆けて、新聞片手に薄い玄関扉を開ける男がいた。

「もぉ、なーにぃ？　朝からそんな慌てて」

男が狭い玄関で息を切らしていると、細い廊下の先から女性の声が聞こえた。

「ヘレナ、大ニュースだよ！　東の果ての島国で、夢信《むしん》空間の生成に成功したって!!」

興奮した男がその場で何度も飛び跳ねる。ほつれたジーンズによれよれのポロシャツを着た、ラフを通り越して貧乏くさい身なりの若い男だった。

「史上初の偉業だよ！　うわぁ、世界が変わるぞぉ！　今日が夢信《むしん》革命の記念日になるんだ！」

「あー、夢信なんたらってあれのこと？　あなたがガレージでいじってるガラクタの……」

「ガラクタじゃないよぉ。あれは人工頭脳（の個人製作の未完成品）！　夢を見る機械（になる予定）なんだ。ロマンが詰まってるんだよ！　眠りながらでもコミュニケーションが取れる時代がやってくる、夢がもう一つの現実になるんだ！　ねぇ、お祝いしようよ、ヘレナ！」

男が小さなキッチンを覗くと、そこには男がヘレナと呼んだ、彼の妻の後ろ姿があった。

「えぇ、いいわよ？　あなたがこの子のためのミルクと哺乳瓶、服におむつにタオルにベッド、揺り籠と乳母車に、子供部屋の壁紙を貼り替えてくれたらね？」

エプロン姿に鍋摑《オーブンミトン》みを嵌《は》めたヘレナが振り返る。自分のお腹を、愛おしそうに撫《な》でながら。

「記念日もロマンも、もう一つの現実もいいけれどね？　しっかり目の前も見てちょうだい？　大学の技術助手なんて、お給料少ないお仕事なんだから。贅沢してる余裕はありません！」

「う、うん……ごめん……」

しょんぼりした男が角の欠けた食卓につく。足の高さが揃《そろ》っていない椅子がガコガコ揺れた。それに合わせてちょうど壊れかけのオーブンの中身が焼き上がり、ヘレナがひびの入った熱々の深皿を、黄ばんだテーブルクロスの上に供した。

「さ、どうぞ。召し上がれ」

「わ、コテージパイだ！　いただきまーす」

炒めた安い挽《ひ》き肉に、潰《つぶ》したポテトで蓋《ふた》をして焼いただけの質素なその料理を、けれど男は美味《おい》しそうに、嬉しそうに頬張《ほおば》る。

「なぁんだ、やっぱりお祝いしてくれてるじゃないか！」

「ほぉんとあなたって安上がりね。こんなの我が家の日常食じゃないの……」

「だってヘレナのコテージパイが、僕の一番の好物だもの」

「……うふふっ。まぁ悪い気はしないわね。それじゃあ毎年、この週の日曜日は夢信記念日ってことで、ちょっとだけ贅沢なコテージパイを食べる日にしましょ？」

「そりゃいいや、一年の楽しみが増えたよ！」

狭い食卓に向かい合い、若い夫婦が自然と互いの手を握り合う。

「……赤ちゃん、元気に産まれてくれるといいね」

「あなたと私の子供だもの、逞《たくま》しいに決まってるわ」

「うん。ご飯を食べたら、三人で教会にお祈りに行こう。……愛してるよ、ヘレナ」

「ええ、私も。あなたのこと愛してるわ――ジャック」

……それは、夢信時代黎明期《れいめいき》。

イギリスのとある街外れ、狭い庭とガレージつきの、古くて小さな二階建ての一軒家。

貧しいけれど穏やかで、ささやかな幸せに満ちていた若き時代。

その男の名を、〝ジャック・Ｆ《ファウスト》・ユング〟といった――。

≫ 十四年前。

「――ジャック！　ジャックー!!」

朝からジャックがガレージに籠《こも》っていると、母屋の二階から彼を呼ぶ声が聞こえた。

「んー？　どうしたの、ヘレナー」

「今日も礼拝に行くんでしょー？　お化粧するから、その間この子のお守りしててちょうだい
――あ、こら！　階段はゆっくり下りなきゃダメですからね！」

ジャックと目を合わせて喋《しゃべ》っていたヘレナが、途中から部屋の中に向き直る。

それを見上げるジャックの耳には、「はーい！」と、舌足らずの元気な声が聞こえていた。

間もなく薄い玄関扉が開いて、小さな家の中から、小さな小さな女の子が飛び出してくる。

「パパぁー！」

「サーシャ！　こっちだよ、おいでー」

それは手縫いの可愛《かわい》いワンピースを着た、三つになったばかりの、父《ジャック》と母《ヘレナ》の一人娘。

ジャックと同じ綺麗《きれい》な青い瞳《ひとみ》に、ヘレナと同じさらさらの金髪をした、おてんばな子だった。

サーシャがジャックに抱きついて、その胸にむぎゅーと顔を押しつける。

「パパ、くさーい！」

「あははは！　そっかぁ、パパ臭いかぁ。洗濯しなくちゃなぁ」

油と伝導流体で汚れた作業服姿のジャックが、ガレージの奥へ振り向く。

そこには業務用冷蔵庫ほどの大きさの、ジャック手製の人工頭脳が据えられていた。

「あの島国の技術者はすごいなぁ……それに比べたらコイツなんて、まだまだガラクタだよ」

世界初の商用人工頭脳、〈寒月《かんげつ》〉シリーズが稼働を始めて三年。世界の価値観が激変を遂げるなか、ジャックのそれは、ただ〝集合無意識の海〟という、人間の深層意識を映像へ変換し、砂嵐《さあらし》へ併設したブラウン管に映しだすだけの、ただそれだけの装置だった。

そんなガラクタを指差して、サーシャが言う。

「パパぁ、あれやりたーい。またへんなのみるー！」

「お、いいねぇ。たった一人の小さな常連客さん、特等席にご案内だ！　合い言葉はー？」

「〝ろまーん〟！」

「よしよし。サーシャきみだけだよ、僕の情熱を理解してくれるのは……よいしょっと」

ジャックが人工頭脳の前で、椅子代わりの平置きタイヤに腰掛ける。特等席《パパの股の間》にサーシャがすぽっと収まると、ジャックは自分と娘の頭に工事用ヘルメットを改造したヘッドギアを被《かぶ》せた。

出力ダイヤルを調整する。ヴゥンッと、ブラウン管に砂嵐が舞い始める。

それはまるで秘密基地に開設した小さな映画館だった。父娘はじっとその映像を観察する。

やがて、少しずつ少しずつ、砂嵐が一箇所に集合を始める。人間の無意識を映像化しただけの混沌《こんとん》の中に、何か、定まった形が浮かび上がっていく。

それはサーシャと一緒に接続したときにだけ現れる、不思議な現象だった。

それは毎回、同じ形をとって二人の前に現れた。

「てんしさま！」

ブラウン管を見ていたサーシャが、ジャックの上でぴょんぴょん跳ねてはしゃぎ声を上げた。

そこに映っていたのは、人間に似たシルエットに、翼のような何かを広げた像《ビジョン》だった。

「はぁー……興味深い。何度見ても不思議な映像だ……」

ジャックの声音は父親のそれではなく、夢信機技術者《むしんきエンジニア》のものになっていた。

「サーシャの未発達の自我意識が無意識領域に作用して、それが像を結んでるのか？　それとも僕らの脳機能が補助演算装置になって、人工頭脳が夢を見かけてるのか？　あるいは――」

「ねぇー。パパぁ、むつかしいのわかんなーい」

ジャックが下を向くと、サーシャが構ってもらえなくてぷぅと頬《ほお》を膨らませていた。

「……そっかぁ、わかんないかぁ。うん、パパもよくわかんないや！　はははは」

「――ジャックー。サーシャー。おでかけの準備、できてるんでしょうねー？」

母屋からヘレナの呼ぶ声が聞こえる。今日は夢信記念日の日曜日。親子三人で教会の礼拝とお散歩に出かけて、それから少しだけ贅沢なコテージパイを食べる日だった。

「おっとと、今日の〝上映会〟はおしまいだよ、常連さん？　きみもおめかししなきゃね」

「パパ、くさいままなのだめー！」

「あはは、ごめんごめん！　シャワー浴びるから許しておくれよ、サーシャ」

ジャックが愛娘《まなむすめ》を思いきり抱き締める。サーシャも「きゃーっ♪」と大はしゃぎする。父娘がガレージを出ると、玄関から出てきたヘレナがにっこり笑って二人を出迎えるところだった。

以前に比べて収入は少しだけ豊かに、そして幸せは何倍にも膨らんで。そんな日常に満足しながら、〝あるいは――〟と、ジャックは頭の隅でさっきの続きを考えていた。

――あるいは……〝集合無意識の海〟に、本当に天使が……神様が、住んでたりして――。

「……まさか、ね」


≫≫十二年前。

「――パパ！　パパー!!」

休日の昼間、ジャックが書斎の机に向かっていると、二階の子供部屋から声がした。

「…………。……何だい、サーシャ」

随分と間ができてから、ジャックが生返事する。

ヘレナの勧めで三年前に転職した夢信機メーカー《ベンチャー企業》。始めの一年は大学で働いていたときと同じ、黙々と研究に打ち込む日々だったけれど。今はジャックも部下を持ち、毎日が多忙だった。

貯まったお金で改装した一階には、ジャック専用の書斎ができて。家族三人で一緒に眠るダブルベッドの枕元には、ジャックが設計した夢信機《むしん》が誇らしげに据えられている。

「……ねぇ、パパぁ？　きょうお休みの日だよぉ……？」

カチャリと書斎の扉が開いて、五つになったサーシャがそっと顔を覗かせた。

溜まっている仕事を睨《にら》んでいたジャックが、はぁと溜め息を吐《つ》いてペンを置く。

「……サーシャ。書斎《ここ》に来るときはノックをしなさいって、この前言ったよね？」

「あ……うん……ごめんなさい……」

「それで？　何の用だい？　パパ、今ものすごく忙しいんだけど」

夢信ユーザー数が激増したこの二年ほどの間で、精神を侵食する異形が発生するようになっていた。夢信技術学会が〈悪夢《ノイズ》〉と呼ぶその問題への対応で、ジャックは日々頭を痛めていた。

「ねぇパパ……教会にお祈り、行かないの？」

「悪いけど、今は礼拝に行ってる暇なんてないんだ」

「おでかけしないの？」

「お外に遊びに行きたいなら、ママと二人で行ってきなさい」

「ガレージの〝上映会〟、やんないの……？」

「あの人工頭脳なら来週処分することにした。もうあんなガラクタに構っていられないからね」

「え……捨てちゃうの？　パパの〝ろまん〟……」

書斎を覗き込んだまま、サーシャがしゅんとなる。ジャックはそんな娘にイライラしていた。

「……サーシャ、まだ何か言いたいことがあるのかい？　ないならお部屋に戻りなさい。きみも来月からは学校に通うんだ、いい子にしなきゃダメだよ？」

「……。いい子にしてたら、パパ、また遊んでくれる？」

「ああ、時間ができたら相手をしてあげるよ。でも今日は無理なんだ、いい子ならわかるね？」

ジャックの言葉にサーシャはこくりと頷《うなず》いて、とぼとぼと子供部屋へ戻っていった。

そこへ入れ替わりに、コンコンとドアをノックして、ヘレナがコーヒーを持ってやってきた。

「ジャック、またサーシャのこと叱ったの？　しょんぼりしてたわよ、あの子」

「叱ってなんかないよ、ちょっと注意しただけさ」

書類を睨んだまま「ありがとう」とコーヒーを受け取り、ジャックが余裕のない声で言う。

「今は〈悪夢《ノイズ》〉の対策で手一杯で、あの子に構ってあげられない。来年にはサーシャも夢信空間を利用するようになるだろう。あの子たちが最初のネイティブ夢信世代になるんだ。それまでに夢信空間の安全を確保する、それが僕の使命だよ——僕らの愛する、サーシャのために」

「五歳の子には難しいわよ、あなたのその愛情表現は……。今日ぐらい遊んであげればいいのに。いつもやってたみたいに、ガレージで」

そこでふと、ジャックがヘレナを見上げた。

「……今日？　今日って、何の日だったっけ？」

「……。ジャック……あなた、ほんとに忙しいのね……」

ジャックのその返事を聞いて、ヘレナは夫を哀れむような、寂しそうな顔をしていた。

コンコン。と、そこでまたノックの音がして、再びサーシャの顔が覗いた。

サーシャはヘレナ手製のワンピースに着替えて、お気に入りのポシェットを提げていた。

「ママぁ、お友達のお家に遊びに行きたいの」

「あらいいわね。それじゃママと一緒にごあいさつしにいきましょ？」

「うん。……パパ、いってきます」

ヘレナとサーシャが手を繋《つな》ぎ、書斎から出て行く。サーシャがジャックに小さな手を振り、ヘレナが「あとは任せて」とウインクしていった。

一人きりになったジャックが、ヘレナの淹れてくれたコーヒーを啜《すす》る。

「……確かに、ちょっとここ最近、心が狭くなっちゃってるのかもなぁ」

昔の自分が見たら、ひっくり返るぐらいの貯金ができたけれど。何だかその分、幸せは減ってしまったような気がして――ガレージの人工頭脳《ロマン》に砂嵐が映っただけで大はしゃぎしていた時代が、ジャックには遠い昔のことのように感じられた。


》》》その日の夕方。

「――あら、そろそろお暇《いとま》しようかしら」

家族ぐるみでつき合いのあるサーシャのお友達の家。子供たちの遊ぶに任せ、主婦仲間どうしで愚痴に世間話にと花を咲かせていたヘレナが、腕時計を見て言った。

「サーシャー、そろそろ帰りますよー？　お片づけしなさい？」

ヘレナが子供部屋を覗き込んだが、サーシャは首をぶんぶん横に振る。

「やだ！　まだ帰んないもん！」

サーシャはヘレナに背を向けて、画用紙に一心不乱にクレヨンでらくがきをしていた。

「サーシャ、いい子にするってパパとお約束したんじゃないの？」

「やだっ！　やだやだやだやだっ!!　これができるまでは帰んないの！」

全力でいやいやをするサーシャの声を聞きつけて、家人の主婦仲間が「どうかしたの？」とやってくる。ヘレナは〝お手上げ〟のポーズをとって、

「パパ《ジャック》が構ってくれなくて拗《す》ねてるのよ。しょうがないから先にお買い物に行ってくるわ。いいわねサーシャ、何を描いてるのか知らないけど、ママが戻ってくるまでですからね？」

それだけ言い残して、ヘレナは一人、いつもより少し早く食料品店に出かけていった。

ジャックに、今日が〝夢信《むしん》記念日〟であることを思い出させてあげようと、「毎年この日に食べさせてあげる」と約束した、少しだけ贅沢なコテージパイの食材を求めて――

――そして、この数十分後。

ヘレナは、交通事故でこの世を去った。

事故原因は、ヘレナの不意な車道への飛び出しだった。

偶然、いつもより早く食料品店に出かけた帰り道。

偶然、交差点に見ず知らずの小さな男の子がいて。

偶然、風が吹いて、男の子の手からボールが飛ばされて。

偶然、ボールを追いかけた男の子の前に、法定速度を守っていた自動車が通りがかって。

偶然、その場に居合わせていたヘレナが、飛び出した末の事故だった。

男の子は無事で、運転手にも怪我《けが》はなかった。車すらほぼ無傷で、誰も悪くなんてなかった。

ただ、ヘレナだけが、二度と帰ってこなかった……——。


「——……ねぇ、パパぁ……？」

パジャマ姿のサーシャが、そろそろとキッチンを覗き込む。

「どうしてママ、帰ってこないの……？」

食卓に、ジャックが無言で突っ伏していた。

お金はあるから改装しようよとジャックが提案するたびに、「使い慣れてるからこのままでいいわ」とヘレナが言っていた狭いキッチン。

食卓は角が欠けていて。椅子はガタガタで。テーブルクロスは黄ばんでいて。コテージパイを焼く深皿にはひびが入っていて――そういう全部が優しくて、暖かかったヘレナ《ママ》のキッチン。

それが今は、こんなにもがらんと寂しくて。

交通事故から、もう一週間がすぎていた。

ジャックが突っ伏す食卓には、酒瓶と、ヘレナの遺骨の納められた小さな箱が並んでいる。

「パパ、ママはいつ帰ってくるの？　いつ、その箱からいつものママに戻ってくれるの？」

この一週間、「ママはもう帰ってこないんだ」とジャックは何度も説明していたけれど、サーシャは理解しなかった。認めようとしなかった。

だからその夜、堂々巡りの果てに、ジャックは口にしてはならないことを言ってしまった。

「……サーシャ……お前のせいなんだよ……お前があの日、ヘレナの言うことを聞いていれば、ヘレナは事故になんて遭わなかった……こんな箱《すがた》にならずに済んだんだ……」

父親からそう告げられて。サーシャは長いこと、その場にきょとんと立ち尽くしていた。

「……ママが、帰ってこないのは……小さなお箱になっちゃったのは、わたしのせいなの……？」

サーシャはショックを受けているように見えた。悲しみと後悔に打《う》ち拉《ひし》がれているのではなく、ただ純粋に〝サーシャ《わたし》のせい〟という言葉に対して責任を感じているように見えた。

まるで、まだその失敗を取り戻せると信じているかのように。

そして。ずっと無言でいたサーシャが、次の瞬間、こんなことを口にした。

「……わたし、天使様に会いに行ってくる！　天使様に『ごめんなさい』って謝って！　それからうんとお願いして！　わたし、ママを元の姿に戻してもらってくる！」

サーシャが箱を手に取る。それを大事に胸に抱えて、幼子はどこかへ駆けだした。

その後ろ姿を見送って。酩酊《めいてい》していたジャックは、そのまま哀しい眠りへ落ちていった。


——パチパチと、何かの弾ける音を聞いてジャックは目覚めた。

ヘレナのいないキッチンは真っ暗だった。まだ夜。なのに、窓の外が橙色に明るい。

酒に霞《かす》んでいた意識が不意に晴れて、ジャックは窓辺に駆け寄った。

「！　……あぁっ、そんな……！」

ジャックは目を疑った。ガレージから火の手が上がっていた。

気づけばキッチンにも黒い煙が立ち籠《こ》めている。この母屋にも炎が燃え移っていた。

家族の思い出が燃えていく——そんな焦燥に駆られた直後、ジャックの脳裏に不安が過《よぎ》った。

——『わたし、天使様に会いに行ってくる！』

酔い潰《つぶ》れる直前に聞いたサーシャの言葉。ブラウン管の〝てんしさま〟——

「——サ　ー　シ　ャ　!!」

薄い玄関扉を突き破り、ジャックが燃え上がるガレージへ走る。

「サーシャ！　サーシャ！　サーシャサーシャサーシャサーシャァアアッ!!」

炎と煙を掻《か》き分け奥へと進むと、ジャック手製の人工頭脳に電源が投入されていた。

その傍らに。ヘレナの箱を抱き、ヘッドギアを被《かぶ》ったまま倒れている愛娘《まなむすめ》の姿があった。

「サーシャッ!!　――うあぁっ!?」

駆けつけたジャックがサーシャへ手を伸ばす。が、その途端、彼の身体を電流が突き抜けた。

足元に転がっていた出力ダイヤルに目をやると、その目盛りは全開にまで回されていて。

「出力が、上がりすぎて……くそぉ！　止まれ、止まれ！　止まってくれぇぇえっ!!」

ジャックが何度もダイヤルを回す。けれど人工頭脳は応えない。完全に暴走状態だった。

礼拝に行ってなかったせい？　だとすれば神様、これはあんまりです。ちょっとサボったぐらいのことで、こんなのはあんまりです……炎の中で、ジャックが祈るように天を見上げる。

その先で、彼は〈それ〉を見た。

人工頭脳のブラウン管。そこに天使に似た砂嵐のシルエットと、サ、サーシャ、が、映、り、込んで、い、た。

「サーシャ!?　どうしてそんな所に！」

それは機械によって〝夢信空間《むしん》〟という秩序を与えられる前の、混沌《こんとん》の世界――〝集合無意識の海〟を映している映像で。そんな深い場所へ、サーシャの意識は辿《たど》り着いてしまっていた。

「ダメだサーシャ！　きみの意識が浮上できなくなる！　無意識の向こう側に消えてしまう！　そんな所にいちゃいけない！　戻ってきてくれ！　お願いだよ、お願いだからぁっ!!」

ジャックのその懇願は、けれど〝海の底〟へと至った愛娘には届かない。

ブラウン管の向こう側で、サーシャがおぼろな天使の像へ手を伸ばしていく。

そしてジャックは、更なる神秘を――悪夢を、目撃した。

天使の像がゆらと揺れた。けれど〈それ〉は、人の似姿などしていなかった。

今までずっと、その謎《なぞ》の存在のシルエットは、正面からしか見えていなかったのだ。

今まで人の脚のようだと思っていたのは〝前脚〟で。細い腕のようだと思っていたのは大きな〝耳〟で。そして翼のようだと思っていたのは、無数に枝分かれした巨大な〝角〟で。

「これは、天使なんかじゃない……獣、獣だ……獣の姿をした悪夢……〈獣の夢〉だ……っ!」

まだ〈悪夢《ノイズ》〉の発生原理も解明されておらず、〈貘《バク》〉という職業も成立していなかった当時にあって、ジャックは本能でその存在の名を呼んでいた。

〈獣の夢〉が首を伸ばす。その鼻先をサーシャの伸ばした手に近づけていく。

「サーシャ!　それに触れちゃいけないっ!　わかるんだ!　それに触れたら取り返しがつかなくなる!!　やめてくれやめてくれやめてくれ!!　サーシャ!　サーシャァァアッ!!」

ガレージの炎はすぐそこにまで迫っていた。けれどジャックはブラウン管から目を逸《そ》らさない。煤《すす》で黒くなった頬《ほお》に涙の筋を引いて、ただただ懇願し続けた。

けれど……炎の中で、ジャックの懇願する前で、少女は獣に触れてしまった。

瞬間。ブラウン管が白光に満ちた。

「わぁぁあッ……っ!?」

目を灼《や》く閃光《せんこう》のなか、触れ合ったままの〈獣の夢〉とサーシャが、ブラウン管の奥へと遠ざかっていく。人の意識の及ばない、〝集合無意識の海〟の彼方へ消えていく。

「あぁっ、行かないで！　サーシャを連れて行かないでぇぇぇえっ!!」

刹那《せつな》。ボンッと、ブラウン管が破裂した。

人工頭脳がバリバリと火花を飛ばして。銀色の伝導流体が血潮のように噴き出して。ヘッドギアを被《かぶ》ったままのサーシャの身体が、電気ショックを受けたようにビクリと跳ねた。

……そこから先は、ジャックは愛娘《まなむすめ》を抱きかかえて、無我夢中だった。

焼ける柱が左腕を裂き、破裂したブラウン管で左脚の腱《けん》が切れ、炎の中を這《は》って、這って、這いずり回って……やっとの思いで、ジャックは焼け崩れるガレージから這い出した……──。

「──サーシャ……サーシャ……」

イギリスのとある街外れ、狭い庭とガレージつきの、古くて小さな二階建ての一軒家。

その全焼した火災現場で、救命隊員から手当てを受けながら、ジャックは愛娘を呼んでいた。

煤と火傷と血と包帯まみれのジャックの胸に抱かれて、けれど愛娘は奇跡的に無傷だった。

「サーシャ、サーシャ……」

言うまでもなく、ジャックは娘を愛していた。

産まれたその日からずっと一緒にいた愛娘。ずっと傍《そば》で成長を見てきた愛娘。父親譲りの青い瞳《ひとみ》も、母親譲りの綺麗《きれい》な金髪も、小さな手も、軟らかいほっぺも、すべてが愛おしい、ヘレナと僕《ジャック》の一人娘。いっぱい遊んで、いっぱい泣いて、いっぱい笑った、天使のような子。

けれど……もう、ジャックにその〝愛〟はなかった。

なぜならば。ジャックは予感していたから。

娘の瞼《まぶた》がぴくりと震えた。目が開く。ジャックを見つめる。

そして、吐息が漏れて……娘の口から、言葉が紡がれた。

「…………あなた…………だぁれ？」

————…………………………これはもう、サーシャじゃない……。

その日——ジャック・F《ファウスト》・ユングは——すべてを失った。


》》三年前。

「——…………」


その男は、聳《そび》え立つ巨大なビルの最上階から、眼下に広がる大都市を見下ろしていた。

〈ゼネラル《G》・ドリームテック《D》〉社。小さな夢信機ベンチャー企業《ベンチャーきぎょう》メーカーだったその会社を世界的大企業へと躍進させたのは、一人のしがない技術者であったという。

〝ミスターF〟。過去の一切の情報を葬り去ったその男は、ただそうとだけ名乗っていた。

「……どうすれば……私のことを愛してくださいますか」

最高級の建材と調度品で飾られた、生活感のない社長室。そこに一人の女性の声が響く。

それは青い瞳《ひとみ》に長い金髪を二本に結った、今年で十四歳になる美しい少女だった。

摩天楼の眺望を臨んでいたFが、肩越しに振り返る。

「……愛？　お前がそんなものを欲するのか、〝悪夢の忌み子〟の分際で」

「私は……！　私は、悪夢などでは──〈悪夢《ノイズ》〉なんかじゃ、ありません！」

「お前の意見など求めてはいない」

Fが少女の言葉を遮り、自分の目を指し示す。

「あの日、あの炎の中で、この目は確かに見た……サーシャが〝集合無意識の海〟の彼方へ連れ去られていくのを。〈獣の夢〉が──あの《角《つの》ぐむ獣》が、サ、サーシャの身体を乗っ取る瞬間を」

「私は人間です、パ、パパ……！」

バチィンッ！　Fの平手が飛んでいた。突然のことに少女は頬《ほお》を腫《は》らして目を見張る。

「その呼び方をするな！　パパ《それ》を口にしていいのは、僕の愛娘《まなむすめ》だけだっ！　お前じゃあない!!」

「っ……。……はい……申しわけありません、お義父さま……」

昂《たかぶ》った感情に息を切らすFが、暴力を振るったその手で、今度は少女に優しく触れる。

「あぁ、サ、サーシャ、お前の身体を傷つけてしまった……痛かったろう？　許しておくれ……。」

Fが声を震わせる。けれどその想いは、少女の人格へではなく肉体にのみ向いていて……。

この九年間、そんな義父の姿を目の当たりにするたびに、少女の胸はズキリと痛んでいた。

「……お前を義理の娘ということにしてやっているのも、『Eureka φ Nobody《ユリーカ・ファイ・ノバディ》』と偽名を与えてやったのも、肉体《サーシャ》のためだ。得体の知れない意識《お前》に、興味などない」

「それでも、それでも私は、お義父《とう》さまのことを愛しているのです……信じてください……！」

真っ直ぐ見つめてくるユリーカに、Fが侮蔑の視線を返しながら背を向けた。

「…………。……そんなに、愛が欲しいと言うのなら……チャンスをやろう」

「チャンス……！　チャンスとは!?」

「一年前、〈獣の夢〉の探索装置、〈ラヴリィ・ドーター〉に反応があった。極東の島国で〈礼《らい》佳弐号《かにごう》事件〉と呼ばれている案件だ……僕はあの国へ渡る。お前も来い。そして〈獣の夢〉を見つけだし、サーシャを取り戻してみせろ。それができたなら……お前に愛をくれてやる」

「はい……はい……！　必ず……必ず！　必ず、やり遂げてみせますっ！」

それが、〝ジャックとサーシャ〟という幸せな親子から、〝Fとユリーカ〟という歪《ゆが》んだ仮面家族へとなり果てた二人の、新たな出発点だった。

Fは、愛娘《まなむすめ》をもう一度その胸に抱き締めるために――

ユリーカは、父親からたった一度きりの愛を受けるために――

≫ 現在。

プルルルル、プルルルル、ガチャリ――

「………僕だ」

〈アトリエ・サンドマン〉制圧下の〈夢幻S・W・《セキュリティ・ワークス》〉、管制室で受話器が上がった。

『F様、お嬢様が合流なさいました』

「あぁ、わかった。今開けよう」

部下の報告を受けてFが扉のロックを解除すると、管制室にするりと人影が入ってくる。

扉を再びロックして、Fは大きな溜め息を吐《つ》いた。

「お前には失望したぞ。よもや瑠岬《るみさき》トウヤにあれほど接近しておきながら、取り逃がすとは」

びくりと身を震わせたユリーカが、顔を俯《うつむ》ける。

「……申しわけありません、お義父《とう》さま。あと一歩のところで、〈鴉万《からすま》産業〉が邪魔立てを」

「まったく……あのニンジャどもには毎度手を焼かされる」

「〈獣の夢〉に関する情報のほうは、いかがですか……？」

「あぁ、そっちは手に入った。十分すぎるほどにな」

Fが向いた先には、トウヤたちの戦闘記録がすべて収められた電算機が鎮座していた。

「コールネーム、瑠岬センリ《ポラリス・ワン》。それが瑠岬トウヤの宿す、《頭蓋《ずがい》の獣》の制御ユニットだ」

「！　〈貘《バク》〉が、もう一人いたのですか？　ならばサンドマンを向かわせます、ただちに」

「不要だ。その女はもう四年も寝たきりになっている。覚醒現実《こちら側》での利用価値はない」

一人で何か納得した様子でいるFが、おもむろに自分の髪を鷲掴《わしづか》みにする。

「北極星《ポラリス》のお導きだな。最後の盤面はとっくに用意されていたのだ。今、それを確信したよ」

パサリ……と、足元にかつら《ウイッグ》が落ちる。丸坊主に剃《そ》り上げられたFの頭には、まるで大きな十字架をきったように、機械《論理コイル》が埋め込まれていた。

「今夜が決戦だ。我が《囚われの箱《ジャック・イン・ザ・ボックス》》は、この日のためにあったのだ……」

それは〈獣の夢〉に娘を連れていかれた男が発現させた、執念の夢信《むしん》特性。

夢に漂う黒き箱、《囚われの箱《ジャック・イン・ザ・ボックス》》は、〈悪夢《ノイズ》〉の捕獲・収納・開放を自在に行う希有《けう》な能力である。その容量は底知れず、何体まで〈悪夢《ノイズ》〉を収納できるのかF自身も把握していない。

〈悪夢《ノイズ》〉を制御できるわけではないため緻密《ちみつ》な戦術には不向きだが、〝無差別攻撃による状況演出〟という面において、《囚われの箱《ジャック・イン・ザ・ボックス》》の右に出る夢信特性はない。

欠点は、〈悪夢《ノイズ》〉を保存しておくには《囚われの箱《ジャック・イン・ザ・ボックス》》を展開し続けなければならないこと。

その問題を解決するため、Fは自らの身体に論理コイルを埋め込んでいた。

起きていようが眠っていようが、Fの意識はその一部が常時夢信空間に繋《つな》がっている。肉体と精神に常に負荷がかかることを代償に、《囚われの箱《ジャック・イン・ザ・ボックス》》は二十四時間三百六十五日展開され続け、〈アトリエ・サンドマン〉の構成員であれば誰でも呼びだせる魔法の箱と化していた。

頭に十字架を埋め込んだその壮絶な姿こそが、Fの覚悟の具現であった。

「……お前のほうはどうだ、ユリーカ。お前の覚悟……揺らいではいないだろうな」

「はい、何なりとお申しつけくださいい、お義父《とう》さま」

ちらと、そこでFの目が動いた。その先にあるユリーカの握り拳《こぶし》は、小刻みに震えていた。

「ふん……どうした、奴らに情でも移ったか？」

「……そのようなことは……！」

「まさかとは思うが、逃げ出した奴らをわざと追わなかったということはないだろうな？」

「っ……！　……いいえ……いいえ！　お義父《とう》さまを裏切るような真似《まね》は、決して……！」

「どうだろうな……別荘《トラップハウス》では随分と楽しそうだったじゃあないか、演技とは思えないほどに
……どんな気分がするものなのだ？　他人の身体を乗っ取った上で味わうバカンスというのは」

「お義父《とう》さま……そんな酷《ひど》いこと、そんな哀しいこと、おっしゃらないで……」

血は繫がっているはずなのに、心はこんなにも遠い……Fの辛辣《しんらつ》な言葉にユリーカが涙ぐむ。

「……やはり、どうにもお前には覚悟が足りんらしい……ならば、条件を追加しよう」

そんな少女の涙を見て。ニヤァ……と、その男は、悍《おぞ》ましい笑みを浮かべた。

「奴らがこちらの要求に従わないようなら……そのときは、瑠岬《るみさき》トウヤの心を壊してでも〈獣の夢〉を手に入れろ。犠牲を厭《いと》わん修羅に堕《お》ちる覚悟があると、証明してみせろ」

「そ、んな……そんな、こと……」

ユリーカの声は、Fの耳にもう届いてはいない。

「そうだ、それがいい……それぐらいの余興がなくてはな……クククク……ハハハハッ！」

とうに修羅へと変わり果てたその男には……もう、誰の声も、届きはしなかった。

＊＊＊

ヴォヴォォオーッ。ドルルルルルッ。

一台のトレーラーが、那都界市《なとざかい》中心を貫く環状道路を走り抜けていた。

「――いかがです？　今回の〝敵〟について、ご理解いただけましたか？」

運転を部下に任せ、コンテナ内部ではちょうど亜穏《あのん》シノブがFの過去、そして一連の襲撃の動機と目的について語り終えたところだった。

「……すべては、たった一人の娘を取り戻すために……」

〝また、〈獣の夢〉〟――話を聞き終えて、それが最初にトウヤの抱いた感想だった。

夢を介した人格の入れ替わり。常人なら信じ難い話である。が、彼らには心当たりがあった。

「クナハがわたしの身体にやろうとしていたことに似ているわね、その話」

メイアが、まさにトウヤが考えていたとおりの言葉を代弁する。

〈銀鈴《ぎんれい》事件〉で討伐した〈獣の夢〉、《顎の獣《呀苑クナハ》》がなし遂げようとしたこと。それは夢の中にしか存在しない〈獣の夢《己の人格》〉をメイアの肉体に入れ込み、覚醒《かくせい》現実へと至ろうとする野望だった。

それと同じようなことが、遠い遠い西の国で起きていた。しかも十二年も前に。

「でも……それだとユリーカちゃんは、誰なんダヨ？」

「えーっと……《角《つの》ぐむ獣》ってのがサーシャちゃんの人格を奪って、代わりに赤の他人の人格をサーシャちゃんの肉体に入れちゃって、それがユリーカさんになったってことっすか？」

ヨミが首を傾げる横で、ウルカが頭を掻《か》き回す。そこへナリタが横槍《よこやり》を入れる。

「それはないわァ。いくら〈獣の夢〉が規格外――クラスXの〈悪夢《ノイズ》〉なんだとしてもォ、そんな着せ替え感覚で人間同士の人格《中身》をころころ入れ替えできて堪るかってのよォ。アタシは薪花《まきはな》ちゃんのその仮説、肯定できないわねェ、臨床夢信《むしん》科医的にィ」

「なぁに？　それじゃあユリーカの人格は、人間ではなくて〈獣の夢〉そのものだとでも言いたいのかしら？」

「実際、ミスターFはそう考えています。それがあの二人が仮面親子になった原因なわけです」

クイッ。シノブがサングラスの位置を正して、皆を見る。

「で、人格の由来《哲学的なお話》は置いといて。どうです、〈鴉万産業《われわれ》〉にご協力いただけますかねぇ？」

「協力っていうか……もうほとんど強制じゃないですか、これ……」

トウヤが見回すコンテナ内部。そこには機材がびっしりと詰め込まれていた。

精密夢信機が四台と、各種観測装置――〝オブジェクト破壊権限〟を実行できる装備一式。

「アタシの技術一課で開発した、〝移動式夢信管制室〟よォ。ンふふふっ」

「〈鴉万産業《わたくしども》〉は〈ラヴリィ・ドーター〉を破壊したい。〈夢幻S.W.《あなた方》〉は〈アトリエ・サンドマン〉に制圧された本社を開放したい。利害は一致してますでしょ？」

要は〈鴉万産業《からすま》〉の尖兵《せんぺい》として、トウヤたちに前線に立ってほしいということである。

「ふふっ、シノブ？　あなた、相変わらず面倒臭い人ね？」

「ハハッ、褒め言葉ですねぇ。あ、ちなみにこのトレーラー、〈アトリエ・サンドマン〉対策で先ほどからランダムな道順を走り続けています。状況が好転するまでは絶対に止まりません」

「えっ、それってあたしたち、誘拐されてる真っ最中ってことなのでは……？」

「うぬぬ……レンカさんたちはどうなってるんダヨ？」

「部下に外から確認させたところ、騒ぎにはなっていませんでした。全員ご無事かと——今のところは」

テレビで目にしたことのある立て籠《こ》もり事件。それのもっとずっと高度化・組織化されたもの——〈夢幻S.W.《レンカたち》〉が置かれている状況を想像して、トウヤたちの顔色は暗くなる。

「ミスターFは今頃、《頭蓋の獣《ずがい》》の能力と制御法に関する情報も入手していることでしょう」

「待ってください……それって、姉さんも危険なんじゃ⁉」

「ご心配なく。大学病院《センリさんの所》へは既に護衛を回しております。安全も確認済みです」

腰を浮かせたトウヤがほっと座り直すが、彼の表情は釈然としない。

「……。ありがとうございますって言ってはおきますけど……用意周到すぎやしませんか……」

「世の中ギブ・アンド・テイクでございますから。〈鴉万産業《われわれ》〉は設備と人員を。瑠岬《るみさき》さんたちには技能と戦力を、ですよ」

外堀は、完全に埋められていた。

「現状こそ〈アトリエ・サンドマン〉が優勢に見えますが、都市のど真ん中での籠城《ろうじょう》戦なんて彼らに勝ち目はありません。逆に言えば、それだけの覚悟を持って事を起こしたということです。《角《つの》ぐむ獣》へと至るため、ミスターFは今夜是が非でも動くでしょう」

そしてヌッと顔を前に出すと、シノブは最後に、殺し文句のように告げた。

「瑠岬さん。彼らはどんな手を使ってでも、貴方を引きずりだそうとしてきますよ」

〝どんな手を使ってでも〟……既にそれは、ここまでに何度も味わわされてきたことだった。

「…………。この状況を軟着陸させられるのは、俺たちだけ、ってことですか」

ぽつりと、溜め息交じりに呟《つぶや》いて。トウヤは仲間たちを振り返った。

メイアとヨミとウルカが、揃《そろ》って静かに頷《うなず》きを返す。

それを確認したトウヤが最後に三人へもう一度頷き返して、シノブへ向き直った。

「やります、亜穏《あのん》さん。俺たち〈夢幻S・W・《セキユリテイ・ワークス》〉と、あなたたち〈鴉万産業〉との共同戦線」

にんまりと、それを聞いたシノブが満足そうに営業スマイルを浮かべた。

「それはよかった、それでは、交渉成り――」

「――ただし」と、そこでトウヤがシノブの言葉を遮った。

「ただし、俺は――俺たちは、大人《あなたたち》の思惑に振り回されて仕方なくそうするんじゃありません」

それは先のアイコンタクトで、四人が互いの目に見た意志と意地だった。

「……俺たちは、過去に囚《とら》われてこんなことをしてるFさんとユリーカさんが許せません
——二人にもう一度会って、あの二人がどういう思いでいるのか、それを直接確かめないと
……でないとこんな、何も納得なんて、できませんよ」

「ふむ……自分《てめえ》の首輪は自分《てめえ》で選ぶと、そういうことですか。いいでしょう、むしろその我の強さ、是非とも頼らせていただきたく」

シノブはトウヤへ余裕のあるスマイルを返し、皆の正面に立った。

「それでは、改めまして、弊社と御社で契約を結びましょう——あぁ、あなた方にはきっと、契約書なんかより、こういうののほうが効きますよね？」

そう言ってシノブが突き出したのは、分厚い書類でもペンでもなく、硬く握った拳《こぶし》だった。

「ここはいっちょ、国境も夢も現実も跨《また》いだ、大喧嘩《おおげんか》と参りましょう」

「はい——ぶっ飛ばしてやりましょう」

コツン、コツン、コツン、コツン。円陣を組んだ五人が、拳を交わして。

ここに、〈夢幻S.W.《セキュリティ・ワークス》〉と〈鴉万《からすま》産業〉の、共同戦線が成立した。

コチコチコチコチコチコチコチ……。

そんな場面で発条《ぜんまい》の音を立てているのは、シノブの腕に巻かれた時計だった。

「おぉっと、もうこんな時間ですか……——じゃ、あとは頼みましたよ？」

「はい？」

首を傾げるトウヤたちを置いてけぼりに、シノブが手を振ると――ガラララッ。

走行中のコンテナの側面引き戸を開放して、シノブが車外へ身を乗り出した。

「はっ!?　亜穏《あのん》さんっ!?　何の真似《まね》!?」

「あ、わたくし、多忙なんで次の仕事に向かいます。それでは皆様、ごきげんよう！　ハハッ！」

そこからトウヤが止める間もなく、シノブはコンテナから身を投げた。

そこへちょうど並走していたミニバンが扉を開け、シノブをキャッチする。分岐路の向こうへ一瞬で消えていった車中には、シノブと同じトレンチコートの男たちの姿が見えた気がした。

「ほぁー……忍者みたいな人なんダヨ……」

「敵に回すと絶対死ぬほどしぶといタイプっすよ、あれ……」

「ふふっ、あの人らしいわ。わたしと一緒にいた頃からずっとあんなのよ？」

「覚醒現実《こっち》のことは任せましたよ……任せていいんですよね？　亜穏さん」

一同が流れる風景を見送っていると、「どっこらしょ」とコンテナを閉めたのはナリタだった。

「さぁってとォ、それじゃあおっ始めましょっかァ」

「勢いで共同戦線なんて言いはしましたけど、ここから具体的にはどうするんですか？」

「シノブが言ってたでしょォ？〈ラヴリィ・ドーター〉をぶっ壊すのよォ。今あの〝夢信《むしん》アート〟には、〈アトリエ・サンドマン〉とは無関係で、裏事情を何も知らないＧＤ社の警備がついてるわァ。まずはそれを排除しなくっちゃねェ。〈鴉万産業《アタシたち》〉の存在も、〈夢幻S.W.《きみたち》〉の関与も知られずにィ。ついでにFとユリーカもこっちから引きずり出してやりましょォ？　手ぐすね引いて待ち構えてるつもりになってるやつらの出端を挫《くじ》いてやんのよォ」

「そんないっぺんに、どうやって……？」

ナリタの欲張りな主張にトウヤが首を傾げていると、ナリタは得意そうに、皆の前にクリップ留めした小冊子を掲げてみせた。

「ンっふふー……シナリオはシノブから預かってるわァ。まずは行動計画《ブリーフィング》から、いくわよォん」

七月の終わりの、とある静かな夏休みの熱帯夜。

極東の島国の片隅、ここ那都界《なとざかい》市で、夢信《むしん》史上最大の大喧嘩《おおげんか》が始まろうとしていた。

》》》〈アトリエ・サンドマン〉制圧下の〈夢幻S.W.《セキュリティ・ワークス》〉、管制室。

コトリと。部屋の片隅に、年季の入った小さな箱が置かれる。

「ヘレナ、見ていておくれ……今夜、決着をつけるから」

頭に十字架を埋め込む修羅が——Fが、精密夢信機へ横たわる。

「ええ、愛のためならば……ユリーカは、悪魔にだってなってみせます、お義父《とう》さま……」

回転する論理コイルを見上げながら、胸の上で両手を組んだユリーカが、瞼《まぶた》を閉じる。

≫≫ 那都界市環状道路、走行中のトレーラー内。

「おげぇ……なんちゅー作戦考えるんすか、あのグラサンサラリーマン……」

行動計画《ブリーフィング》を終えたウルカが、揺れる夢信機《ベッド》の上でげんなりしている。

「おぉう……今年の夏は、出会いもイベントも事件も、盛り盛り盛り盛りだくさんなんダヨ」

ヨミが「まだ七月なんダヨ？」と、濃い時間の流れに感嘆する。

「ねぇトウヤ。わたしの《魔女の手》、まだ折れたままで使えないわ。当てにしないことね？」

メイアが枕に乗せた頭をこてんと転がし、隣で横になるトウヤへと手を伸ばす。

「あぁ。俺も、《頭蓋《ずがい》の獣》は使わない……あの二人のためにも、使うわけにはいかない。――それでもやるんだ、俺たち四人で」

トウヤがメイアの手を握る。頭を向け合い田の字に並ぶウルカとヨミとも、握手を交わす。


舞台となるは、出会いの夢。夢信空間〈千華《ちか》〉。

それはFとユリーカの欲する星――瑠岬《ポラリス・ワン》センリが現れ、そして今も輝く夢。

それはトウヤたちが破壊を誓う諜報装置《ちょうほうそうち》――〈ラヴリィ・ドーター〉が眠る夢。

ここに集うすべての意志が、哀しい過去を断ち切るために。

「状況開始ィ――ンふふっ、一回言ってみたかったのよねェ、これ！」

≫ 第七章 ≫ 少女の夢

＊＊＊ 夢信《むしん》空間 ＊＊＊

≫人工頭脳〈千華《ちか》〉、ホテル〝ラビッツ・フット〟、大ホール。

「――……はぁー……」

その夜も、がらんと人気《ひとけ》のない大ホール《元パーティー会場》に、その男の溜め息が漂っていた。

コールネーム、警備八号《ガード・エイト》。元警備統括《コントロール・ゼロ》。GDグループ傘下のセキュリティ会社に勤め、警備主任の座に着いていた彼が出世街道から外れたのは、二週間ほど前のことである。

「はぁー……関わるんじゃなかった、こんな金持ちの道楽なんかに……」

再びの溜め息と共に警備八号《ガード・エイト》が振り返る。そこにはあの夢信アートが展示されていた。

〈ラヴリィ・ドーター〉。

夢の中にしか存在しないオブジェ。〝成長し続ける美鐘《びしょう》〟。

現在、警備八号《ガード・エイト》を含めた約三十名の警備員が、このアート作品の警備に配置されている。

「こんなものが十五億円……どうかしている。金を出すほうも、盗もうとするほうも」

【警備八号《ガード・エイト》、任務中の私語は慎め】

覚醒《かくせい》現実で指揮をとる、新たな警備統括《コントロール・ゼロ》のお叱りがヘッドセットに聞こえて、警備八号《ガード・エイト》は慌てて背筋を伸ばした。

「も、申し訳ありません……！」

【〈L.D.強奪未遂事件《先日の我が社の失態》〉、原因と責任は貴様の指揮能力不足にある。この上現場での勤務態度にも問題ありとなれば、もっと退屈な左遷先を宛《あて》がうことになるぞ】

「そ、それだけは……っ。格闘術には覚えがあります！　お任せください、何卒《なにとぞ》！」

息巻く警備八号《ガード・エイト》を見下すように警備統括《コントロール・ゼロ》の鼻で笑う声がして、通信が切れる。

格闘術に覚えがあるというのは本当だった。社内の柔道大会では三位に入賞したこともある。

くそが。どうせならもう一回襲ってきやがれ。とっ捕まえてギタギタにしてやる――警備の人間が出入りするだけの静かなホールで、警備八号《ガード・エイト》が一人血圧を上げていた、そのときだった。

コトンッ。コロコロコロ……。「……ん？」

警備八号《ガード・エイト》の足元に、灰色一色に着色された缶ジュースのような物体が転がってきて――

シュウウウウーッ。

突如真っ白な煙が吹き出し、次の瞬間には視界が完全に塗り潰《つぶ》されていた。

フラッシュバックする〈L.D.《ラヴリイ・ドーター》強奪未遂事件〉の記憶。警備員たちが『まさか』と口を揃《そろ》える状況に、最も衝撃を受けていたのは警備八号《ガード・エイト》だった。

とある〈悪夢《ノイズ》〉が発生させる通信妨害《ジャミング》の霧。〈L.D.《ラヴリイ・ドーター》強奪未遂事件〉はその霧を利用した犯行だったと特定済みだった。対策としてホテルの警備につく人員には、その霧を無効化する

ようパラメーター調整の施された通信機と特殊ゴーグルが支給されていた——しかし、

「違う……これは、霧じゃない……煙幕だ！」

〈悪夢《ノイズ》〉の霧なんていう変わり種ではない。それは至極単純な煙幕。さっき足元に転がってきたのは発煙手榴弾《スモークグレネード》だったかと、警備八号《ガード・エイト》は歯噛《はが》みする。

「警備統括《コントロール・ゼロ》、侵入者の可能性あり！　煙幕で何も見えないッ……」

【馬鹿な!?　〝ラビッツ・フット〟は全域が封鎖中だ、不審者の接近は報告されていない！】

「なら今のこれは何だというのだ！　誰も近づけていないと、間違いないんだろうな!?」

【関係者以外の立ち入りは大庭園も含めて厳重に禁じている、当然だ！】

そして警備統括《コントロール・ゼロ》の言葉が続き、

【この三十分で検問の通行を許可したのは、ミスターFとユリーカお嬢様、それと——】

そこから先を、遮ったのは、

「——れってぃぃーす！　えぇーんどぅっ！　じぇんっ、とるめんっ!!　よーほーほーっす！」


煙幕の向こうから、陽気な声が響き渡った。

「こ、この声は……っ!?」

「大変長らくッ……お待たせいたしましたっす!!」

晴れてゆく煙幕のなか、警備八号《ガード・エイト》は、ステージ上でお辞儀する二つの人影を見た。

それはスカイブルーのスーツにナイトキャップ。そして悪夢にも見た、あの仮面。

「皆様の熱いアンコールにお応えし！　我ら再びッ！　この場へ参上いたしますぇぇ……──」

「〈アトリエ・サンドマン〉だっ！　野郎ッ、絶対に逃がすな！　かかれーっ!!」

その口上が終わらぬうちに、警備八号《ガード・エイト》を含めその場に居合わせた全警備員が銃を抜いた。

「どわぁ!?　それは御法度《ごはっと》ッ！　登場バンク中に襲いかかる奴があるかーっ!!」

警備員たちは容赦なかった。サンドマンの訴えになど聞く耳持たず、一斉に拳銃を撃ち放つ。

「よほ!?　よほっ、よほほほほいっとぉ！」

二人のサンドマンが銃弾を避け、タップダンスを踊るかのようにステージ上で跳ね回る。

「〈ラヴリィ・ドーター〉には当てるなよ！　脚を狙え、脚を！」

「えぇい……！　さっきからなんちゅう卑怯《ひきょう》な手を使うんすかっ！」

女の声でそう毒突いて反撃に出たのは……何だか随分ちんちくりんなサンドマンだった。

ジャキリッ。パパンッ。

しかしその見た目に反し。それは流れるような、二丁持ちのハンドガンによる二連射だった。

「うあっ！」「ってぇ!?」

ホールに呻《うめ》き声が響く。二名の警備員が上げたもの。ポトリとその場に落ちたのは、

「何だ……？」「ゴム、弾？」

それは訓練用の軟質弾頭。現実でも殺傷能力のないゴム弾だった。

「やっぱゴム弾一発程度じゃ無理っすか……なら、これでぇ！」

パパンッ、パパンッ。続いてサンドマンが撃ち放ったのは、二丁拳銃による四連射。

「ぐわっ――」「ぎえっ――」――ジリジリッ、プツン。

呻《うめ》き声の断片を残し、ヘッドショットを喰《く》らった警備員二名が消失した。

たとえゴム弾といえど、連続で被弾すれば強制覚醒《かくせい》へと至る精神負荷量《ダメージ》に達する。

「ちぃっ……一人捕らえれば十分だ！　チビのほうは排除しろっ‼」

警備八号《ガード・エイト》と残った警備員たちが、ちんちくりんのサンドマンへ狙いを集中させると、

「させませんよ。ショーは始まったばかりです」

ピユゥーウイッ。ステージ上のもう一方、男の声をしたサンドマンが指笛を吹いた。

ズバンッ――「ぎゃっ――」

背後で悲鳴。警備八号《ガード・エイト》が振り返ると、そこには打刀《うちがたな》を構えた三人目のサンドマンがいた。

「よーほーほー……ごめんね、峰打ちなんダヨ」

「う、うわぁっ⁉　どこから⁉」

自陣の只中へ突然の敵の出現。慌てた警備員が数名、打刀のサンドマンへ銃を向ける。

「馬鹿やめろ！　友軍誤射《フレンドリー・ファイア》になるぞっ‼」

警備八号《ガード・エイト》が怒声を張るも、自制の間に合わなかった一人が引き金を引いてしまっていた。

パンッ！　……続いたのは被弾の呻きではなく、天井から降ってくるシャンデリアの破片で。

「ダメよ？　あなた。味方に向けて銃なんて撃っちゃあ」

それは四人目。背後から忍び寄ってきた黒髪のサンドマンが、警備員の腕を捻《ひね》り上げていた。

続いてズダンッと、黒髪のサンドマンが警備員の首筋へ手刀を打ち込む。警備員は「アッ」と喘《あえ》ぎ声を一つ漏らすと、白目を剥《む》いてジリジリと砂嵐へ消えていった。

「メイ――じゃなかった。これこれサンドマンBや、そんな強くしちゃメなんダヨ？」

「だって難しいわ……普通の人を、加減して倒《夢信症にさせずに起こす》すなんて」

それは圧倒的戦力差だった。気づけば大ホールを警備していた人員は既に四名が強制覚醒《リタイア》。

「こ、こちら警備八号《ガード・エイト》！　サンドマンの襲撃を受けている！　至急応援をっ!!」

「ぐえっ！」「うがっ」「ぬぐっ!?」「うぼっ！」「おあっ」「ぶべっ！」「あぐっ」「ごばぁっ!?」

警備八号《ガード・エイト》が増援を呼びかけていると、周囲からそんな悲鳴の多重奏が聞こえて、

「え……は……？」

顔を上げた警備八号《ガード・エイト》が見渡せば、まだ二十名以上残っていたはずの警備員たちが、軒並み倒れて砂嵐へと溶けていく真っ最中であった。

気づいたときには、この場に残る警備員は警備八号《ガード・エイト》だけになっていた。

「はぁーっ……はぁーっ……！」

十年のキャリアを持つ警備八号《ガード・エイト》にとって、しかし眼前に広がる光景は全く未知の世界だった。

夢の世界の特殊能力、〝夢信特性《むしん》〟を発現させる者は希《まれ》である。高レベルとなれば尚のこと。

そんな化け物どもが、この場にこんなうじゃうじゃと。

戦いの次元が違う。住んでいる世界が違う。視えているものが、そもそも違う。

恐らく今、この場で何が起こっているのか——それすら自分は理解できていないのだろう
と、警備八号《ガード・エイト》はただ、己が無知であるということだけを理解する。

「……後は、あなただけです」

そして背後に、若い男の声が——この集団のリーダーと思《おぼ》しきサンドマンの声がして。

警備八号《ガード・エイト》は振り向きざま、両手を熊のように掲げて構えていた。

それは動物的な本能。自らの身体をわずかでも大きく見せんとする威嚇《いかく》行為であった。

勝機を感じていたわけではない。ただ、化け物相手に抗《あらが》ってみせようと思った。

社内柔道大会、三位入賞。そのオレにどこまで行けるのか、届くのか、確かめてみせようと。

——これが。ここからの数十秒が。この一瞬一瞬が。オレの物語だッ。

「……うおぉぉぉぉおおおおっ！」

警備八号《ガード・エイト》の巨体が駆けだし、リーダーのサンドマンへ摑《つか》みかかった！

ポコーンッ……それはわずか一秒後、警備八号《ガード・エイト》の股間が蹴り上げられた衝撃だった。

「ッ……うごぉぉぁぁあっ⁉」

警備八号《ガード・エイト》がひっくり返る。夢の中の痛覚フィルターを用いても涙が出てくる痛さだった。

「すみません、今、時間が惜しくて。あなたに構ってる暇ないんです。……その、すみません」

精神負荷、限界突破。警備八号《ガード・エイト》の物語が、ものの三秒で幕を下ろしていった。


厳戒態勢の敷かれていたホテル〝ラビッツ・フット〟に、静寂が下りていた。

〈ラヴリィ・ドーター《夢信アート》〉を警護していた三十余名の警備員は、五分とかからず全滅していた。

それをやってのけたのは、わずか四人の仮面の道化たち。

「……第一目標クリア。警備部隊の排除を完了」

リーダー格のサンドマンが、仮面に手をやり、

「もういいですよね、蛭代《ひるじろ》先生」

サンドマンの仮面を外して、瑠岬《るみさき》トウヤがヘッドセットへ語りかけた。

【オーッケーイ。大乱闘仮装パーティー、思ってたより楽勝だったわねェ？】

移動式夢信管制室《覚醒現実側》から状況をモニターしていたナリタの声を合図に、一同が服装を改める。

「ぷはっ、まさか〈L．D．強奪未遂事件《この前と同じ状況》〉を、敵側の立場で追体験することになるとは思わなかったっすね。よーほーほー！」

「うい、『毒をもって毒をせーす』ってやつなんダヨ」

「『警備チーム《邪魔者》はサンドマン《邪魔者》で排除すればいい』……いかにもシノブの考えそうな作戦ね」

仮面とスーツとナイトキャップを脱ぎ捨てて、その下から着慣れた黒の軍服調の戦闘服を露《あら》

わにした〈貘《バク》〉たちが、無人となったホールに立つ。

【名づけて〝偽サンドマン作戦〟。アタシたちからGD社へ、愛を籠《こ》めた意趣返《プレゼント》しってわーけ】

それが此度《こたび》の事案において、亜穏《あのん》シノブが考案したシナリオだった。

〈ラヴリィ・ドーター〉を破壊したい〈鴉万《からすま》産業〉と。

〈アトリエ・サンドマン〉に制圧された〈夢幻S・W《セキユリティ・ワークス》〉を解放したいトウヤたちと。

そして、〈ラヴリィ・ドーター〉が諜報《ちょうほう》装置であるという素性を隠すため、〝窃盗被害に遭いかけた夢信《むしん》アート〟として警備と好機の目を集めておきたかったFたち。

それら三者の思惑がぶつかり合い、ここに二週間前《L・D・強奪未遂事件》の状況が再現されたのだった。

【そしてこっからが、前回とは違う展開よォ。邪魔が入る前に、とっととやっちゃいましょォ】

「了解。〈ラヴリィ・ドーター〉を破壊します。この場で、確実に」

ピンッ。手榴弾《しゅりゅうだん》の安全ピンを抜いたトウヤが、腕を振りかぶって投擲《とうてき》動作に入った。

そのとき――

「――《囚われの箱《ジャック・イン・ザ・ボックス》》……Case/C-015」

大ホールの外、正面ロビーへと繋《つな》がる扉の向こうから、人間の声がして、

「アォォ……ッ」と、人ならざるものの唸《うな》り声がそれに続いた。

グッニャアァ！

「うっ……!?」

トウヤの動きが、突如スローモーションになった。

それは左右非対称の歪《いびつ》な姿をした人形《ひとがた》〈悪夢《ノイズ》〉、Case/C-015《トロイランナー》。

大ホール内に出現したその〈悪夢《ノイズ》〉は、半径三十メートル内の動く物体に襲いかかる。展開されるフィールドは空気の粘度を極大化させ、まるでトリモチのように獲物に絡みつく。

スローモーションになったトウヤの手から手榴弾が離れない。信管はすでに作動済み。

すなわち――

「トウヤ！」「先輩！」「瑠岬《るみさき》くん！」と、声を上げる仲間たちへ横目をやって、

「ッ……離れろ……俺から！」

トウヤがそう叫んだ直後――――ドガァンッ!!

手榴弾を握ったままだったトウヤが、自らの引き起こした爆発に巻き込まれた。

それに合わせて、通路の暗闇《くらやみ》から聞こえてきたのは、コツッ……コツッと杖をつく音。

「――ヨー、ホー、ホーゥ……なるほど、確かにこれは、ニンジャどもが好みそうな展開だ」

その悪夢的な笑い声を伴って、五人目の――本物のサンドマンが現れた。

道化の象徴たる笑う老人の仮面に、頭にはナイトキャップではなく礼装用の山高帽《ボーラーハット》。スーツの色はスカイブルーではなく臙脂《えんじ》色。そこへまるで炎のような深紅のコートを纏《まと》って。

「『サンドマンが現れた』と聞いて駆けつけてみれば……役者を変えてのアンコール上演といったところか。だがね瑠岬くん、花火を上げるには、ちと気が早すぎるのではないかな？」

コートのサンドマンが仮面を脱ぎ捨て、ミスターFが素顔を晒《さら》した。

「……そうでもありませんよ、Fさん」

ゆらり。手榴弾《しゅりゅうだん》の爆煙の中から、無傷のトウヤが姿を見せる。

「こうすれば、あなたが食いついてくるだろうって……それも亜穏《あのん》さんのシナリオどおりです」

「ふむ……君にはミス犀恒《さいづね》を餌に出てきてもらうつもりだったが、逆に引きずりだされたか」

「レンカさんと、会社の人たちは」

「安心したまえ、手など出してはおらんよ」

トウヤと向かい合ったまま、杖を正面についたFが肩を竦《すく》める。

「瑠岬《るみさき》くん。経緯はどうであれ、こうして君と夢の中で再び相見《あいまみ》えることができた――既に僕の目的は達成されている。ゆえに〈夢幻S・W《セキュリティ・ワークス》〉に、もう利用価値はない」

「Fさん……あなたは、身勝手な人です……一体どれだけの人を巻き込んだと思って……」

「生憎と、僕の中の天秤は常に一方へ傾いている。この世でそれに釣り合うものは存在しない」

沈黙が降りた。この場にいる全員が、身じろぎ一つしない沈黙だった。

聞こえてくるのは、動く者はいないかと大ホールをフラフラ彷徨《さまよ》う《トロイランナー》《Case/C-015》が立てる、「アォォッ、アォォッ……」という唸《うな》り声だけ。

「もうCase/C-015《それ》は用済みだ――後片づけはお前がやれ」

Fが、振り返りもせずに背後の暗闇《くらやみ》へそう告げた。

「はい、仰せのままに」

この場に響いた六人目の声が、言葉少なに応じる。それから——ズルロッ。

暗闇の向こうから伸びてきたのは、軟体質をした無数の触手だった。

触手の群れが《トロイランナー》へと殺到する。〈悪夢《ノイズ》〉の全身へウジュウジュと絡みつき、締め上げて、メキッメキッと握り潰《つぶ》していく。

やがて「アォォッ」と断末魔が聞こえて、全身をおかしな形に折り曲げられた《トロイランナー》が息絶える。そこへ這《は》い寄っていく人影があった。

「あぁー……」——ガブリッ。グチャッ、グチャッ、グチュッ、ブチブチッ、ズルルッ。

黒い紳士服にシルクハット姿のサンドマンが、四つん這いになって〈悪夢《ノイズ》〉に食らいつく。

その醜い喰《く》いっぷりにメイアが顔を顰《しか》め、ヨミとウルカが揃《そろ》って「うっ」と口に手をやった。

「……ユリー、カさん……」

悪食男爵《あくじきだんしやく》——ユリーカのそんな姿を目の当たりにして、トウヤが言葉を詰まらせる。

「……信じられませんか？　瑠岬さま……」

カラランッと仮面が転がり、はらりと二本の金髪が垂れる。

「これが私の本性ですの……うふふっ、醜いでしょう？」

トウヤは吐息を震わせるだけで、何も言わない。

「見苦しいのは多めに見てくれたまえ。こうすることだけが義娘《むすめ》の利用価値なのでね」

Ｆのその言葉を聞いて、トウヤの目つきが険しさを増した。

「……義娘《むすめ》……義理の娘、ですか……」

そんな青年の目を覗き込み、「ふむ……？」と唸《うな》ったＦが顎《あご》を撫《な》でた。

「………どこまで聞いた？　瑠岬《るみさき》くん……」

その問いにトウヤは答えない。沈黙が答えだと言わんばかりに、ただＦのことを睨《にら》み続ける。

天を仰いだＦが、「あぁ……」と溜め息を吐《つ》き、困ったふうに首を振った。

〈鴉万《からすま》産業〉め、まさかそこまで辿《たど》り着かれていたとは……まるで墓荒らしだ。他人《ひと》が必死になって葬った過去を容赦なく掘り返す。極悪非道だ。おおよそ人のやることじゃあない」

「あんたらが、言えたことじゃないでしょうがよ、そんなこと……！」

そこへ、痺《しび》れをきらしたウルカが呻《うな》り声を上げた。

「薪花《まきはな》さま、そんな酷《ひど》いことをおっしゃらないで。お義父《とう》さまは、ずっとずっと傷ついてこられたのですから」

淡々としたユリーカが、感情的になっているウルカを諭そうと一歩踏み出すと——

ズドンッ……！　ユリーカの足元に、弾痕が穿《うが》たれた。

「寄るんじゃないっすよ、嘘吐き……っ！」

ジャキリッ。ウルカがハンドガンの照準を合わせたまま語気を強める。

「信じてたんすよ……いい人だって。お父さん思いの子だなって。夏休み、楽しみにしてたんすよ、あたし！　なのに、全部嘘だったんすか!?〈獣の夢〉が目当てなだけだったんすか!!」

ウルカの威嚇《いかく》射撃に、ユリーカがぴたりと身体を止める。それを見ているFも沈黙する。

次の瞬間、目にも止まらぬ動作でユリーカがトウヤへ向かって銃を抜き、Fが懐の拳銃をウルカへと向けた――そしてその動作と、全く同時に。

ビタァッ――「ダメよ？　今はお話し中だもの」

ピィィン――「今度は、峰打ちじゃすませられないんダヨ」

ユリーカの鼻先に、メイアの拳《こぶし》。Fの首筋に、ヨミの打刀《うちがたな》が突きつけられていた。

六人が、互いを牽制《けんせい》し合う膠着《こうちゃく》状態。空気がピンと張り詰める。

「答えろよ！　答えてくださいっすよ……何で、あたし………友達に、銃なんて向けてんすかぁ……っ」

涙目になっているウルカへ、俯《うつむ》いて目許《めもと》を隠したユリーカが口を開く。

「……私は――」「それの発言に意味などない」

そこへユリーカの言葉を遮り、Fの冷たい声が割って入った。

「僕の過去に触れたことについては遺憾だが、その分話は早い。わかるだろう？　それは忌み子、悪夢の子だ。命令に忠実なだけの得体の知れない何かだ。意見を聞いたところで何になる」

スピーチ慣れしたよく通る声で、Fが続ける。

「薪花くん、きみの質問に答えよう――〝イエス〟。ユリーカがきみたちにしてきたことはすべて嘘、欺瞞《ぎまん》だ。きみたちが手に入れた〈獣の夢〉の力を得たいがためにやってきたことだ」

「あんたには、訊《き》いてないっすよ」

「言っただろう？　ユリーカの言葉に意味など――」

「あんたには訊いてないって！　言ってんでしょうがよッ!!」

「……。やれやれ……まったく、これだから子供との会話というやつは苦労する」

Fが首を振ってみせると、今度はヨミが口を開いた。

「うい……ヨミ、今ちょっと、Fさんのこと嫌な感じがしてるんダヨ」

「そうかね？　僕も首筋にこんな打刀《物騒なもの》を当てられているといい気はしないよ、那都神《なとがみ》くん？」

「……ヨミね、別荘で花壇をいじって泥んこになってるFさんと、楽しそうにお料理してるユリーカちゃん見て、いい家族だなぁって思ってたんダヨ」

「あぁ、いつサーシャが戻ってきても良いように、別荘の庭はどこも念入りに手入れしている」

「……ユリーカちゃんが、いたんダヨ？　すぐ傍《そば》でずっとFさんのこと、見てたんダヨ？」

「あれはどうでもいい。妻《ヘレナ》の料理を真似《まね》ようとするままごとにもうんざりだ」

「……。……うい……やっぱりヨミ、Fさんのこと嫌いになっちゃったんダヨ……」

「…………」

そんなFとヨミの会話を遠目に見ていたユリーカが、二丁目の拳銃をヨミへ向けようと、空いているほうの手をそっと懐へ運んだ。

「今はお話し中よって、言わなかったかしら？　馬鹿なの、あなた？」

それを見咎《みとが》めたメイアが、ユリーカの眼前に拳《こぶし》を構えたまま警告を発する。

「一応言っておくけれど、この位置からでもわたしのパンチ、普通の人なら一発《強制覚醒》よ？」

「……うふふっ、お生憎ですわね？　私は普通の人間なんかではありませんわ。一応言っておきますけれど、呀苑《がえん》さま。あなたのほうこそ、私の能力範囲《射程距離》に入っていましてよ？」

魔女と忌み子が見つめ合う。そこにはFとトウヤたち以上の、一触即発の空気があった。

「……そういえば……あなたとはあんまり、直接お話をしたことがなかったわね、ユリーカ？」

「ええ。私、あなたのこと避けてましたから。あなたのほうこそそうでしょう？　呀苑さま？」

ユリーカのその言葉に、メイアが小首を傾げて自分の胸に手を当てる。

「……。言われてみれば確かにそうね？　あなたのことを見ていると、胸とお腹の間がブヨブヨするもの。すごく気持ち悪い感じがするわ？」

「……うふふっ！　同感ですわ。私もあなたを視界の隅に入れてるだけで、身体の内側がブヨブヨブヨブヨブヨ……！　あぁっ、嫉妬《しっと》が、やきもちが……妬ましくて妬ましくて、気がおかしくなってしまいそうっ！」

メイアが瞬《まばた》きもせずじっと睨《ね》めつけ、ユリーカが挑発するように舌舐《したなめず》りしてみせた。

【……瑠岬《るみさき》くぅん？　やばぁい、あっち修羅場ってるわよぉ？】

覚醒《かくせい》現実から〈獏《四人》〉をモニターしているナリタの声が身震いするのを聞きながら、そしてト

ウヤはといえば、依然としてFとの睨《にら》み合いを続けていた。

窒息しそうな沈黙の中で、何十秒という時が流れていく。〈ラヴリィ・ドーター〉の歯車だけが、カチカチと鳴いて無限の変形を繰り返していく。

「……〝門〟を、開きたい。協力してはくれないだろうか」

口火を切ったのはFだった。

「夢信《むしん》空間とは、喩《たと》えるなら広い海に浮かぶ小さな浮き島だ。機械の見る夢も、我々一人一人の意識も、〝集合無意識の海〟の上に漂っているにすぎない。サーシャは、その〝海の底〟へ沈んでしまったんだ。僕が作った人工頭脳《ガラクタ》のせいで」

ポタポタ、ポタポタ。いつの間にか、Fの両目から涙が流れていた。

「サーシャの魂を取り戻すため、〝海の底〟へと至るために、〈獣の夢〉の力が必要なんだ」

Fは微動だにせず、声のトーンも一切変えず、無表情のまま、ただ涙だけを流し続ける。

それはあらゆる感情を涙で流し尽くして、最後に生理反応だけが残った、虚無の涙だった。

「瑠岬《るみさき》くん。君はただ、僕らに代わって〈獣の夢〉に願ってくれさえすればいいんだ。〝サーシャの所へ連れていってください〟と。報酬はいくらでも出す。〈夢幻S・W・《セキュリティ・ワークス》〉も解放しよう。〈ラヴリィ・ドーター〉も放棄する。きみたちに今後一切危害は加えないし、二度と姿も見せないと誓う。サーシャが戻ってきてくれるなら、僕は命だって惜しくはない……どうか、どうだろうか」

富も名声も権力も、誰もが欲するこの世のすべてを手にした男の、それが唯一の願いだった。

「…………」

皆がじっと見守るなかで、Fを見たまま、トウヤが目を閉じる。

「…………俺には――」

そして。すべての鍵を握るトウヤが、沈黙を破る。

「俺には、未だにわからないんです……あなたたちが、悪い人なのかどうかすら」

ふぅー……っと、重い息を吐き出して、

「今までは〈悪夢《ノイズ》〉が相手だったから。サンドマンが相手だったから。〝敵〟だって、はっきりしてたから。だけどあなたたちの話は聞けば聞くほど、誰が敵なのかわからなくなってくるんです。そもそもこの事件、敵なんていなかったんじゃないかって」

ギシと、トウヤの拳《こぶし》に力が入る。

「一つだけ。訊《き》かせてください」

やがて。トウヤがぱちりと目を開けた。

「仮に。〈獣の夢〉の力で〝門〟とかいうのを開いたとして。……ユリーカさんは、どうなるんですか」

Fが平淡な声で答える。涙はもう流れてはいなかった。

「あれのことは考える必要はない。夢から覚めれば悪夢は終わる、ただそれだけのこと。〝門〟

が開けばサーシャが戻ってきてくれる。ユリーカは消える。全ては元通りだ。――ユリーカも、それを望んでいる」

「…………そうですか……」

それだけ言うと。トウヤは、握っていた拳を緩めた。

ちらと、トウヤが今一度ユリーカを見る。

Fによれば自らも消えることを望んでいるのだという少女は、俯《うつむ》いて表情が見えなかった。

「…………」

そして、Fに向き直ったトウヤが、口を開いた。

「――――――――――――いや、いやです」

「！」

はっと、ユリーカが顔を上げたのがトウヤの目の端に見えた。

トウヤのその返答にFは無反応だった。その無表情と沈黙でもって、トウヤの言葉を促す。

「Fさん。俺は、あなたのために〈獣の夢〉には願いません」

「…………」

「あなたがいくら愛娘《まなむすめ》を――サーシャさんを想っているんだとしても。俺は、目の前にいるユリーカさんのことを全然見てないあなたみたいな人の願いは、聞きたくなんかない」

トウヤの返答を聞き終えても、Fの表情に変化はなかった。

「………るみ、さき、さま………」

ユリーカだけが、声を震わせていた。

「…………そうか」

やがてFが、ついていた杖を、コツンッと鳴らして――――転瞬、

「――……失望したよ」

カチカチカチカチカチカチ！

トウヤの目の前に、無数の歯車が押し寄せた。

〈ラヴリィ・ドーター〉がFの殺意に呼応して、トウヤへと襲いかかったのである。

それを迎え撃ったのはヨミと、外套《マント》の内からライフルを取り出したウルカだった。

「うい……こーしょーけつれつってやつダヨ」

「むぅぅ～～ッ！ ムッカムカきてたんすよ！ 一暴れするにゃちょうどいい相手っす！」

〈ラヴリィ・ドーター〉の一撃を打刀《うちがたな》とライフルとで受けきって、二人が戦闘態勢をとる。

その横で、ユリーカの身体の一部が異形と化した。

「――うあぁぁぁぁぁぁぁああああぁあっっっ!!!!!!」

少女の叫びが響いて――ガッッッ!!

「あら……？ ……ふふっ。あなた、けっこう強いわね？」

トウヤへ向け、獰猛な鉤爪を振り下ろしたユリーカの一撃を、メイアの拳《こぶし》が相殺する。

【言葉の出る幕は終わりかァ……いよいよ、力にものを言わせるしかなくなっちゃったわねェ】

道理もなく、ただ感情が火花を散らすさまを見て、ナリタが声を強張《こわば》らせた。

『〈アトリエ・サンドマン〉、ホテル〝ラビッツ・フット〟を再襲撃』――その一報が駆け巡り、警備チームの増員が駆けつけるまでに要す時間、およそ十五分。

その空白の十五分が、彼らに与えられた猶予だった。

ボォーン、ボォーン――ボォーン、ボォーン――ボォーン、ボォーン。

それは真夜中の夏の夢。出会いと別れを数えるように……鐘の音が響く。


≫≫ホテル〝ラビッツ・フット〟、大庭園。

バリィインッッ!!!

「――うあああぁぁぁぁぁぁぁぁああああぁぁぁぁああ!!!!」

その絶叫が響いたと同時、窓ガラスを砕いてトウヤとメイアが屋外へ飛び出した。

二人を追って窓際からワラワラと溢《あふ》れ出たのは、人の背丈の数倍はある、長大な八本の〈悪夢《クモ》〉の脚。

獲物を逃がした蜘蛛《くも》脚が引き戻ると、それに代わって姿を現したのは金髪碧眼《へきがん》の少女だった。

「フゥーッ……フゥーッ……」

ユリーカ・ファイ・ノバディが、昂ぶる感情に肩を上下させる。

グルリ。割れた窓辺に立ったまま、ユリーカが足元のトウヤを見下ろした。

「フゥーッ……。どうして……どうして、あんなことを言ってしまったのですか、瑠岬《るみさき》さま！」

「っ……俺は、俺の選択が、間違いだなんて思ってない……」

頭に被《かぶ》ったガラス片を振るい落としながら、トウヤがゆらりと立ち上がる。

「だって、そんなこと……。俺たちが出会ったのは、サーシャじゃなくてユリーカさんだから。どんな理由だったとしても、〝消えてしまえばいい〟なんて……そんなこと、思えないですよ」

「嘘を吐《つ》いていましたのよ!? あなたたちを罠に嵌《は》めましたのよ!? 頭の中を……覗き込んででさえいましたのよッ!?」

「それは許せないですよ。正直、裏切られたって思ってます」

「だったらッ――」

「だったら何ですか。何だって言うんですか。それとこれとは関係ないですよ……俺は願わない。《頭蓋《ずがい》の獣》は、絶対に使わない」

「ッ……そんな強情を張って、どうだというのです!? あなたにこそ関係ないでしょう! あなたの人生に、たった二週間前に現れたばかりの、嘘と欺瞞《ぎまん》でできている私なんてッ！」

「自分を偽らないと生きていけないほどの絶望なら、俺も知ってます」

ギロと、今度はトウヤのほうがユリーカを見上げていた。

「でもユリーカさん。俺は、あなたのことは、まだ何も知らないんですよ……」

　そう言い放ったトウヤの目には、怒りの火が燃えていた。

「出会ってから今日までのあなたが、どこまでが本物のユリーカさんで、どこからが偽物だったのか。そんなこともわからないままなんですよ。それなのに、『本当の娘《サーシャ》のために私を消してくれ』？　馬鹿じゃないんですか。そんな寝覚めの悪いこと、できるわけないでしょう」

「ッ……。……瑠岬さま……」

　怒りと共に、トウヤの中で思い出が溢《あふ》れる。この二週間で経験した夏の日々が。

「サンドマンの人質にされて、怖がってたあなたは偽物《演技》だったんですか。クラスAを倒すために、一生懸命がんばってくれたあなたは偽物《計画どおり》だったんですか。遊覧船で『あなたともう一度ふれあいたかった』って言ってくれて、夜の浜辺で手作りのおいしいレモネードをくれたあなたも、全部全部――――」

「偽物《うそ》なわけ、ないじゃないですかッ!!」

　ユリーカが、声を震わせて叫んでいた。

「……本当に嬉しかったんです、瑠岬さまが助けに来てくれて。本当にがんばったんです、〈悪夢《ノイズ》〉をやっつけようとする〈貘《皆様》〉のお力になりたくて。瑠岬さま……本当に、あなたにもう一度お会いしたくて……私のことを、もっとあなたに見てほしいって、そんな気持ちで胸がいっぱいで……ッ」

人形のように整っていた顔をくしゃくしゃにして、ユリーカの想いが溢《あふ》れていく。

「時間をかけてきた計画だったのに、皆さまと出会ってから私はグチャグチャで……でも、計画だけは進んでいって……私だって！　どうしたらいいのかわからないんですのよッ!!」

「だったら！　あなたのほうこそもうこんなことやめてくださいよ、ユリーカさんッ!!」

トウヤは必死に訴えた。「あの二人《Fとユリーカ》のためにも、《頭蓋《ずがい》の獣》を使うわけにはいかない」と意気込んだ想いを、今この場で自分の言葉へ昇華させて。彼女の心へ、届いてくれと。

けれど。

「……それだけは、できませんわ……絶対に」

たった今まで取り乱していたはずのユリーカが、その言葉にだけは決して揺るがぬ意志を宿して、断言していた。

「ッ……どうして……ユリーカさん、何があなたをそこまで——」

「全部お聞きになったでしょう。ご覧になったでしょう。私の過去を。この醜い夢信《むしん》特性を」

ズチュッ、メキメキッ。ユリーカが身をよじると、少女のか細い身体が歪《ゆが》んでいく。

「私は忌み子……このサーシャの身体に生じた、まったくの別人格です。私の能力《私は誰《ミス・ノーバディ》》は、こうして喰《く》った〈悪夢《ノイズ》〉を自分の身体の一部にできます。これこそが私が空っぽで、誰《ノー》でもない《バディ》という証拠です」

ボコボコとユリーカの背中に醜い瘤《こぶ》が膨れ上がり、それを突き破って蜘蛛《くも》の脚が生える。

「私の人格《中身》も、夢信特性《これ》と同じ〈悪夢《ノイズ》〉なのではないかと……必死に否定し続けて、けれど頭の隅ではそうなのかもしれないという不安がちらついて、ずっとずっと苦しくて……そんな私にとっては、消えることこそがッ。この身体を、サーシャに返すことこそがッ。それが唯一はっきりしていることなのです……！　それが空っぽの私を繋《つな》ぐ、たった一つの縁《よすが》ッ!!」

ガギリッ！　ユリーカの蜘蛛脚とトウヤの抜いたナイフとが、激しく競り合い火花を散らす。

「悪夢は生まれたその瞬間から、消える運命にあるのです……私は、その使命を全うしたいだけなのに……それすら私から取り上げようとするあなたは……本当に、酷《ひど》い人です……」

「ッ……ユリーカさん……！」

「あなたが〈獣の夢〉を喚《よ》んでくれないというのなら、喚ばせるまで」

ユリーカが背中の蜘蛛脚を蠢《うごめ》かせ、壁を伝って大庭園に降り立つ。

「穏便にすませたかった……こんな姿を、あなたに見せたくはなかった……消えるしかないこの私を、せめて綺麗《きれい》な私のままで、あなたの思い出の片隅に残していてほしかった……。何度もチャンスはあったのに……もう無理ですわ……もう、こうするしかありません……」

「……それが、あなたなんですね、ユリーカさん」

「ええ、もう私に、嘘も欺瞞《ぎまん》もありません……うふっ、あぁ不思議……あんなに見せたくないと思っていたはずなのに、あなたに私のすべてを晒《さら》して、今私、とてもとても昂《たか》ぶってしまっていますの……！」

「……ユ、リ、ー、カ……っ！」

右手にナイフを、左手にアサルトライフルを構えたトウヤが、傍らへ視線を向ける。

「──やるぞ、メイア……それでいいよな」

チィイ……っと、トウヤの横に並んだメイアが、革手袋のジッパーを閉める。

「ええ……わたしも、この子とのことははっきりさせたいわ」

「あぁ……呀苑《がえん》メイア……」

並び立つ二人を見つめて、ユリーカが蜘蛛《くも》脚で自分の顔を包み込む。

ユリーカの中でゴボゴボと激情が噴き出した。トウヤの隣《あなた》に、どうしてユリーカ《わたし》はいないのでしょうと。トウヤの特別《あの人》を、どうしてメイアなんか《あなた》が独り占めにしているのでしょうと。

「赦《ゆる》せない……あぁ、何て、何て…………妬ましい……ッ」

少女の心が暗い炎で燃え上がる。ユリーカの傍らに、ふわりと黒い箱が現れる。

「お義父《とう》さま……ユリーカに、力をお貸しください……《囚われの箱《ジャック・イン・ザ・ボックス》》よ！」

誰もいない大庭園に、遠くから人々の笑い声が風に乗って聞こえてきていた。

やがて風が止み、不気味な静寂が辺りに降りる。

「「「…………」」」

優雅に河面を滑ってゆく遊覧船の、のんびりとした汽笛の音が、その合図だった。

ポーッ、ポポーッ。

――――――――――ドゴォッ!!

強靱な踏み込みと軽やかな跳躍で、宙に飛び出たメイアが拳《こぶし》を振り下ろし、芝生を抉《えぐ》る。

その頭上、背中の蜘蛛脚をバネに飛び上がったユリーカが、空中に翻った。

「――《私は誰《ミス・ノーバディ》》…モード：B-190」

蜘蛛脚をしまい込み、ユリーカが背骨から生やしたのは、幾本もの煙突管。

シュウウウウウーッ。

蜘蛛の〈悪夢《Case／B-190》〉の真骨頂、通信妨害《ジャミング》の霧がトウヤとメイアの視界を潰《つぶ》す。

「メイア！　対空防御！」

霧に埋もれた魔女へトウヤが告げて、ピンッとストッパーが弾ける音。

直後、トウヤが放った手榴弾《しゅりゅうだん》が頭上で炸裂《さくれつ》、爆風で周囲の霧を吹き飛ばす。

「この前と同じ手は喰《く》らわないですよ！」

「うふふっ！　ええ、存じておりますわ。一度は共に戦った、仲間ですもの！」

霧が視界を遮断していた数秒。その間にユリーカがトウヤたちと距離を開けて着地する。

メイアがそこへ追撃をかける。ユリーカが稼いだ距離を一瞬で詰める。

「無駄手間だったわね？　わざわざ能力まで使っておいて」

近接戦《インファイト》の射程に捉え、腰を落としたメイアが拳を構えた。

「わたし、トウヤを取られると困ってしまうの。だからユリーカ、沈んでちょうだい？」

ゴッ――握り込まれたメイアの拳《こぶし》が、残像を引いて射出された、その間際、

「――いいえ？　狙いどおりですわ？　……沈むのは、あなたのほうでしてよ」

――グッニャアァ！

「!?」

「《私は誰《ミス・ノーバディ》》…モード：C-015――アォオッ」

顔の半分を真黒《しんこく》の人形《ひとがた》に変質させたユリーカが、怨嗟《えんさ》の声を叫んでいた。

大ホール内で捕食した《トロイランナー《Case/C-015》》の能力、粘着フィールドがメイアの動きを止める。

「これ、は……さっき、トウヤが、やられた……っ」

「まだでしてよ？　――《私は誰《ミス・ノーバディ》》…モード：C-303」

ズルロッ。目玉の〈悪夢《Case/C-303》〉の触手が伸びて、メイアの全身に絡みつく。

「う……あッ……」

「うふふっ……あぁら、無様ですわねぇ呀苑《がえん》メイア？　ですけれど、まぁだまだ」

ユリーカの手元で、《囚われの箱《ジャック・イン・ザ・ボックス》》がぱかりと開く。

箱の中から、何か大きな、魚の鰭《ひれ》の一部が飛び出した。

ガブリッ。ブチィッ。グチャグチャ、ゴックン。

触手に締め上げられていくメイアの前で、新たな〈悪夢《ノイズ》〉を喰《く》ったユリーカがにやりと笑う。

「《私は誰《ミス・ノーバディ》》…モード：B-237――――グオオオーンッッ!!」

それは空飛ぶ怪魚、《スカイデカイフィッシュ《Case/B-237》》の能力。

その鳴き声に含まれる特定の周波数は共振現象を引き起こし、対象を内部から破壊する。

ドクンッと、音の塊がメイアを直撃した。

「ごぶっ……!?」

身体の内側。骨と内臓を強制振動させせられて、メイアが呻《うめ》き声を上げた。

夢でなければ、内臓破裂と粉砕骨折で人体ミキサーになりかねない衝撃。

「うふふ、うふふふっ……！　あぁ、これでもまだ起きない消えない《いだ》なんて、なんて頑丈な女！」

ビクビクと痙攣《けいれん》するメイアを撫《な》で回し、ユリーカが恍惚《こうこつ》の表情を浮かべる。

「よくってよ、よくってよ……！　嬲《なぶ》りがいがありましてよッ!!」

メキッ、メキッ……！　ユリーカが更なる追撃をかけ、触手を締め上げていく。

「あッ……ガッ……ッ！」

「アハハハッ、いい気味ですわ、ざまぁありませんわ!!　瑠岬《るみさき》さまの特別を独り占めにしやがったのですからッ、これぐらい虐《いじ》めて差し上げませんとォォッ！　アハハハ――アォッ!?」

それは頰《ほお》を紅潮させせたユリーカが高笑いした、次の瞬間だった。

ダダダッ、ダダダッ、ダダダダッ！　間欠的な発砲音。アサルトライフルによる三点バースト。

「メイアーっ！」

トウヤの放った弾丸が、ユリーカの左顔面、異形《トロイランナー》と化していたその部位を吹き飛ばす。

粘着フィールドが解除され、トウヤが二人の争う元へ猛ダッシュをかけた。

そんな青年の姿を見て、ユリーカの中にジリと嫉妬《しっと》の炎が猛る。

「あぁっ、何ていい気分……！　今私、とても気分がいいですわ！　見て、見てッ、もっと見て！　私の汚いところを全部見てッ!!　心が軽いのですッ、今まで経験したことがないくらい！　何の迷いもなくッ、あなたたちを妬んでいるのです！　瑠岬《るみさき》さまァァァアッ!!」

ユリーカが、ボロ雑巾《ぞうきん》のように絞り上げたメイアを引き寄せ肉の盾とした。

屈辱と恐怖を味わうがいい、瑠岬さまの弾丸で――ユリーカがそんな嗜虐《しぎゃく》の笑みを浮かべたのは、己の優位を確信していたからこそだった。

メイアは強制覚醒《リタイア》寸前で、トウヤの叫びはそんな魔女を案じてのことであると――その身を焦がす嫉妬ゆえ、そう理解しての肉の盾。メイアとの肉体的密着をよしとした判断であった。

そしてユリーカのその嗜虐心が、嫉妬が、状況判断が――彼女の足元に墓穴を掘る。

……ブチッ、ブチブチッ。ブチィッ！

触手が、目の前で引き裂けて、
ザッ……、黒い外套《マント》と長髪が、目の前に扇のごとく広がり、

「……え――」

「メイアーっ！　――いけぇっ!!」

トウヤの声は、救援の叫びではなく、反撃の合図で、

「なッ……!?」

空《くう》を裂くは、その身一つで兵器となす、無類無双の、魔女の鉄拳。

「――往生、なさいな……ユリーカ！」

ズッ――――――――――――――――――――――ドンッッッ!!!

「…………………………………えげッ……?!?!!」

先の音響兵器をも凌駕《りようが》する衝撃が、ユリーカの土手っ腹を突き抜けた。

カッ！　と目と口をいっぱいに開いて。腹に拳《こぶし》がめり込んだまま、ユリーカが棒立ちとなる。

「……一度は、一緒に戦った仲間だけどな、ユリーカ……」

追いついたトウヤが、再びメイアの隣に立って、

「たった一度で、能力頼りの素人に見切られるほど……俺もこいつも、生やさしくなんてない」

サァァァ……ユリーカが身に纏《まと》っていた異形が、霞《かすみ》に溶けて消えてゆく。

「ユリーカ。この〝やきもち《ブヨブヨ》〟は、とっても気持ち悪いけれど……こんな複雑な気持ちを教えてくれたあなたには、感謝しているわ?」

一撃必殺……トウヤとメイアの言葉に触れながら、この場へ嫉妬の炎をもたらしたユリーカは、ただただそこに立ち尽くしていた。

「……蛭代《ひるじろ》先生、終わりました。ヨミとウルカのほうはどうですか」

【あぁっ、瑠岬くゥん！　よかったぁ、こっちやっぱいのよォ！　加勢に来てちょぉだァい！】

「了解です、すぐ向かいます。──メイア、今の聞いてたな?」

「ええ、次はFを止めないとね?」

トウヤとメイアが踵《きびす》を返し、ホテルへ向かって走りだす。

タッ、タッ、タッ。

タッ、タッ、タッ。────────…………ザリッ。

そのとき、二人の足音に……異音が混じった。

……ザリッ……ザリリッ。

二人が立ち止まる。振り返る。肩越しに。ゆっくりと。

終わったかに見えた戦場に──まだ、ユリーカは立っていた。

未だ夢信《むしん》空間へしがみつく娘の執念が、月光を浴びて、金色の髪と青い瞳《ひとみ》を燃え上がらせる。

「…………ただ、……愛の、ためにッ……」


⋙ ホテル〝ラビッツ・フット〟、大ホール。

カチカチカチ……ズギュンッッ!!!!

歯車の群れが、宙に二条の軌跡を描いて突き抜けた。

ドズゥゥンッ……パラパラ……。その直撃を受けたホールの壁面が崩落し、土煙が舞う。

降り積もった瓦礫《がれき》にムクリと身を起こし、ヨミがプルプル頭を振って砂埃《ぼこり》を払った。

「うい……。ムゥ……ウルカちゃん、だいじょぶなんダヨ……？」

ヨミの呼びかけに瓦礫の山がモゾモゾ動き、その下からウルカが這《は》い出してくる。

「はぷっ……聞いてないっすよ、こんなの……！」

コツッ、コツッ……コツッ、コツッ。

戦場と化した大ホールに、杖をつく音が響いた。

「………どきたまえ……きみたちに、利用価値はない……」

Fの声が、土煙の向こうから聞こえてくる。

瓦礫の影に隠れていたウルカが、身を乗り出して声のしたほうへライフルを連射した。

ズドンッ……ズドンッ……ズドンッ……！

土煙の中での発砲。それに呼応し、「ギュイッ、ギュイッ、ギュイッ」と歯車の音がして。

土煙《視界ゼロ》の中での発砲。


「……無駄だよ。さっきから何度、同じことを繰り返すのかね」

やがてぼんやりと、Fの人影が土煙の向こうに見えてくる。

……ギュィーン、ガショ。……ギュィーン、ガショ。

そしてその背後から、もっとずっと巨大な影が浮かび上がった。

カチカチカチカチカチカチカチ。

無数の、金銀宝石の歯車からなる二本の巨腕。同じく旋回する歯車の群れで構成された一頭身の丸い胴体。そこから鳥の脚のような細く短い支持脚を伸ばして。

喩《たと》えるなら、目覚まし時計にムキムキの腕を生やしたような。

そんな異形と、自らの頭部に埋め込んだ十字架とを連結し、Fはその場に悠然と立っていた。

「〈ラヴリィ・ドーター〉、戦闘形態。対破壊工作用に搭載しておいた迎撃機構だったが……こんな使い方をすることになるとは思わなかったよ」

先ほどのウルカの発砲は、〈ラヴリィ・ドーター〉の鉄腕によってすべて弾かれていた。

ビュンッと、そのときホール内に一陣の風。ウルカが見遣《みや》れば、ヨミの姿が消えていて。

ダンダンダンダンッ！　続いて聞こえたそれは、ホール中を踏み蹴る超高速の足音だった。

夢信《むしん》特性《明晰夢《めいせきむ》》で加速したヨミが、床、壁、更には天井と、まるでバッタのように縦横無尽に跳ね回る。その動きはみるみる加速し、今や目では追えない域へと達していた。

斬ッ。——三百六十度全方位の攪乱《かくらん》を経て、完全な死角からヨミの斬撃《ざんげき》がFへと振り降り、ギュギギギギギッ。

正面を向いたままのFが、鉄腕を操作し、左後方上空からの一太刀を受けきっていた。

「うい……!?」

「なるほど、那都神《なとがみ》くん。自己強化型の夢信特性、それも〝速度〟に関するパラメーター変動に特化した……非常にシンプルで優秀な能力だ」

Fがヨミへ振り返ったのを見逃さず、正面のウルカが再度ライフルを構えて息を止めた。

「──貫けぇ！　あたしの《魔弾》っ!!」

ズドンッ……！　──ふぅ。

その銃声に続いたのは、背後《ヨミ》を向いたままのFの溜め息で。

「薪花《まきはな》くんのそれは、物性改変型だね？　〝無限に直進する弾丸〟。ほぉ？　心拍の停止を条件に発動するとはおもしろい……それほどの意志の強さで強引に夢信空間を曲解しているのか」

「っ!?　なんで、そんなことまで!?」

「だが──どんな夢信特性だろうが、僕の前には無力だ」

ボォーン、ボォーン──ボォーン、ボォーン──大ホールに、鐘の音が響く。

それは肉弾兵器と化した〈ラヴリィ・ドーター〉の中心で、光の鐘が鳴らす音色だった。

「この音色こそ、『愛しの娘《ラヴリィ・ドーター》』……〈鴉万産業《からすま》〉がほしがる、〝思考を読み取る催眠音波〟だ」

「催眠音波ぁ!?」

Fのほうから種を明かされ、ライフルを構えたままのウルカが仰天した。

──〝やばっ、ってことはこの音聞いたらマズいってことじゃないっすか！〟

ウルカがそう、頭の中で考えた直後、

「耳を塞《ふさ》ごうとしたところで無駄だ。『愛しの娘』の旋律は、夢信空間そのものに作用して対象の思考を読み取る。この音が聞こえているかどうかは関係ないのだよ」

ウルカの思考を読み取ったFが、ケーブルを繋《つな》いだ自身の頭をトントン叩《たた》いて、

「この〈ラヴリィ・ドーター〉と繋《つな》がっている限り、きみたちの戦術はすべて僕に筒抜けだ」

まさにそう発言している最中にも、Fはヨミによる二太刀目をいなしていた。

ザザッ。ウルカの隣へ戻ってきたヨミが、うぬぬとジト目を険しくする。

「うい……それって、〝先《せん》の先〟を極めてるってことなんダヨ……」

「?・?・?　センノセンってなんすか」

【剣道とか空手とかで、相手の〝動こうとする気配〟を読んでそれより先に動くってやつよォ】

ぽかんとアホ面を浮かべるウルカに、ナリタが解説を入れてくる。

【薪花《まきはな》ちゃんがどんなに狙いを定めても、那都神《なとがみ》ちゃんがどんなにフェイント入れても、その先の動きを読まれちゃうゥ……〈ラヴリィ・ドーター〉、兵器転用されるとやばいわねこれェ】

「そういうことだ。きみらに勝ち目は、万に一つもありえない」

【!?　うげげェ……二人の思考が認識してる通信の声《アタシ》まで読み取れちゃうのォ!?】

「だから言っただろう、すべて筒抜けだと」

思考を読み取ることであらゆる攻撃に対処され、通信も丸裸で作戦すら練れない。

「……だからってぇーっ！」

〝まだやれる！〟と心に叫び、ウルカがライフルを構えた。

狙いは真っ直ぐ、〈ラヴリィ・ドーター〉の中心、『愛しの娘』の旋律を奏でる光の鐘へ。

「やれやれ、頭の悪い子だ……〝まだやれる〟も何も、なかろうよ！」

そこから先は、一方的の一言だった。

ズドンッ……！　ウルカが引き金を引くより先に、光の鐘は既に弾道の回避を完了していて。

ズギュンッ！　――「ぐっ……！」

撃ち出された鉄拳が、ウルカを守ろうと飛び出そうとしたヨミを、動くより先に殴り飛ばし。

その隙に二射目を装塡《そうてん》しようと遊底《ボルト》を引こうとする前に、ライフルを叩《たた》き落とされ。

更にそれをフェイントに手榴弾《しゅりゅうだん》を投げようとした手は、動かす前に歯車に絡め取られていた。

それでも足掻《あが》くヨミとウルカの、三手も四手も先、あらゆる反抗心を動作に移すより先に潰《つぶ》され続けて……二人が思考をやめたのを読み取って、そこまでしてようやくFは攻撃をやめた。

「「…………」」

二人はもう、戦うために指一本すら、動かそうと考えることすら、できなかった。

〝こんなの、どうすれば〟……その心《声》すら聞かれているとあれば、思考すること自体が恐怖。

「理解したかね？　引き金を引く以前に……剣を抜く以前に……勝敗は決していたのだ」

コツッ、コツッ……ギュィーン、ガショ。ギュィーン、ガショ。

Fが〈ラヴリィ・ドーター〉を引き連れて、ヨミとウルカの横を素通りしていく。

「残りの二人も早々に処理しよう……罠《わな》など張らず、最初からこうしているべきだったな……」

ヨミとウルカは、黙ってFを見送るしかない。

ボォーン、ボォーンと、鐘の音が鳴る。トウヤたちの思考を読んで、Fが悠然と独り言《ご》つ。

「？　何だこの稚拙な思考の羅列は…… 〝あなたを知りたい〟、〝私を見て〟、〝ブヨブヨする〟……？　これでは子供の喧嘩《けんか》だ。サーシャのための闘争を何だと思っている」

「「…………」」

「ユリーカめ……また〝愛のため〟などと……まだそんな幻想を抱いていたとは」

「「…………」」

「僕がお前のために、一度でも愛をくれてやると、本当にそんなことがあると思っているのか」

「「…………」」

「下らん、下らん…… 〝門〟さえ開けば用済みの忌み子が、何をそんなことを……」

ぶつぶつ、ぶつぶつ、ぶつぶつと。心を覗く機械の主が、己の心の内を垂れ流していく。

ヨミにもウルカにも、その男の心がどんな形をしているのか、手に取るようにわかった。

耐えがたい悲しみと後悔に打《う》ち拉《ひし》がれて。ぐしゃぐしゃに潰《つぶ》れて。それでも壊れることまではできなくて……ただ「サーシャのために」と祈り続けて、修羅へとなれ果てた哀しき男。

Fの呪詛《じゅそ》のごとき独り言から、二人には容易に想像できた。

ユリーカが、この十二年、この男からどれほど冷たい扱いを受けてきたのかを。

ユリーカが、どれだけ孤独で不安だったかを。

ユリーカが、それでもどれだけ、父親のことを愛していたかを――愛し続けているのかを。

コツッ、コツッ……ギュィーン、ガショ。ギュィーン、ガショ。…………………。

Fと〈ラヴリィ・ドーター〉の足取りが、ふいに止まった。

――〝……まだ、っすよ……〟

――〝これは、やるっきゃ……ないんダヨ……〟

二人の少女の、その心の声を聞いたからである。

はぁーっ……と、Fは大きな溜め息を吐《つ》いた。

〝どうやら、心の底からへし折られたいらしい〟――いっそそれも悪くないかと、口元に修羅の笑みを浮かべた振り向きざま……Fの口から、その一言が漏れていた。

「……何を……？」

少女たちが別々に、それでいて全く同時に、そんな言葉を脳裏に紡いだからだった。

――〝まだ、手はあるっす〟

――〝まだ、勝ち目はあるんダヨ〟

⋙ ホテル〝ラビッツ・フット〟、大庭園。

ガブリッ！　バキッ、グチャッ。

ヨミとウルカのいる大ホールに背を向け、トウヤとメイアはその場に釘づけとなっていた。

ベチャッ、ベチャッ！　ズズッ！　グッチャ、ゴクリッ。

一度はメイアの拳《こぶし》に沈んだかに思われたユリーカが、野獣のごとき咀嚼音《そしゃくおん》を立てていた。

悪夢を宿す黒き箱、《囚われの箱》《ジャック・イン・ザ・ボックス》に、首元まで頭を突っ込んで。

あまりに醜く、悍《おぞ》ましい光景。二人は圧倒されて、ただ見ていることしかできないでいる。

ズポリ……《囚われの箱》《ジャック・イン・ザ・ボックス》から頭を引き抜いたユリーカが、業火のごとき目を覗かせる。

「……ハァーッ……ハァーッ……っ……うっ……えげえぇえ……っ！」

ユリーカの頰《ほお》がぷくりと膨れ、次の瞬間〈悪夢〉《ノイズ》どもの肉片がドチャドチャと吐き出された。

「ッ……ムグッ……！　ッ……！　ッ……ゴクリッ……!!」

ユリーカが口を両手で必死に抑え込み、無理矢理ゴクンと飲み込み直す。

「ハァーッ、ハァーッ……あぁ、もったいない……ハァ……零《こぼ》して、しまいました……」

それだけ呻《うめ》くとユリーカは再び《囚われの箱》《ジャック・イン・ザ・ボックス》へ頭を突っ込み、咀嚼音を響かせ始める。

悪食《あくじき》。まさに悪食男爵《その異名》どおりの。

ゲエエ……ベチョベチョッ……――「アッ……アッ……！」

悪食と嘔吐《おうと》、悲鳴と悶絶《もんぜつ》を繰り返すユリーカを直視できず、トウヤが目を逸《そ》らす。

「っ……もういい……抵抗はよせ、ユリーカっ！　もう、決着はついて――」

「だ、ま……れえぇえ……ッ！」

見境なく〈悪夢〉《ノイズ》を喰《く》らう少女の身体が、徐々に異形と化してゆく。

右腕が異常に肥大する。左腕の皮がずる剝《む》け、軟体生物の一部が垂れ下がる。背骨を突き破ってコウモリのような翼が片翼だけ生え、片脚がゲル状に変質して、歪《ゆが》んだ角が生えて……

「ユリーカ、あなた……そんなに肉体《イメージ》を改変したら、自分の意識《かたち》に戻れなくなるわよ……」

メイアの警告に、ユリーカが破滅的に笑う。

「上等、ですわ……元より、戻る場所も、あるべき姿もっ、ありは、しませんもの……ッ!!」

それは何体分、何十体分の〈悪夢《ノイズ》〉を喰ったかもわからぬほどの、無惨なキメラ状態だった。

ジジッと。そのときトウヤのヘッドセットに着信が入る。

【瑠岬《るみさき》くゥん!?　ちょっと、きみたちそこで何やらかしてんのよォ!?】

「蛭代《ひるじろ》先生!　何です、どういうことです!?」

【どうもこうもないわよォ……!　人間でも〈悪夢〉でもない、見たことない反応が出てるわァ!　クラスA相当……いや、重度夢信《むしん》症患者の波形にも似てるゥ……!】

ナリタのその言葉にはっとなったトウヤが、ユリーカを向いて叫んだ。

「ユリーカ!　ダメだ!　意識が〈悪夢《ノイズ》〉に……やめろ!　人間じゃなくなるぞ!!」

もう戦闘どころではなかった。何が起きかけているのかを予感して、トウヤがメイアを見る。

「メイア!　やめさせるぞ、こんなこと!」

二人がユリーカへ駆け寄ろうとする。しかし。

キメラ化したユリーカの身体が、条件反射で猛攻を繰りだした。

異形の拳が振り回され、ヘドロが芝生を腐らせ、歪《いびつ》な翼が空を切り、長い尻尾が地面を叩《たた》く。

それは一度に十数体もの〈悪夢《ノイズ》〉を相手にしているようなものだった。まったく近づけない。

「勝てナい……勝てなイ……ッ！　まダ、この程度デは……アなたたチにぃイイ……ッ」

無秩序に肥大化してゆく異形の肉の只中で、ユリーカは未だ《囚われの箱《ジヤック・イン・ザ・ボックス》》の中身を喰《く》らい続けていて。その声までおかしくなってきていることに、トウヤは腹の底がぞっと冷えた。

「くっそ……！　早く起こさないと、本当にまずい！」

膝《ひざ》立ちに構えたトウヤが、近接戦からアサルトライフルでの銃撃戦に切り換える。

異形体が大きくなりすぎて、ユリーカも《囚われの箱《ジヤック・イン・ザ・ボックス》》も直接狙えない。周囲の〈悪夢《ノイズ》〉部分を少しずつ少しずつ、銃撃で撃ち払っていくしかなかった。

その銃撃に反応して、異形体がトウヤへと殺到する。

「うぁ……っ!?」

銃撃に集中していたトウヤが、異形の肉塊に呑まれかけた瞬間――ズドドドドドドドッ！

「トウヤ！　あなたはわたしが守ってあげる。だからあなたが、あの子を守りなさい」

メイアの乱打が炸裂《さくれつ》していた。魔女の両拳のラッシュが、異形の群れを退ける。

「ユリーカは、わたしに〝やきもち〟を教えてくれたから……祈《セン》りや呪《トウヤ》いと同じぐらい、あの子がいなくなってしまうと、わたし、きっと困るわ……失敗したら、酷《ひど》いわよ?」

そう告げた魔女の瞳《ひとみ》には、普段の冷酷さや無関心とは違う、強い意志と感情が宿っていた。

「……あぁ！　このまま見殺しになんてさせるか！」

バサリッ！　トウヤの外套《マント》が翻り、カチッ……ゴォォォォォオオオッ。

夢幻の夜を、火炎放射器の火線が照らす。

異形の肉塊を焼き払い、燃料を吐き尽くした火炎放射器を投げ捨てて、トウヤが叫ぶ。

「――いい加減にしろッ、ユリーカぁあ！　そうまでしてッ、何になる!!」

ガガガガガガッ！　次いで構えたガトリングガンが鉄の嵐を吹き荒し、異形を更に押し返す。

「愛の、たメ……たダ、愛のタめだけに……ッ」

もはや自身の意思では制御不能の肉塊を生み出し続けながら、ユリーカが吠える。

「コレがッ……コの愛だけが……っ、それだケが……！　私の、本物だかラ……ッ!!」

「それはあなたが消えてまで求めるものなの？　そんな苦しい目になってまですることなの？」

トウヤへと襲いかかる異形を粉砕しながら、少しずつ前進しながら、メイアが呟《つぶや》く。

「何がワかるモのでスかッ、あゼたなジかにぃぃイッ!!」

ユリーカの絶叫と同時に、それまでトウヤにだけ集中していた異形体がメイアへと襲いかかる。両拳のラッシュでは捌《さば》ききれない、無数の手数を伴って。

「メイアッ!?」

「アハハハハッ……！　ハァ、ハァ……ッ！　私が〝能力頼りノ素人〟だと言うのナらッ、素人なリにッ！　堕《お》ちルとコろまで堕ちてミせますッ！」

それは追い詰められた末の無茶ではなく、覚悟の上での無謀だった。

そもそも、この喧嘩《けんか》でユリーカが勝利する条件は、勝つこと、ではない。

〝集合無意識の海の底〟へと通じる、Fが〝門〟と呼ぶ事象を引き起こすこと——その起爆剤として、トウヤに《頭蓋《ずがい》の獣》を招来させることこそが、ユリーカの〝勝利〟なのである。

——さぁ、あなたの〝特別〟が壊れてしまいますよ……お喚《よ》びなさい、〈獣の夢〉をッ！

ユリーカが決死の思いで生み出した無数の異形が、メイアへと殺到する——が、

「——逃がさないいわよ、ユリーカ」

メラと、魔女の闘気が陽炎《かげろう》となって燃え盛り——ドォ……ツッッ!!!!

魔女の乱舞。両拳で足りぬなら両脚も。それでも足りぬなら折れたままの《魔女の手》も。

乱打と乱脚と、《魔女の手》を連接棍《フレイル》のごとくぶん回し、トウヤの進む道をこじ開ける。

「ッ!?　そンな、ソんなこトって……ッ!?」

「あなたはわたしに〝やきもち〟《ヨブヨ》の正体を教えてくれた。でも、わたし、今のあなたの愛《それ》はまだよくわからない——だから、化け物に逃がさない《なんてさせない》」

驚愕《きょうがく》するユリーカの前で、メイアの声がトウヤを押し出す。

「行きなさい！　トウヤ！」

「おぉぉぉぉおおおぉぉおおおおっっっっっ!!!!!!!!」

重機関銃を両脇に二門抱え込み、トウヤが血路を突き進む。一歩、一歩。前へ、前へ。

「アぁ……っ、どうシて、どうしテ……ッ！　ここマでしても、届かナいのですカ……っ!?」

ユリーカが、まるで幼い子どものように泣きじゃくる。

「意地悪しザいでぇ……っ！　私は、オ義父《とう》さマの愛が、ほシかっただケなのごぃィィ！　構ってもヲぇザくて、サびしかっタだけなノにぃ……ッ!!」

ユリーカにとっての人生は、Ｆの期待に応えること、それだけがすべてだった。

あの日。かつてジャックという名だった男が、名前もろともすべてを失った十二年前。炎の中で産まれたユリーカという人格は、以来一度たりとも、誰からも愛されたことがなかった。

ただこのサーシャの身体が、両親からいっぱいの愛を受けていた残り香を感じるだけで。

飢えていた。ユリーカはただただ、愛に飢えていた。

ただ、「がんばったね」と誉めてほしかった。

一度でいいから、「いい子だね」と頭を撫《な》でてほしかった。

たった一言、「愛しているよ」と。

そのたった一言を、聞かせてほしかった。

それだけなのに。

「どうシて……？　ネぇ、どうシテ？　ドうして誰も、私ヲ愛してクれないノぉ……ッ」

「お前は！　拠《よ》り所を間違えてただけだ！　ついこの間までの俺みたいにっ！」

弾を撃ち尽くすごとに武器を変え、トウヤがユリーカまであと十歩の所にまで踏み入る。

「俺みたいに、自分を組み換えて！　不幸な自分に執着して！　周りを見てないだけだッ!!

そんなことしても何にもなんないんだよッ！　そこにいたって、幸せにはなれないんだよッ!!」

「黙レぇぇぇエッ!!　お前モ、私にッ！　愛ヲくれなかっタくせにイィイイッッッ!!」

トウヤが、あと五歩という所まで深淵《しんえん》に踏み込んだとき、ユリーカの感情が決壊した。

F以外で初めて、特別な想いを寄せる人となった彼のために。最後まで押し留めていた〝殺意〟の一線を、今一息に飛び越えて。鋭く尖《とが》った異形の群れが、トウヤに襲いかかる。

ドスッ！　ドスドスッ！　ドスドスドスドスッ!!　………………二人の間で、長い黒髪が揺れていた。

「……守るって……言ったでしょう……？　トウヤ《あなた》も……ユリーカ《あなた》も……」

己の身を盾として、メイアが異形どもを受けきっていた。

常人ならばとうに再起不能レベルの精神負荷《ダメージ》。なのに魔女は、二本の足で踏んばって。

「ア、アァ……ッ！　呀苑《がえん》、メイア……あずたは……アなた夕ちは、どうシて、そンな……！」

殺意の一線さえも越えたはずなのに、それでも届かない。

己のすべてを擲《なげう》ってもなお、あらゆる力を取り込んでなお。それでもこの二人は止まらない。

それを見て、見せつけられて。ユリーカ・ファイ・ノバディは、心がメシリと揺らいでいた。

「だって、あなたは……昔の、わたしに、似てるのだもの……死ぬことばかり、考えていた、昔のわたしに……トウヤに、〝呪い〟を、かけてもらう前のわたしに……」

メイアが肩越しに振り返る。滅多刺しになりながら、その口元に微笑を浮かべる。

「何を、やっているの……行きなさい、トウヤ……もう、すぐ、そこじゃないの……」

「……ああ」

メイアの肩を叩《たた》き、トウヤが一歩踏みだした。

ユリーカまで、あと三歩。

ズブリ……その場に突き出ていた異形の槍に、トウヤが自ら刺されていく。

「ア、アッ……！　瑠岬《るみさき》サま、ダメです、止マって……ッ」

「止まるわけには、いかない……」

ズンと、トウヤが更に一歩踏みだす。腹にグサリと、槍が食い込んでいく。

「Fさんは、あの人は、あいつは！　あんな男のために、お前が犠牲になることなんてないッ！」

グッと力を込めて、もう一歩。ドスリと聞こえたのは、槍がトウヤの背中に突き抜けた音。

「ア、アッ……ア、ア、アッ……！」

その気迫に圧倒されたユリーカが、言葉を失う。

「ユリーカ！　誰がどんな酷《ひど》いことを言ったって、お前は人間だ！　〈悪夢《ノイズ》〉なんかに、なっちゃいけない！　たとえ誰のためだとしてもッ、お前がお前でなくなっていいわけがない！」

そしてトウヤが、ユリーカへ手を伸ばし、

「そんな哀しいものばっかり見てないで！　お前の悪夢は、お前がお前で終わらせろよッッ!!」

バッチィイインッ!!

トウヤのビンタが、ユリーカを張り倒していた。

少女の、まだ人の形を留めていたその横顔に、ありったけの想いを籠《こ》めて。

――あぁ……なんて、なんて……お強い、お方たち……。

異形の肉を引き連れて、ユリーカがゆっくり倒れてゆく。

――私では、届かないと……敵《かな》わないと……叶《かな》わないと、いうのでしょうか……絶対に……。

《囚われの箱《ジャック・イン・ザ・ボックス》》と、《私は誰《ミス・ノーバディ》》。二つの力を束ねてもなお、この二人に追いつけなくて。

――何が、違うというのでしょう……あぁ、お義父《とう》さま……ユリーカは……ユリーカは……。

ゆっくりと、ゆっくりと、ゆっくりと倒れてゆくなか、少女は既に、負けを認めていた。

このまま地に倒れ伏して、汚液に頰《ほお》を濡らして、敗北へ沈む……それが私の終着点かと、
少女は目の前を回転していく夢の景色を見つめながら、ぼんやりとそう思っていた。

……そこへ……、……ピカリと、幻想の光が閃《ひらめ》いた。

ボォーン、ボォーン――ボォーン、ボォーン――ボォーン、ボォーン。

眩《まばゆ》いオーロラの光が満ちて……その向こうにユリーカは、『愛しの娘《ラヴリィ・ドーター》』の旋律を聴いていた。


》》》ホテル〝ラビッツ・フット〟、大ホール。

ギュン、ギュン、ギュゥンッ！

ユリーカが異形と化し、トウヤとメイアがその深淵《しんえん》へ至らんと銃撃戦を繰り広げていたころ。

「うい……っ！」「あぐっ……!!」

〈ラヴリィ・ドーター〉の鉄腕がぶん回り、ヨミとウルカをぼろきれのように吹き飛ばす。

Fはそんな二人には目もくれず、ホールの窓越しに大庭園の惨状を凝視していた。

「ユリーカ……《囚われの箱》《ジャック・イン・ザ・ボックス》の悪夢《中身》を、あんな大量に……！」

無惨な姿に変わり果てた娘を見て、その男は…………乾いた声で、笑いだした。

「ハ……ハハハッ！　見ろ、奴のあの姿を！　これこそ紛れもない証明だ！　あれの本質が〈悪夢《ノイズ》〉だと暴かれたぞ！　ハハハッ！　醜い、醜いなぁ、ユリーカぁ！　ハハハハァッ!!」

Fにとって、ユリーカという存在は、後悔と恐怖、そして己の無力の象徴だった。

Fには、ユリーカという存在を、どうすればいいのかわからなかった。

ユリーカがサーシャのように「パパ」と言い寄ってくるのが苦しくて、「お義父《とう》さま」と矯正させるまで、Fは何度も何度も暴力を振るった。

ユリーカがヘレナの得意料理だったコテージパイを、初めて作って満面の笑顔で持ち込んできたときなど、Fはショックのあまりその場で吐いてしまった。

何度拒絶しても「愛しています」と繰り返すユリーカに、Fは気がおかしくなりそうだった。

だからFは……今眼前で異形と化したユリーカを見て、心の底から、安堵していた。

「ようやく見たぞ、お前の本性を！　僕は間違ってなんかなかったんだ！　この悪夢め……悪夢めっ！　やっぱり全部お前のせいだったんだ！　いいぞ、もっと醜くなれ！　ハハハハッ!!」

修羅が狂喜乱舞する。己の後悔も恐怖も無力感も、すべてを眼前の醜悪な娘のせいにして。

自分は何も間違っていないと、ユリーカからずっと逃げてきた自分の弱さに背を向けて。

「ハハハハハハハハッ!!　ハハハハハハハハハハハァーッ!!!!!」

「――オイ……お前ぇッ!!」

そこへ。Fのその背を、怒鳴りつける声があった。

修羅の高笑いがぴたりと止まる。ズオリと、無言で振り返る。

「聞こえねぇのかよ……あの声が、聞こえてねぇのかよ……ッ！」

ガシャリッ……遊底《ボルト》を引いたウルカが、目に涙を浮かべてFを睨《にら》みつけていた。

「ユリーカちゃんが、泣いてるんダヨ……迷子の子供みたいに……〝お父さん、お父さん〟って……呼んでるんダヨ……！」

カチンッ……刀身を鞘《さや》に収めたヨミが、ウルカを背中に庇《かば》って立ち上がる。

――私は、オ義父《とう》さマの愛が、ほシかっただケなのゴぃイィ！――

大庭園に、異形の娘の哀しい叫びが響き渡る。

……コツッ、コツッ――ギュィーン、ガショ。ギュィーン、ガショ。

今一度、Fが〈ラヴリィ・ドーター〉を引き連れて、少女たちへ対峙《たいじ》した。

「…………で？　雑魚《ざこ》のお前たちに、何ができると？」

Fのその売り言葉に返ってきたのは、至ってシンプルな買い言葉だった。

「────行かせるかよ…………この、クソオヤジ」

────────…………ピィイイイン…………────────


そこから先、世界が止まっていた。

前衛にヨミ、後衛にウルカ。Fと〈ラヴリィ・ドーター〉の、真っ正面に立ち塞《ふさ》がって。

姿勢を低くした居合いの構えと。銃口を向けたまま。それきりすべてが静止していた。

「……？」

──〝何を、考えている……？　小娘ども……〟

静謐《せいひつ》のなか、それがFの心の中で呟《つぶや》かれた最初の疑問だった。

なぜならば、那都神《なとがみ》ヨミは────何も考えていなかった。

「…………」

『愛しの娘《諜報旋律》』が奏でられるなか、ヨミは構えたまま虚ろな目をしている。

まるで夢も見ない深い眠りに落ちたような。あるいは死人そのもののような。

「……。思考の放棄……それで対抗しているつもりかね？　馬鹿馬鹿しい……」

何も考えていないということは──攻撃は疎《おろ》か、回避も防御も、何もできないということ。

大見得をきった末のこの無策……Fはそれを鼻で笑った。そして即決する。

──〝時間の無駄だ。さっさと潰《つぶ》れるがいい〟

Fがそう……心に殺気を過《よぎ》らせた、その刹那《せつな》だった。

――――――――――斬ッ。

「……ぬっ⁉」

静止していた世界に、何も考えていないヨミの一閃が抜かれていた。

〈ラヴリィ・ドーター〉の撃ち出した鉄拳が、居合い斬《ぎ》りで斬り伏せられる。

カチンッ……虚ろな目のヨミが、そして何も考えず納刀し、何も考えず、再び構える。

斬られた歯車を回収し戦闘形態を復元した〈ラヴリィ・ドーター〉を従え、Fが首を捻《ひね》った。

――〝……偶然だ。こんなもの……〟

ピリッ……もう一度、Fの心に殺気が過《よぎ》る。鉄拳を繰り出す。すると、

――――――――――斬ッ。

また。何も考えていないヨミが鉄拳を斬り伏せ、納刀し、居合いの構えに戻って。

Fの頬《ほお》に、汗が流れた。

「……こ、これは……まさか……っ」

――〝僕の殺気を……心を、読んでいるとでも言うか……ッ⁉　『愛しの娘《ラヴリィ・ドーター》』もなしに⁉〟

それは〝先《せん》の先〟。

相手が動こうとする気配を頼りに先んじてその隙をつく、先攻の極意。

ヨミは自らは動かない。彼女は己自身を、思考を排除した条件反射で〝殺意〟のみを斬り伏せる、破邪の剣と化していた。

「このっ……小娘が……ッ！」

ボォーン、ボォーン、ボォーン──ボォーン、ボォーン──Fが諜報旋律《ちょうほう》をかき鳴らす。

「思考を見せろ！　攻撃してこい！　それさえ視えれば、僕は無敵なのだッ!!」

焦燥の混じったFの声に、けれどヨミは忘我の構えから微動だにしなくて。

ヨミが何も考えていない以上、〈ラヴリィ・ドーター〉は反応できない。しかしFが先攻をとろうとすれば、殺意を過らせた時点でヨミの条件反射に迎撃される。

Fは、この状況のまずさを理解した。

ここに対峙《たいじ》するのは、互いに技術と技巧とで〝先の先〟の極地へと至った者同士。

先に動こうと考えたほうが、必ず打ち負ける。

互いが互いに、相手が先に考えるのを待っている。先読みの先読みの先読みの先読み……

「くっ……！　こんな!?　う、動けん……ッ！」

ごくり……Fが固唾《かたず》を飲んだ、そのときだった。

──〝当たれ〟

〈ラヴリィ・ドーター〉が、その心の声を聞いて。

ズドンッ……！　直後、一発の銃声が轟《とどろ》いた。

ヨミの背後。後衛に陣取る薪花《まきはな》ウルカによる銃撃。その思考は手に取るようにFに伝わって。

ゆえに、ウルカが引き金を引くより先に。〈ラヴリィ・ドーター〉の防御は既に完了していた。

修羅の口元が、焦燥半分、余裕半分に吊り上がる。

「っ……。……ふん……っ！　動きが封じられたとはいえ、それは攻撃動作に限った話……どんなに狙ったところで、〈ラヴリィ・ドータ―〉の防御を抜けることなど――」

チュイインッ……。その擦過音を耳元に聞いて、Ｆの言葉は途切れていた。

頬《ほお》に手をやる。そこには明らかに、弾丸が掠った感触があった。

「……!?　なんだ、どうして……弾道はすべて、思考から読み取ったはず――」

――〝当たれ……当たれ……〟

ズドンッ……ズドン……ッ！

続く二連射。ウルカの思考を読む。どこを狙っているのか瞬時に解析する。

その弾道情報を覗き込んで、Ｆは思わず天を仰いだ。

「……天井!?」

ウルカは銃口を真上に向けて、引き金を引いていた。

――〝当たれ、当たれ、当たれ……〟

弾を撃ち尽くすと即座に弾倉《マガジン》を入れ替えて、狙いも定めずまた真上へと連射。

ひたすら〝当たれ〟と念じ続けて、ウルカはそんな意味不明なことを繰り返していた。

チュイィンッ。チュイィンッ。チュイィンチュイィンッ。

耳元で時折、擦過音が聞こえていた。それは次第に頻度を増しているような気がして。

「っ！　……跳弾かッ!!」

はっとその考えに至ったFが、思わず声を上げていた。

跳弾——跳ね返った弾丸の軌道には、誰の意思も介在しない。

それは〈ラヴリィ・ドーター〉の絶対防御を抜きうる、運頼りの弾丸。

「っ……だが！　そんなものに頼ったところで……！」

跳ね返ったボールはいつか勢いを失い止まる。弾丸も同じこと。壁に突き刺さらずに運良く跳弾したとして、それがたまたま〈ラヴリィ・ドーター〉に当たる確率などいかほどか。

〝こけおどしだ、こんなもの〟——Fのその断言は、しかし〝そうであってくれ〟という、不安の裏返しでもあって。

その不安が顕現したかのように、Fの耳に届く跳弾の数は増えていく。刻一刻と。

——〝当たれ、当たれ、当たれ……当たれ！　あたしの、《魔弾》!!〟

なまじ技術者として物理現象への理解を持っていたことが、Fの思考の落とし穴だった。

出鱈目《でたらめ》に発砲を繰り返している少女が、薪花《まきはな》ウルカであったこと。それがFの常識を覆す。

ウルカの夢信《むしん》特性、《魔弾》は、〝無限に直進する弾丸を放つ能力〟である。

が。それは厳密な理解ではない。

ウルカの《魔弾》の本質は、〝弾丸に関わる物理法則をねじ曲げる能力〟である。

これまでは狙撃手《そげきしゅ》という役割上、〝無限に直進する弾丸〟しか出番がなかったというだけ。

此度《こたび》、ウルカが顕現させたその新たな《魔弾》は――

――〝当たれ、当たれ、当たれ、当たれ……絶対に止まるな！　あたしの、《魔弾》――ッ!!〟

〝無限に止まらない弾丸〟が、大ホールの中をピンボールのように跳ね回る。何十発と。

「愚かしいぞッ、無謀も甚《はなは》だしい！　跳弾は制御不能、それはお前たちにもリスクに――」

ビスッ、ビスッ――「ッ……」「う……」

Fが言うが早いか、ヨミとウルカは止まらない跳弾に何発も撃ち抜かれてゆく。

が、「それがどうした」と言わんばかりに、二人の少女は構え続ける。撃ち続ける。

「馬鹿な……!?　痛覚を遮断できるわけでもないのに、なぜ立っていられる!?」

ヨミとウルカの無言の気迫に押し負けて、Fはいつしかその場で数歩、後退《あとずさ》ってさえいた。

運頼りの発砲がなおも数を増して、少しずつ少しずつ、その確率を上げてゆく。

〝跳弾で〈ラヴリィ・ドーター〉の鐘を貫く〟という、万に一つの確率を。

「はぁ、はぁ、はぁ……！　やめ、やめろ……！」

Fはようやく理解した――この場は、二重の無限ループの只中だった。

――〝まずい、まずい、まずいぞ……薪花《まきはな》ウルカを、潰《つぶ》さなければッ！〟

Fの脳裏に殺意が過《よぎ》れば――――――――斬ッ。

ヨミが〈ラヴリィ・ドーター〉を迎撃する。読み合いの無限ループに囚《とら》われて動けない。

そこへ襲いかかるのは、物理法則を無視して跳弾の無限ループを繰り返す弾丸の群れ。

「はっ、はっ、はっ……！　やめろ……どうすればいい……！　どうすれば……うぐぁ!?」

跳弾の一発が、焦るFの肩を撃ち抜く。

見ればヨミとウルカも、被弾が増して、最早倒れる寸前だった。しかし、

「…………………」

それでもヨミは、忘我のまま剣を構え続ける。

――〝当たれ当たれ当たれ当たれ当たれ当たれ当たれ当たれぇぇぇぇ!!〟

ウルカはそれでも、発砲をやめない。

二人の少女の意地が作りだした、無限の結界……修羅は、そこへ完全に、嵌《は》まり込んでいた。

……そして。

「や　め　ろ　ぉ　ぉ　ぉ　ぉ　ぉ　お　お　お　お　っ　!!　!!　!!　!!」

――――――――――――――――――――――――カァンッ。

万に一つの確率の果てに――たった一発。その音が響いた。

ボォーン、ボォーン――ボォーン、ボォーン――ボォーン、ボォーン。

光の鐘の核をなす、豆粒ほどの結晶体を撃ち抜かれ。〈ラヴリィ・ドーター〉が鳴く。

ボォーン、ボォーン――ボォーン、ボォーン――ボォーン、ボォーン。

修羅が哀しみと執念の末に創りだした譜面、諜報《ちょうほう》旋律『愛しの娘《ラヴリイ・ドーター》』が、強く強く奏でられる。

〈ラヴリィ・ドーター〉が、歯車の噛《か》み合いを忘れたように、ボロボロと崩れ落ちていく。

光が溢《あふ》れて。

ホテル〝ラビッツ・フット〟は、巨大なオーロラに包まれた。

それはちょうど、トウヤとメイアの意地を前に、異形の少女が敗北しかけていたときだった。

》》》ホテル〝ラビッツ・フット〟、大庭園。

――グッ、ハ……!!

それはトウヤが、ユリーカを張り倒した直後のことだった。

倒れゆくばかりだったユリーカが、一歩。その場で踏み留まっていた。

「！　ユリーカ……ッ――うわっ……!?」

巨大なオーロラがトウヤたちを包み込む。影もできないほどの鮮烈な光で満たされる。

ボォーン、ボォーン――ボォーン、ボォーン――ボォーン、ボォーン。

それは崩れゆく〈ラヴリィ・ドーター〉が、最後に奏でた旋律。

オーケストラのフィナーレを飾るように、一際強く『愛しの娘《ラヴリィ・ドーター》』が響き渡る。

その旋律は思考を読み取り飛散させ、この場に居合わす三人の間で、互いの記憶が交差した。

「……あぁ……」

光の中でユリーカが垣間見たのは、トウヤとメイアの記憶だった。

……両親を亡くして、拠《よ》り所を失って。機械のように生きて、機械のように死んでいこうと決めて。〈悪夢《ノイズ》〉への復讐《ふくしゅう》だけを生きる理由に、孤独に生きてきた少年と。

……たった独り夢の世界で生まれ、優しい嘘に包まれて。けれどそこから引き離されて、突きつけられた現実にすべての自由を奪われた、死にたがりの少女と。

……そしてもう一人。そんな二人を守るために、自ら獣となったお姉さんの記憶。

それは祈りと願いと呪いとが絡まり合ったおとぎ話。たくさんの人たちの強い想いが折り重なった、途方もない戦いの記憶。

ユリーカはその物語を覗き込んで、ようやく納得していた。

──届かない、道理ですわ……。

未だ、強さが足りなかったと。

──敵《かな》わない、はずですわ……。

未だ、覚悟が足りなかったと。

──叶《かな》わない、わけですわ……。

未だ、想いが足りなかったと。


──あぁ、そうか……最初から、こうすればよかったのですね。

ドロリ……トウヤとメイアを串刺しにしていた異形の槍が、溶け落ちる。

「……ユリーカ……？」

「…………うふふ……」

異形の肉塊に、お人形さんのように綺麗《きれい》な顔を覗かせて。少女がふわり、優しく笑う。

その胸に、悪夢を宿す黒き箱を抱き寄せて。

まるで、お誕生日プレゼントを大事に大事に抱き締める、純粋無垢《むく》な幼子のように。

――あぁ……簡単な、ことでした。

――私一人では、ダメだったのですね。

――力を借りるだけでは、足りなかったのですね。

――《囚われの箱》《ジャック・イン・ザ・ボックス》……お義父《とう》さまの想い。ユリーカとともに、参りましょう……。

無秩序に肥大するばかりだった異形体が一転、少女の元へ急速に収束を始めた。

メイアがユリーカへ駆け寄ろうとする。トウヤがその腕をぎゅっと摑《つか》んで引き留めた。

「メイア、ダメだ！　そっちに行っちゃいけない、巻き込まれるぞ！」

「トウヤ……！　ユリーカが、ユリーカがそこにいるのよ！　助けるって言ったでしょう!?」

メイアのその語気は、普段の無感情で淡々としたものから一変して、酷《ひど》く狼狽《ろうばい》していた。

メイアがトウヤを振り返る。

魔女の目からぽろぽろと涙が流れているのを見て、トウヤは思わず息を呑んだ。

「メイア、お前……！」

「トウヤ、わたし、変なの……さっきの光に包まれてから、胸が痛くて、苦しくて……どんどん涙《これ》が溢《あふ》れてきて、止まらないの……」

オーロラの光に包まれて、互いの想いが交差して。ユリーカがトウヤたちの記憶を見たのと同じに、トウヤとメイアもまた、ユリーカの記憶を垣間見ていた。

それはただ愛が欲しかっただけの。家族を愛し、愛されたかっただけの。けれどどうやってもそれを手に入れることができないと嘆く、独りぼっちの少女の物語。

「ねぇ、トウヤ……あの子の想いが、いっぱいで……わたし、どうしたらいいの……？」

メイアはそんなユリーカの感情に当てられて、一時的に混乱状態に陥っていた。

「ッ……お前はここにいろ！　俺一人でどうにかしてみる、ここまできて見捨てられるか！」

メイアを宥めてその場に座り込ませると、トウヤはユリーカの元へと駆けだした。

ユリーカへ向かって異形体が収束を続けていた。その密度が急速に上昇し続けている。

何が起きようとしているのか想像もできなかったけれど、〝止めなければ〟と思った。

「ユリーカ！　やめろ！　やめるんだぁぁぁあっ!!」

オーロラの光に満ちて。醜い異形をその身に集めて。一筋の涙を引いて。ユリーカが微笑《ほほえ》む。

「あなたたちは、本当に強くて、優しいお方たち……私、たとえ嘘でもあなたたちと学友になれて、よかったです……」

無数の異形が少女の意志を核として、《囚われの箱《ジャック・イン・ザ・ボックス》》と融合し、悪夢としての形をなす。

それはユリーカにそっくりの——大きな大きな口を開けた、少女の顔をした〈悪夢《ノイズ》〉だった。

「——ありがとう。さようなら。ごめんね。マイ・フレンド……——」

アァー……

「——もっと早くに……あなたたちと、巡り会ってみたかった……」

……アムッ。

少女の意志を束ねた、少女自身の悪夢が————少女を喰らった。

「ユリイイイイカァァァァアアアッ!!!!」

…………ズムリ、ズムリ、ズムリ。

絶叫するトウヤの前に、新たな〈悪夢《ノイズ》〉の、巨大な手が現れる。

夢信《むしん》空間〈千華《ちか》〉の夜空に裂け目が生じる。まるで舞台の垂れ幕を開くようにして。

そこから覗く、常夜の闇よりずっと深い真黒《しんこく》の、月すら摑《つか》めてしまえそうな、大きな手。

ズムムム……。細くて滑らかな美しい手が、空間そのものから這《は》い出してくる。

それに続いてキラキラと靡《なび》いたのは、天の川のように煌《きら》めく、長い長い長い髪。

【……瑠岬《るみさき》くぅん……大変よォ、これェ……】

覚醒現実《ヘッドセット》のナリタの声は、トウヤの視界をモニターして呆然《ぼうぜん》となっていた。

【アタシも……この目で見るの、初めてだわァ……】

『――――hummmmmmm』

夜空に響いたのは、あのプライベートビーチで見上げた青空のように、澄み渡ったハミング。

【……クラス、S――〝概念超越級〟……通常〈悪夢《ノイズ》〉最強種よォ……】

美しい夢だった。

それは美しい、裸の女性の姿をした〈悪夢《ノイズ》〉。

全長は、ゆうに四十メートルを超える。

いや。その〈悪夢《ノイズ》〉に、〝大きさ〟という概念などそもそもなかった。

どんなに遠くても、どんなに近くても、その〈悪夢《ノイズ》〉は見た目の大きさが変わらない。

その〈悪夢《ノイズ》〉はすべての観測者に対して常に同じだけ離れて、常に同じ大きさであり続ける。

そしてその〈悪夢《ノイズ》〉は、どんなに回り込もうとしても、絶対に背中を見ることができない。

どんなに走っても近づけず、どこまでもついてきて、決して裏側を見せない、月のごとく。

三次元空間の規定《ルール》を無視した、超越存在。

ゆえに、〝概念超越級《クラスS》〟――名を与えるならば、《ユリーカの夢》。

ウウウウウ――――――ッ。

〈千華《ちか》〉の街から、けたたしいサイレンが響いた。

クラスS〈悪夢《ノイズ》〉の出現に、緊急遮断が実行されていく。

ドシュゥン！　ドシュゥン！　ドシュゥン！　運河の対岸に光が灯《とも》る。ホテル〝ラビッツ・フット〟へ急行中の重武装警備員たちが放ったロケット弾の炎だった。

しかし、トウヤから見て、ロケット弾は空中に静止しているようにしか見えなかった。

空間の超越者たる《ユリーカの夢》は、すぐ目の前にいて、同時に無限に遠い場所にいる。

手が届きそうに見える月へ向かってロケット花火を飛ばしたところで、月に届く道理はない。

通常兵器ではダメージを与えるどころか、触れることすらできない。

『hummmmmmm』

《ユリーカの夢》がハミングを奏で、その大きな大きな腕をすぅっと払った。

ズムッ。ズムッ。ズムッ。……運河の向こうの景色が、裏返った。

まるでシャボン玉のように。空間ごと丸く切り出された景色が、内も外もなく裏返り、裏返しの裏返しになり、無限にそれを繰り返し、三次元空間としての意味を失う。

攻撃不可能の無限遠点の存在にして、三次元的防御が意味をなさない超次元の存在。

それが、《ユリーカの夢》——ただ愛を求めた少女が到達した、最強種の〈悪夢《ノイズ》〉だった。

【……クラスSが出現したら、基本的にその人工頭脳は廃棄《おしまい》って言われてるわァ……。だって、あんなの……どうしようもないじゃなァい……】

既に匙を投げているナリタに、トウヤが食い下がる。

「ユリーカは、〈悪夢《ノイズ》〉なんかじゃない！　人間なんだ！　今〈千華〉を放棄したら、〈悪夢《ノイズ》〉

ごとユリーカの意識まで……ダメです、そんなこと!!」

【クラスSに対して人間《アタシたち》は、それを夢ごとなかったことにするしかない……それでも――】

それでも、やれるとするならば。

【――それをやれるのは、クラスX……世界規定そのものを書き換えられる、〈獣の夢〉だけよ】

トウヤの顔が苦渋に歪《ゆが》んだ。少女が最後に見せた笑顔の裏の執念に、畏怖《いふ》すら覚えた。

〈獣の夢〉を喚《よ》びだせば、それはユリーカとFが望んでいた展開。〈獣の夢〉を介して〝門〟が開かれれば、ユリーカは自ら消滅してサーシャに身体を返そうとするだろう。

しかしこのまま何もしないでいても、《ユリーカの夢》は夢信《むしん》空間〈千華《ちか》〉諸共《もろとも》抹消されることになり、ユリーカが消える運命からは逃れられない。

「……バカヤロウ……こんな終わり方なんてあるかよ……！」

もう、ユリーカを救う手立てはなかった。引き返せない袋小路に行き詰まってしまっていた。

トウヤがそう、打《う》ち拉《ひし》がれて膝《ひざ》をつき、拳《こぶし》を握り込んでいると。

「――まだよ。まだ諦めないで」

トウヤの握り拳に、落ち着きを取り戻したメイアが掌《てのひら》を重ねてそう言った。

トウヤがメイアの顔を見上げると、魔女は頰《ほお》を涙に濡らしたまま、真剣な表情で切りだした。

「トウヤ、やってみましょう……《頭蓋《センリ》の獣》を呼ぶの」

「でも、そんなことしたら〝門〟が開かれる……消えようとしてるユリーカの思う壺だ」

「だからよ。ユリーカを追いかけるの。〝門〟の向こう側、〝集合無意識の海の底〟へ」

【ちょっと呀苑《がえん》ちゃん、あんた何言いだしてんのォ!?】

二人の会話を聞いていたナリタの声が跳び上がった。

【〝門〟だとか〝海の底〟だとか、そんなの全部Fが提唱してる仮説に過ぎないわァ。そんな深層領域に潜った人間なんて、それこそ十二年前のサーシャぐらいしかいないのよォ？　どんなことが起きるかアタシにも全然予想できないし、そもそも戻ってこれる保証がないわァ！】

「予想も保証もできないというのなら、可能性もあるということなのではないの？」

そこまでを強く言いきったメイアが、胸に手を当て声を小さくする。

「……守れなかった、止められなかった、ユリーカを。この感じ、わたし今、〝悲しい〟って思ってるわ」

トウヤの顔をじっと見て、

「わたし、トウヤといると〝生きてる〟って感じがするの。センリや薪花《まきはな》さんや那都神《なとがみ》さんにレンカさん、管制室のみんなと、学校の人たち……みんなといるときも、大きかったり小さかったりの〝生きてる〟って感じがするの。あの子とも、そういうものになれた気がする」

《ユリーカの夢》を見遣《みや》って、

「ユリーカ。死にたがりの子、独りぼっちの子……あの子はわたしよ。あの子はたくさんの感情《こと》をわたしに教えてくれた。わたし、ユリーカには絶対に、消えてほしくなんかないわ」

「メイア……」

「決めるのはあなたよ、トウヤ。〈獣の夢〉を喚《よ》べるのは、あなただけなのだから」

「…………………」

メイアのその言葉で、トウヤは思い出していた。

あの日。初めてユリーカと出会ったあの日、この場所で。ユリーカに告げた己の言葉を。

――『俺たちが、必ず守ります』と。

「……。…………ああ。やろう、メイア」

瑠岬《アタッカー・ワン》トウヤが呀苑《ウイッチ・ワン》メイアへ腕を伸ばす。その手を強く、握り合う。

「ユリーカがどんなに遠くに行ったって……連れ戻してみせる、絶対に！」

「ええ、トウヤならできるわ。だってあなたは、夢の果てでわたしを見つけてくれた人だもの」

ググッ……バキリッ！

トウヤの額の傷痕《きずあと》から、光が溢《あふ》れる。

「――姉さん……行こう、あの子の所に。俺たちと一緒に」

光の道が拓かれて。大きな大きな、優しい瞳《ひとみ》が開かれる。

『――――ラァアアアアアアアアアッ』

美しい獣が、《頭蓋《ずがい》の獣》が、天に啼《な》く。

【……はぁー……すごい……間違いなく、夢信《むしん》史上最大の光景ねェ……】

ナリタが感嘆の声を漏らす。まるで神話を目の当たりにするかのように。

夢信空間〈千華《ちか》〉に、二つの〝最強〟が向かい合っていた。

『hummmmmmmmmmmmmmmmmm』

通常〈悪夢《ノイズ》〉最強種、クラスS――《ユリーカの夢》。

『ラァァァァァァァァァアッ』

夢の世界の絶対強者、〈獣の夢〉――《頭蓋の獣》。

「ユリーカ、あなたにわからせてあげるわ。わたしたちの想いを」

二つの〝最強〟の足元で、メイアが《魔女の手》を伸ばす。

これまでずっと嫉妬《しっと》の感情で折れたままになっていたそれは、今や以前にも増して強く、太く、まっすぐに成長していた。

一撃。ただ一撃ですべてが決まる――その光景を見守る者たちは皆、それを理解していた。

〝最強〟どうしの闘争に、二撃目など、存在しない。

『hummmmmmmmmmmmmmmmmm』

ズムリッ。《ユリーカの夢》がハミングし、歪《ゆが》めた空間そのものを巨大な拳《こぶし》として射出した。

『ラァァァァァァァァァァアッ』

トウヤとメイアが、《頭蓋の獣》と《魔女の手》を繋《つな》ぎ、想いを束ね、光の拳を撃ち出した。

――ユリーカ……一人きりになんて、なっちゃダメだよ……。

もう一度、想いを籠《こ》める。

──ユリーカ……この世界は、広すぎるから……。

もう一度、あの子に届けと。

──誰かと手を取り合ってなくちゃ、さびしすぎるよ……ユリーカ……。

もう一度、その手を伸ばす。


光の拳《こぶし》が、天を駆けて……

「──《この一撃は！　無限の彼方にだって届くッ!!》」


……〝最強〟どうしの衝突は、そのたった一撃で終わっていた。

『…………h……ummmm……mmm……mm……』

《頭蓋《ずがい》の獣》の力を借りて、光を纏《まと》った《魔女の手》が、《ユリーカの夢》を貫いていた。

空間を超越し無限の彼方の存在となっていた彼女に、もう一度、手が触れる。

そしてそれは同時に、彼女がずっと夢に見ていた瞬間でもあった。

『……h……h……m……』

光の拳に貫かれながら、《ユリーカの夢》が、《頭蓋の獣》へ震える手を伸ばす。

人の身では越えられぬ〝論理障壁〟を、純粋な〈悪夢《ノイズ》〉となったその身で越えてみせて。

――――ぷちり。

たった一本だった……たった一本、《頭蓋《ずがい》の獣》の、美しく輝く体毛を抜いて。

『…………』

《ユリーカの夢》は、それを大事そうに大事そうに、両手に包み込んだ。

ここに――一人の少女が夢見た願いが、成就する。

〝――〈獣の夢〉よ……どうか、私を……サーシャの所へ、連れていってください……〟


》》》ホテル〝ラビッツ・フット〟、大ホール。

「……え……？」

その光景を、Fもまた呆然《ぼうぜん》と目撃していた。

二つの〝最強〟が交差した神話的な光景――Fはそれから、片時も目を離せなかった。

その姿が、あまりに美しかったから。

その姿が、あまりにそっくりだったから。

「……ヘレナ……？　……サーシャ……？」

Fが震える左手を伸ばす。

「そこに……そこにいたのか……？　ユリーカ……お前は……お前は……誰だったんだ……？」

愛娘《まなむすめ》を取り戻すと。その一念でこれまで決して揺らがなかった修羅の声が、初めて震えた。

「……僕は、何かを間違っていたのか……？　僕が今までしてきたことは、いったい……？」

Ｆのその問いかけに答えるように、視界の隅で人影が揺れる。

無限の跳弾の流れ弾を全身に浴びて、満身創痍《まんしんそうい》となったウルカとヨミが、Ｆを見る。

「あんなにいい子が、ずっと傍《そば》にいたんだろ！　いくらだって、幸せになれたはずだろ！」

「抱き締めてあげればよかったんダヨ……それだけで、きっと全部解決してたんダヨ!!」

ウルカが力の入らない手で遊底《ボルト》を引く。立ち上がれないヨミが銃身を担いで、砲台となった。

「「……この……このッ、大馬鹿野郎ォォオオオッッ!!!!」」

――――ズドォン……ッ！

最後に残っていた弾丸が、Ｆの額を撃ち抜いた。

「…………」

倒れゆくなか、夢から目覚めていくなかで、Ｆは最後にもう一度、その光景を見る。

〈獣の夢〉へと至った《ユリーカの夢》が、両手に願いを握り締めてゆく。

「……あぁ……〝門〟が開く……〝集合無意識の海の底〟へ……《角《つの》ぐむ獣》への道が……」

憑き物がとれたような青い瞳《ひとみ》に、その少女の姿を見て……Ｆは初めて、懺悔《ざんげ》していた。

「…………ユリーカ……最後くらい、お前の傍に……いてあげればよかった……――」

〝──ねぇ、見てる？　見ててね？　私のこと〟

少女の想いが、世界に満ちる。

〝──私、やってみせるからね……あなたのために、やり遂げてみせるからね〟

たった一つのその想いが、人工の夢に風穴を開ける。

夢信《むしん》空間の、底が抜けて。

ここに、〝門〟が開かれた。

〝──ねぇ、「愛してる」って言って？　──ずっとずっと、大好きだよ、パパ！〟

『――ロロォォォォォォオッ』

第八章　"想い出"を詰め込んで

＊＊＊？？？＊＊＊

……ぽかぽかと、最初に感じたそれは、柔らかな陽射しの温《ぬく》もりだった。

次いで聞こえてきたのは、チュンチュンというスズメの囀《さえず》り。

背中の下で小石がジャリジャリして痛い。土の匂いと、朝露に濡れた草の香り。

トウヤが瞼《まぶた》を開くと、そこはこぢんまりとした庭先だった。

「………。……寝ちゃってたのか、俺……」

トウヤがむくりと上体を起こす。すると右手に、柔らかい感触があることに気づく。

それは小さくて、細い指先の、綺麗《きれい》な手だった。

「……メイア。メイア。起きろってば」

「…………ん、ぅ……」

トウヤに揺すられ、メイアがむにゃむにゃ目を開ける。いかにも朝に弱い低血圧の顔だった。

「……ふわぁ……。……？　ねぇ、トウヤ？　どこかしら、ここ？」

寝ぼけ眼をくしくし擦《こす》り、周囲を見遣《みや》ったメイアが小首を傾げる。

「どこ……？　……確かに……どこだろう、ここ」

メイアに訊《き》かれて、トウヤはようやくそのことに思い至る。

言われるまで、〝知らない家の庭で寝ていた〟ということに全く違和感を覚えていなかった。

ようやくそれを認識して、トウヤの意識にかかっていた霞《かすみ》が晴れる。記憶が過《よぎ》る。

——クラスSの〈悪夢《ノイズ》〉が現れて、《頭蓋《ずがい》の獣》を喚《よ》びだして、光の拳《こぶし》を打ち出して——

「——！　そうだ！　俺たち、あれからどうなって——」

トウヤが、〈千華《ちか》〉での一連のできごとを思い出したのと同時、

「——サーシャー。新聞とってきてちょうだーい」

目の前に建っていた家の、薄い玄関扉から、女の人の声が聞こえた。

「はーい！」

古ぼけたドアノブが、ガチャリと回って、

「？」

ひょこっと。その中から小さな女の子が顔を出した。

さらさらの金髪と、青空のような瞳《ひとみ》をした、五歳ぐらいのおてんばそうな子だった。

トウヤとメイアと女の子が、じっと目を見合わせたままその場に固まる。

「……ええー、っとぉ……。……お邪魔、してます……？」

「…………」

トウヤが愛想笑いを浮かべると、女の子はそろそろーっと、お家の中に引っ込んで、

「…………ママぁー！　お庭に知らない人がいるー！　〝ふしんしゃ〟あー！」

バタバタと、女の子が廊下を走っていく音が聞こえた。

「もぉー、どこで覚えてくるのかしらそんな言葉……失礼なこと言っちゃダメよ？」

女の子に代わって、最初の女の人の声がして、

「――大事なお客様なんだから」

再び薄い玄関扉が開かれて、次に姿を現したのは、エプロンをかけた妙齢の婦人だった。

「いらっしゃい。私はヘレナ。ずっとあなたたちを待ってたの。――さ、上がって？」

そこは狭い庭とガレージつきの、古くて小さな二階建ての一軒家だった。


「――狭くてごめんなさいね？　好きな所に座ってちょうだい」

二人がヘレナと名乗った婦人に通されたのは、年季の入ったキッチンだった。

「……あの……ここは、いったい……」

トウヤの口から戸惑いの声が漏れる。状況が全くわからない。

「んー、そうねぇ……まずはご飯にしましょ？　お腹が空いてちゃ、何にもなんないんだから」

「は、はぁ……」

ヘレナにウインクでお茶を濁され、仕方なくトウヤは手近にあった椅子を引く。

「…………うわわ!?」

ガコッと、かけた椅子が大きく揺れたものだから、びっくりしたトウヤが思わず声を上げた。

「あははは！　あーその椅子、脚が全然揃《そろ》ってないのよ」

オーブンを覗きながらヘレナが大笑いする。隣にかけたメイアも何だか違和感がある様子で、

「この椅子、狭いわ？」

「そっちは子供用の椅子だもの。ガタガタしないだけマシだと思うことね？」

二人のかけた食卓は、とても小さな食卓だった。

テーブルの角は欠けていて、テーブルクロスは黄ばんでいて、食器は少なくて。さっきからヘレナがオーブンを覗いているのは、時々叩《たた》かないと止まってしまうからだった。

「貧乏なのね、あなたのおうち」

メイアがあまりにストレートに言うものだから、トウヤは彼女の肩をばしんと叩いた。

「お前こら、失礼だろ……！」

「気にしなくていいわ。だってほんとのことだもの。見てのとおりのね」

そう言ってトウヤたちを振り返ったヘレナは、けれどニコニコと笑みを浮かべていて。

「それでもね？　私は十分、幸せだったの」

そこでふと視線を感じて、トウヤとメイアは同時に入り口を振り向いた。

さっき庭先で会った女の子が、陰からそーっと顔を出して、キッチンの様子を窺《うかが》っていた。

「あらサーシャ、急に恥ずかしがり屋さんなの？　いらっしゃい、もうすぐ焼き上がるから」

サーシャと呼ばれた女の子がこくりと頷《うなず》き、それからメイアのほうを指差して、

「うん。でもママぁ。私のおいす、とられちゃった」

「あらやだ！　そういえば椅子の数が足りないわね」

ヘレナが鍋摑《オーブンミトン》みを嵌《は》めた手を腰に当てて「ふぅむ」と唸《うな》る。

それを見たメイアが、小首を傾げて、自分の太股《ふともも》をぽんぽん叩《たた》いて、サーシャを見た。

「……すわる？」

「……。うんー」

数秒考え込んでから再びこくりと頷いて、サーシャがてってとメイアの傍《そば》に寄ってくる。

メイアがサーシャを膝《ひざ》の上に乗せる。サーシャがぷーらぷーらと脚を振る。

その間、二人は一言も口を利かなかったが、やがてサーシャが「……へへェ〜」と笑った。

「仲良しになったわ、トウヤ」

「え。あ、そう……」

精神が幼い者どうし、言語を超越しすぎていて、トウヤには二人のやりとりがわからない。

「――さ、できたわよー」

そうやって三人が食卓に着くと、間もなくヘレナが壊れかけのオーブンを開けた。

小さな家中にふんわりと、優しい料理の匂いが広がる。

食卓に、ひびの入った熱々の深皿が供される。

トウヤが深皿を覗き込むと、そこにはどこかで見たことのある料理が敷き詰められていた。

「コテージパイ……」

「へぇー、知ってるんだ？　この料理。君の国の料理じゃないのに、詳しいのね？」

「はい。昨日の夕食会で、ごちそうしてもらったばっかりで――」

そこまで言って……トウヤは口を押さえて、首を捻《ひね》った。

「……あれ、でも、誰に作ってもらったんだっけ……？」

うーんと腕を組んだトウヤのことを、ヘレナは食卓の向かいで頬杖《ほおづえ》をつき、黙って見ていた。

「…………。ま、いいじゃない。冷めないうちに食べましょ？」

にっこり笑みを浮かべたヘレナが、パイを切り分けてトウヤたちに配っていく。

熱いのが苦手なメイアとサーシャが、揃《そろ》って「ふーふー」しながらパイを頬張《ほおば》る。

肉汁の旨《うま》味と、ポテトがほくほくしていて。スパイスが効いてて香ばしくて。チーズとトマトソースの濃厚さと酸味がちょうどよくて。

それはとても素朴な、家庭の味で。その味をトウヤは知っていて。

けれど。やっぱりどうしても……トウヤは、その料理を最初にごちそうしてくれたのが誰だったのか、思い出せなかった。

「――メイアちゃんこっちー。私のお部屋見せたげるー！」

みんなでコテージパイを平らげるころには、サーシャはすっかりご機嫌になっていた。

サーシャに手を引かれたメイアが、二階の子供部屋へと上がっていく足音がする。

そんな二人を見送り、トウヤはまだキッチンで、脚の高さの揃《そろ》っていない椅子にかけていた。

「hum～♪」

ヘレナの背中がハミングしながら、かちゃかちゃと洗い物をしている。

天井がドタドタと揺れて、「きゃーっ♪」とサーシャのはしゃぎ声が聞こえてくる。

それは貧しいけれど、穏やかで、ささやかな幸せに満ちている、優しい家庭の風景だった。

ヘレナの言ったとおりだった。

お腹がいっぱいになったことで、トウヤの意識は明瞭になっていた。自分が置かれている状況を観察し、考えをまとめる時間を作ることもできた。

だから、今のトウヤにはわかる。

これは、この状況へと至るために、全部へレナ《この人》が用意してくれていたことだったのだと。

キュッ。やがて洗い物を終えたヘレナが、蛇口を閉めた。

「さて、と……――それじゃ、お話ししましょっか。瑠岬《るみさき》くん？」

トウヤの向かいへ、ヘレナがゆっくりと腰を下ろした。

トウヤは改めて、その女性をまじまじと見る。

サーシャと同じさらさらの金髪で、化粧気がなく、指先は水仕事で荒れている。少し痩せすぎのようにも見えて、けれど澄んだ瞳《ひとみ》が美しい、綺麗《きれい》な人だった。

とても素朴で、家庭的で――何より神秘的な人だった。人間とは思えないほどに。

だからトウヤは、前置きなしに、単刀直入にそう口にした。

「ここは――ここが、〝海の底〟なんですね」

「……ええ、そうよ」

ヘレナがふわりと、優しすぎる微笑《ほほえ》みを浮かべた。

「ここが、〝集合無意識の海の底〟――あなたたちが〝夢信空間《むしん》〟と呼ぶ、上の世界のずっと下にある、すべての意識の根源……その片隅ってとこね」

「じゃあ、この空間は……？」

「私とサーシャで作ったのよ。でも、難しいことじゃないわ。誰だってやってることよ」

「……………夢……夢の世界……」

思い描いた夢《イメージ》が実現する。ここはそういう世界だった。

「そう。まぁ夢っていうよりは、〝想い出の世界〟ね、私にとっては」

そう零《こぼ》したヘレナが、欠けたテーブルを撫《な》でていく。

「ヘレナ《わたし》と、サーシャと、ジャックの想い出が詰まってるの。ガタガタの椅子一脚から、哺乳瓶の一本、壁紙の傷一つまで、全部……ぜぇーんぶ、私の愛した想い出たち」

「サーシャも……それじゃあ、あの子の存在も、あなたの想い出なんですか？」

「ううん、あの子は違う。きみたちが私の想い出ではないように。サーシャはサーシャよ」

そしてヘレナは、肘《ひじ》をついた両手の上に顎《あご》を乗せ、優しく告げた。

「私は死者で、あの子は生者——私ね、あの子に引き留められちゃったの、生者の領域《こっち側》に」

ふぅっと、ヘレナが窓の外を見る。

「サーシャってば、一人で〝海の底《こんな所》〟にまで降りてきたのよ？ それで言うの、『ママ、行かないで』って、『戻ってきて』って……そんなこと言われちゃったら、ほっとけないでしょ？」

「それで、十二年もこの場所に、こうして〝想い出の世界〟を？」

「上の世界の数え方ではそうなるわね。でも、死者の私からしたら一瞬のこと、あるいは永遠のこと……ここには時間なんて概念はないから」

「死後の世界って、そういうものなんですか？」

「わからない。……言ったでしょう？ 私は引き留められちゃったのって」

「留まろうとして、留まれるものなんですか……？ 生者の領域に」

「普通は無理ね。よほど未練でもあれば別だろうけど、私、本当に幸せだったから、そんなものなくて。でも、サーシャの願いを聞いてくれたのよ……〝境界の番人〟が」

「番人？」

「えぇ。……えーっと、君の意識《なか》にある言葉で表現するなら……——あぁ、これがそうね」

ヘレナが小さなテーブル越しに、トウヤの額にぴとりと人差し指を当てた。

「〈獣の夢〉……《角《つの》ぐむ獣》。それが〝境界の番人〟。サーシャは〝天使様〟って呼んでるわ」

「え……？」

それはＦが――ジャックが、執着していた存在の名だった。

「……Ｆさんは、《角ぐむ獣》がサーシャを〝海の底〟へ連れ去ったって」

「あぁ、そっかぁ……そう見えちゃうわよね、ジャックのほうからは……」

トウヤからそれを聞かされて、ヘレナは少し悲しそうな顔になる。

「難儀なものね……夢信空間《上の世界》と〝海の底《下の世界》〟じゃ、言葉を直接やりとりできない……伝えられるのは、〝想い〟だけだもの」

それからヘレナは、トウヤを真っ直ぐ見つめた。

「違うの。《角ぐむ獣》はサーシャを攫《さら》ったんじゃない。あの子を守ってくれたの。あの子が迷子にならないように。でなければ私たち、こうして一緒に〝想い出の世界〟にいられなかった」

「全部、勘違いだったってことですか……Ｆさんも、俺たちも……」

この事件に、悪意なんてその始まりから一つもなかった。

あったのは、とある三人家族の何てことない家族愛と、それに応えてくれた〈獣の夢〉だけ。

事の顛末《てんまつ》を理解して……――けれど、トウヤは頭を抱えていた。

「ん？　どうかしたの？」

「いえ、何でもないです……。……何でもないと、思います、多分……。……ただ、」

どうしてか、トウヤは胸が苦しくなる。

「……誰か……誰か、大事な人のことを……忘れちゃってるような気がして……」

F《ジャック》が《角《つの》ぐむ獣》に執着した理由。

トウヤたちがこの事件に巻き込まれた理由。

そして何よりも、トウヤたちが今こうしてここにいる理由。

その一番大切なピースが、一つだけ抜け落ちている気がしてならなかった。

やがて、思い出せないことへの違和感も徐々に薄れて消えていく。答えを見つけだす前に。

「言葉は伝えられない。伝えられるのは〝想い〟だけよ、瑠岬《るみさき》くん。それがここの真理《ルール》だから」

それを最後に、ヘレナとの会話も途切れて。キッチンに沈黙が降りる。

パタパタと、そこへやって来たのはサーシャとメイアだった。

「ママぁー！　秘密基地に行こー！　メイアちゃんに見せてあげたいのー！」

「あらいいわね。今日は大勢だから、きっといつもより楽しいわよぉ？」

「うんー！」

ぱんと手を打ち、ヘレナが空気を切り換える。

「瑠岬くんもどう？　サーシャにつきあってあげてくれないかしら」

「――ここは私のというよりは、サーシャの〝想い出の世界〟ね」

ヘレナがガラガラとシャッターを上げると、そこは小さなガレージだった。

「ようこそー！　パパと私の秘密基地へー！」

暗がりの奥へ駆けていったサーシャが照明の電源を入れると、裸電球が灯《とも》る。

「これって……」

トウヤが、ガレージの奥に目を向ける。

「そ。ジャックの夢見た機械。でき損ないの人工頭脳よ」

そこにはブラウン管のくっついた、大きな冷蔵庫に似た装置が置かれていた。

「メイアちゃーん！　トウヤくーん！　お席へどうぞー！」

うんしょうんしょと座席代わりのタイヤを引きずってきたサーシャが、ニコニコで案内する。

「おきゃくさまは座って待っててねー！」

とてとてと行ったり来たり走り回るサーシャを見守りながら、トウヤがタイヤに腰かける。

「ねぇトウヤ。わたし、仲良しになった人のお部屋に遊びに行ったの、初めてだったわ」

その隣に腰を下ろして、メイアがトウヤに聞いてもらいたそうに言う。

「うん。どうだった？　サーシャのお部屋」

「とっても素敵な場所だったわ。サーシャがね、いっぱい聞かせてくれたの。『この壁紙はパパが貼り替えてくれたんだよ』って、『このワンピースはママが縫ってくれたんだよ』って、『このポシェットは、みんなでおでかけしたときに買ってもらったんだよ』って」

「そっか。ほんとに良い家族……幸せな家族だったんだなぁ」

「わたし、ここに来れてよかったわ。ここにいると、胸の奥がぽかぽかしてくるの」

「うん、わかるよ。俺もそう思う」

そこでメイアがふと黙った。たった今まで笑わせていた口元をへの字に曲げて、首を傾げる。

「でもトウヤ？　そういえばわたしたち……どうしてここへ来たのだったかしら？」

その言葉を聞いたトウヤが、はっとメイアと目を合わせた。

「メイアも……！　やっぱり、気のせいじゃなかったのか……」

何かを——誰かを、忘れてしまっている。

その予感が確信へと変わって。けれどどうしても思い出せなくて。トウヤはまた頭を抱える。

「………」

そんな二人の横に腰かけて、ヘレナはただ黙って二人を見つめていた。

そこへフゥフゥと、サーシャが息を切らせてやってきた。ずるずると何かを引きずっている。

それは工事用ヘルメットを改造したヘッドギアだった。

「はい、これかぶってねー！」

ヴゥン……と、ブラウン管に白光が灯《とも》り、ジャックの人工頭脳が動きだす。

暖かで、幸せで、優しい温《ぬく》もりに包まれながら。目を閉じたトウヤは、心の中で尋ねた。

——ここは、あなたたちの〝想い出の世界〟なのに……どうして二人じゃないんですか？

暖かな闇の向こうから、声が聞こえる。

――言ったでしょ？　ヘレナは元からここにいた死者で、サーシャはここへ落ちてきてしまった生者だから。だからここは、ヘレナとサーシャだけの世界よ。

――寂しくは、ないんですか？　Fさんが……ジャックがいなくて。

――ううん、全然？　……だって、あの人は生きているから。生きてくれているから。

――会いたいとは……思わないんですか？

――そんなこと、思わない。だって――

――だって、ジャックとは……パパとは……おとうさまとは、いつだってずっとずっと、傍《そば》にいたんだもの！


「――――!!」

その呼び方を耳にした瞬間、忘れていた記憶がトウヤとメイアに洪水のように押し寄せた。

あの子の後ろ姿を思い出した――二本に結った金色の、さらさらの髪。

あの子の笑い顔を思い出した――お人形さんのように綺麗《きれい》な顔と、青空のように澄んだ瞳《ひとみ》。

あの子の手料理を思い出した――コテージパイの優しい味と、ほんのり苦いレモネード。

ララとそのとき、トウヤとメイアの耳元に、美しい獣の声がする。

瑠岬《ポラリス・ワン》センリの、声がする。

『ラァァァァァァァァァァッ』――――〝思い出して、あの子の名前を〟と。

《頭蓋《ずがい》の獣》が〝集合無意識の海の底〟へと、戦いの記憶を届けてくれる。

――〝●●●●……一人きりになんて、なっちゃダメだよ……〟

――〝●●●●……この世界は、広すぎるから……〟

――〝誰かと手を取り合ってなくちゃ、さびしすぎるよ……●●●●……〟

あの子の名前を思い出したい――彼女は、確かにそこにいたんだ。


「――――ユ リ ー カ !!」


トウヤとメイアが、その名とともに、目を開けた。

その瞬間、パァァァァアッ！　と、目の前にブラウン管の白光が溢《あふ》れた。

ジャックの人工頭脳が溶けて消える。ガレージが光で塗り潰《つぶ》される。母屋のキッチンがモノクロに褪《あ》せて輪郭を崩し、細い廊下も、狭い玄関も、階段も子供部屋も、暖かな光になって。

〝想い出の世界〟が、たんぽぽの綿毛のように、一斉に崩れて舞い上がった。

そのあとに残ったのは、灰色の光に満ちた世界。

〝集合無意識の海の底〟――その真の姿。

そこで自分の形を保っていたのは、トウヤとメイア。

それから、二人と向き合うようにして立つ、ヘレナとサーシャ。

それと――

「「ありがとう――〝私〟を、もう一度見つけてくれて」」

ヘレナとサーシャからも暖かな光が溢れて。二つの光が一つに交わる。

やがて、その光が。〝海の底〟に、五人目の人の形を浮かび上がらせた。

それは金髪碧眼《へきがん》の、長い髪を二本に結った、十七歳の少女。

「……瑠岬《るみさき》さま……？　呀苑《がえん》さま……？　……私……こんな所で……どうして……？」

それが、ユリーカ・ファイ・ノバディとの再会だった。

「「ユリーカ！」」

トウヤとメイアが声を上げて、少女の元へ駆け寄った。

「え……？　これは、どういうことですか……？」

状況をのみ込めないユリーカが、二人を交互に見る。

「俺たち、きみを連れ戻しに来たんだ、ユリーカ！」

「そうよ、あなたにもう一度会うために、あなたのことを追いかけてきたのよ、ユリーカ」

「……あ、あら？　私の身体、元に戻って……？　それに、何なのですか、ここは……」

自分の身体と周囲の様子を見回して、ユリーカがきょとんとする。

「きみの意地が《頭蓋《ずがい》の獣》に届いて……〝門〟が開いたんだ」

「ここが、あなたがずっと来たがっていた場所……〝集合無意識の海の底〟よ」

「え……？　ここが、そうなんですの……？」

ようやく状況を理解したユリーカが、灰色の世界を見上げていると、

「瑠岬《るみさき》くん、やっと思い出してくれたわね」

「ここはね、ママと私の秘密基地だよー！　へへェ～！　すごいでしょー‼」

ヘレナがふわりと優しく笑い、サーシャが得意そうに飛び跳ねた。

その声で振り返ったユリーカが、母娘二人と対面する。

「？　どちら様、でしょうか……？」

「うふふっ、初めまして。私はヘレナよ」

「私、サーシャ！　はじめまして！」

二人の名を聞いたユリーカが、目と口を真ん丸にした。

「え………嘘……嘘……っ！」

ヘレナとサーシャの手を順番に握り締める。

「私……私……！　サーシャに、会い、会いに、来て……っ！　へ、ヘレナ、さん……あなたにも会えるなんて……私、夢を見ているのではないでしょうか……」

「夢ではないわね。私の〝想い出の世界〟は、たった今消えちゃったし」

「どうしてそんなにびっくりしてるのー？　へんなのー！」

ヘレナがユリーカの手を握り返し、サーシャがきゃっきゃと笑い声を上げる。

そんな三人の元へトウヤとメイアが近づいていくと、ヘレナと目が合った。

「……最初に言ったでしょ？　『あなたたちを待ってた』って。――こうしてほしかったのよ」

ヘレナがその顔に、神秘的な笑みを浮かべる。

「〝海の底《この世界》〟では、〝想い〟がそのまま力になる。夢信空間《上の世界》よりもずっと強く、はっきりとね。〝私〟を思い出してくれたということは、〝私たち〟の秘密も解けたということ――そうよね、二人とも？」

今までずっとわからないでいた、ユリーカの人格がどこからやってきたのかという謎《なぞ》……

その答えにトウヤとメイアはもう気づいていた。

「……ユリーカの、正体は」

「〝ヘレナとサーシャ〟……あなたたち二人が一人で、ユリーカだったのね」

ヘレナがゆっくりと、深く深く頷《うなず》き返して、〝イエス〟と示した。

「だって、サーシャ《この子》が聞かないんだもの……『一緒にいよう？　パパと三人で』って。死者《わたし》がもう一度目覚めるには、生者《サーシャ》と一つになって全く別の人格としてやり直すしかなかったの」

「あなたとサーシャが〝海の底《ここ》〟でそういう選択をしたという記憶も消して、ですか」

「〝海の底《こっち》〟の存在は〝想い〟しか伝えられない。〝ユリーカ〟という人格がヘレナであると同時にサーシャでもあるという真実《こと》を、ジャックに伝えることはできなかったけれど……〝愛〟は、届けられたから。それでよかったの」

「でも、今ヘレナ《あなた》とサーシャとユリーカは別々に存在しているわ？　それはどういうこと？」

「あなたたちのお陰よ。あなたたちが、『ユリーカに戻ってきてほしい』って想ってくれたから。私たち三人が同時に存在するには、私たち以外の誰かの〝想い〟が必要だったの」

それを聞いて、ユリーカがはっとヘレナを見た。

「え……？　……そんな、ダメです！　そんなこと！」

ユリーカが膝《ひざ》をつき、サーシャの両肩に手を置く。

「私は、ユリーカは！　この身体をサーシャ《あなた》に返すためにここまで来たのです！　私は消えなければならないのに……いえ、せっかく消えていたのに！」

ユリーカが、怒りの籠《こ》もった目でトウヤとメイアを振り返った。

「どうして……どうして！　私を呼び戻してしまったのですか！」

ユリーカの糾弾を受けて、トウヤの表情も険しくなる。

けれど数秒後、トウヤの顔には少し困ったふうの微笑が浮かんでいた。

「……。ユリーカ……もうよそうよ、そんな寂しいこと言うのは」

「な、何をおっしゃいますの……」

「〈ラヴリィ・ドーター〉の光の中で、ユリーカの想いを見たんだ。〝海の底〟に来て、ヘレナさんとサーシャの想い出にも触れた。胸が苦しくて、温かくて、〝家族〟って、こういう感じだったなって懐かしくなって……そこにユリーカだけがいないなんて、そんなの間違ってるよ」

「そういう問題ではありませんわ！」

柔和な声のトウヤを前に、一人威勢良くユリーカが腕を振り回す。

「ヘレナとサーシャが一つになった別人格？　そんなの！　私はやはりNobody《誰でもなかった》ということ！〝愛の衝動〟しか持たない孤独な化け物だと、証明されたということです！　そんなものが存在していいはずが――」

「ユリーカは、化け物なんかじゃないわ？」

ユリーカがトウヤに食ってかかっているところへ、割って入ってきたのはメイアだった。

「呀苑《がえん》さま……あなたまで適当な慰めをおっしゃらないで！」

「慰めなんかではないし、適当でもないわ？　ねぇ、わたしわからないのだけれど、〝誰でもない〟ってなぁに？〝誰かになる〟ってどういうこと？」

ふいに、メイアがそんな素朴な質問を投げかけた。ユリーカの表情が強張《こわば》る。

「そ、れは……」

「？　わからないの？　あなたが言いだしたことでしょう？」

「っ……！　えぇ、わかりませんわよ。私はずっとそれで悩んできたのです、答えがわかるなら何も苦労なんてしませんわ」

「ふぅん。ねぇ、ユリーカ………馬鹿なの、あなた？」

それは唐突な暴言だった。ユリーカが「んなっ!?」と目を丸くしていると、メイアが顔を近づけていく。

「ユリーカ。あなたの孤独《それ》は、まだ満たされていないだけ。あなたの想いは、〈獣の夢〉に届くほど強いものだったわ。簡単なことよ」

そう言うと、メイアは子供のように小首を傾げて、曇りのない瞳《ひとみ》でユリーカを覗き込み、

「自分が誰かだなんて、あなたが決めればいいじゃない。あなたはこんなにも強いのに、そんなこともわからないの？」

「う、ぐっ……!?」

メイアのその一言で言葉に詰まったユリーカが、思わず後退《あとずさ》りしかける。

それをぐっと堪えて、自身の消滅願望を握り締めて、ユリーカは一歩前に踏みだした。

「わ、私っ……あなたたちに酷《ひど》いことをしました。間違った出会い方をしてしまいました。これは取り消せない事実です。その責任をとるためにも、私は消えるべきで――」

「間違えたなら、俺たちと一緒にやり直そう」

トウヤが二歩前に出て、ユリーカを間近にじっと見つめた。

「る、瑠岬《るみさき》さま……」

「失わない限り、間違いはいつだって何度だってやり直せるんだ。何度でも言う、きみは消えちゃいけない。きみは〈悪夢《ノイズ》〉でも化け物でもないし、サーシャでもヘレナさんでもない。ユリーカはユリーカなんだよ。だから俺たち、ここまで迎えに来たんだ。だからユリーカ、みんなの所へ、一緒に帰ろう！」

思いの丈を言葉にしきって、トウヤはふぅと息を吐いた。

それをぽかんと見上げて、とうとうユリーカは、へなへなとその場に頽《くずお》れていった。

「……はぁぁぁ……わけわかりませんわ、さっきから言ってることが滅茶苦茶ですわ……私、どうすればよろしいの……？」

ユリーカが呆然《ぼうぜん》としていると、メイアがその横にしゃがみ込み、同情と実感を込めてユリーカの肩を叩《たた》く。

「トウヤに目をつけられると大変なのよ？　だってこの人、一度助けると決めた相手は、こっちから断ろうがどこまでだって追いかけてくるんですもの」

「呀苑《がえん》さま……あなたにそれを言われてしまうと、もう私……なんも言えませんわ……」

「あなた、知ってる？　ケンカをするとね、お友達になれるのよ？」

「え……？　何をいきなり……？」

「わたしね、あなたのこと嫌い……トウヤのこと取ろうとするから。でも、あなたのことが好き……わたしにたくさんの気持ちを教えてくれるから。わたしはあなたのことが嫌いで好きで、それからあなたの作ったコテージパイが大好きよ？」

「はぁ……？　ありがとう、ございます……？」

トウヤとは違った意味でメイアからも捲《まく》し立てられて、ユリーカの思考は停止していた。

「……うふふっ」

「……エへへェ～」

そんな三人を見て、ヘレナとサーシャが目を合わせてにっこり笑った。それから声を重ねて、

「「もう大丈夫だね、ユリーカ」」

そう言われたユリーカが、母娘を振り向いた。

「私が、大丈夫……？」

「ええそうよ？　だって喧嘩《けんか》をしてまで、こんな世界の果てより遠い場所にあなたのことを迎えに来てくれる人たちがいるのよ？　何にも心配することなんてないじゃない」

「私もね、メイアちゃんとトウヤくんとお友達になったんだよ？　お揃《そろ》いだねー！」

そんな二人の明るい言葉に、けれどユリーカの表情はどんより暗い。

「……私……これから、どうすれば……」

　ユリーカが、助けを求めるように母娘を見る。

「私はただ、お義父《とう》さまの願いのために……私自身が消えるために、そのためだけに生きてきたんです……サーシャ、あなたから奪った十二年間を、そうやって。それを今更、『私は消えなくていい』なんて、そんなこと、いきなり言われても……」

「もぉ、この期に及んできかん坊ねぇ。誰に似たのかしら……さ、いらっしゃい！」

　ユリーカの弱音にヘレナが割り込むと――ギュッと、彼女は少女のことを抱き締めた。

「……いい？　今ここにこうしているあなたはね、私の二人目の娘で、サーシャの妹なのよ。あなたは、私たちの大切な家族……だから消えないで、ユリーカ。生きて、ユリーカ。お母さんとお姉ちゃんと、そう約束してちょうだい」

「……っ！」

　ヘレナの胸に抱かれたまま、ユリーカが目を見開いた。

「わぁ！　私、お姉ちゃんになったの!?　わーい！」

　小さなサーシャがユリーカの目を覗き込む。お互いに瓜《うり》二つの、青空のような瞳《ひとみ》で。

　その瞳に二人の笑顔を映し込んで……ユリーカの目から、ぶわっと涙が溢《あふ》れ出た。

「っ……う……ぅっ……づ！」

　誰からも愛されたことがなかった少女が、今、〝家族〟から、目一杯の愛情を注がれて、

「……ぅぅヅ……ぅっ……おかあさまぁ……おねえさまぁ……――ママぁ……！　お

ねぇちゃぁん……！　う、ゔぅぅ……わぁぁぁぁあんっ……ッ!!」

とん、とん。とん、とん。大きな次女が、十二年分の我慢を全部吐きだして、自分の意志で泣き止むまで。ヘレナとサーシャはいつまでもいつまでも、ユリーカのことを抱き締めていた。


「――もう、いいのね？」

時間の概念のない世界で、一体どれほどの間泣き声が続いていたのかはわからない。

けれど今は、もう泣き声も涙も消えていた。

そこには拠《よ》り所を、心の収まる場所を得て、すっきりした表情のユリーカが立っていた。

「うん。ママ、お姉ちゃん、ありがとう」

「もう〝消えなくちゃ〟とか、思わないわね？」

「うん」

「ユリーカちゃんは、ユリーカちゃんでいいんだよ？」

「うん」

「「じゃあ、どうすればいいか、わかるね？」」

「うん！」

ヘレナとサーシャにしっかりと返事して、ユリーカが振り返った。

「瑠岬《るみさき》さま。呀苑《がえん》さま」

「うん……何、ユリーカ？」

「なぁに？　ユリーカ」

「私。――私、もう大丈夫です」

ユリーカが自分の胸の前で、拳《こぶし》を握る。

「〝私《ユリーカ》は、私《ユリーカ》〟……その言葉の意味を、今ようやく理解できました……心で、納得することができました。……愛に、やっと……触れることが、できました……」

その掌《てのひら》に、母と姉からもらった大切なものを握り締めて――もう、ユリーカに迷いはない。

「この〝想い〟と共に、私は立っていられます。歩いていけます。だから、帰りましょう……夢信《むしん》空間へ……覚醒《かくせい》現実へ……私たちの世界へ！」

〝海の底の住人《ヘレナとサーシャ》〟に背を向けて、ユリーカが〝上の世界の住人《トウヤとメイア》〟の前に歩いていく。

次の瞬間。

サァァァ……。と、灰色の世界に、五人の足元に、一本の光の線が走った。

ユリーカと、トウヤと、メイア。

ヘレナと、サーシャ。

二つの世界を隔てるように、光の境界線が現れる。

そこに、軽やかな蹄《ひづめ》の音が聞こえてくる。

「来たわ。あれが、《角《つの》ぐむ獣》よ」

境界の彼方に、一つの光が見えた。

ゆっくりと近づいてくるそれは、光そのものでできた、眩《まばゆ》い眩い、一頭の獣だった。

縦に長い大きな耳と、無数に枝分かれした立派な角。

正面から見ると、それはサーシャの言うとおり、翼を広げた天使のシルエットに見えた。

『──ロロォォォォォォオオッ』

《角ぐむ獣》が天を仰ぐ。それはこの世のものとは思えぬ、荘厳で美しい、獣の唄だった。

「トウヤ……この人は、危なくない。とても正しい行いをする獣だわ。何となくわかるの」

「あぁ、俺にもわかる……《角ぐむ獣》……生者と死者の世界を渡る、〝境界の番人〟……」

生者《トウヤたち》が《角ぐむ獣》に見蕩《みと》れていると、その獣の首元にサーシャがむぎゅっと抱きついた。

「……へへェ～！　すっごくかわいいんだよ、このコ！」

抱きつかれた《角ぐむ獣》のほうも、首を下げてサーシャに頰擦《ほおず》りしている。

それを優しい眼差しで見守っていたヘレナが、やがて何か心に決めた様子で、サーシャの頭に手を置いた。

「……さて、と。それじゃ、そろそろ…………準備はいいわね、サーシャ？」

「はーい！　ママぁ！」

サーシャを抱き上げると、ヘレナは愛娘《まなむすめ》とともに《角ぐむ獣》の背へ跨《また》がった。

その場に居合わせる誰もが皆、〝その時〟の訪れを理解する。

「行っちゃうんですね。ヘレナさん、サーシャ」

「ええ。とっくにこうしてなきゃいけなかったのに、ずっと待っててもらったからね、《角ぐむ獣》に。さすがに長居しすぎたわ」

静かに佇《たたず》む《角ぐむ獣》へ歩み寄り、トウヤが二人を見上げる。

「最後に、訊《き》いてもいいですか？」

「何かしら？」

「〝想い出の世界〟で会ったとき、ヘレナさん、『ずっとあなたたち《おれ》を待ってた』って……いつから、待ってたんですか？」

「ずっとよ。ずぅーっと前から」

「俺たちが……ユリーカと出会う前から？」

その問いかけに、ヘレナはただ悪戯《いたずら》っぽいウインクを返す。

「瑠岬《るみさき》トウヤくん。呀苑《がえん》メイアちゃん。ユリーカにできた、初めてのお友達……私の〝想い出の世界〟を――ヘレナと、ジャックと、サーシャと、そしてユリーカの、愛の証《あかし》を。あなたたちに覚えていてほしかったの。それがここに留まってしまった私の、最後の未練だった……」

そう言って微笑《ほほえ》むヘレナの腕の中で、サーシャが肩から提げたポシェットをごそごそする。

「メイアちゃーん！　これ、持って帰ってぇ！」

メイアが受け取ったのは、可愛《かわい》いリボンで飾りつけられた、小さな小さな、黒い箱だった。

「なぁに、これ？」

「〝びっくり箱《ジャック・イン・ザ・ボックス》〟だよぉ！　メイアちゃんは開けちゃダメぇ！　約束だよ？」

「ジャックによろしく伝えて。尤《もっと》も、あなたたちは浮上するだけでいいはずだけど」

光の境界線の向こう側から、ヘレナは最後にもう一度、とびきりの笑みを浮かべた。

「さ、これでほんとに全部済んだわ。みんな、行きましょ？　生者と死者、それぞれの旅へ」

「しゅっぱーつ！」

『ロロォォォォォォォオッ』

パカカ、パカカ、パカカ。ヘレナとサーシャを背に乗せて、《角《つの》ぐむ獣》が歩きだす。

境界線の向こう側。死者の領域へ。暖かな光をその身に纏《まと》って。

ふわり、ふわり、ふわり。トウヤとメイアとユリーカが、手を繋《つな》ぎ合わせて浮かび上がる。

境界線のこちら側。生者の領域へ。上の世界へ。夢信《むしん》空間へ。覚醒《かくせい》現実へ。

それは永遠のお別れ。〝集合無意識の海の底〟で、生者と死者が巡り会った、奇跡の終わり。

けれどそれは、悲しいお別れなんかじゃない。

「――ジャックぅ！　ユリーカぁ！　愛してる！　ずっとずっと、愛してるわぁー!!」

「――パパぁ！　ユリーカちゃぁん！　大好きだよ！　ずっとずぅーっと、大好きだよぉー!!」

優しい獣の背中に揺られ、二人の母娘が、遠くから手を振る。

「――ママぁ！　お姉ちゃぁん！　ありがとう！　愛してくれて、ありがとう！　私を私でいさせてくれて、ありがとう！　私、ずーっとずっと、忘れないからねぇー！」

灰色の空の向こうへふわふわと浮上しながら、愛を知った娘が、いっぱいに腕を振り返す。

涙はなかった。このお別れに、涙はいらない。

トウヤも、メイアも、ユリーカも。ヘレナも、サーシャも。

ここにあるのは。贈り合うのは。愛と、笑顔と。それから――――。

『――さようなら……さようなら……さようなら！　さようならぁ!!』

――――――――心からの、〝さよなら〟を。

終章　夜明けとともに、

＊＊＊覚醒《かくせい》現実＊＊＊

≫那都《なと》界《ざかい》市、オフィスビル十四階。

「──ヨー、ホー、ホーウ！」

スカイブルーのスーツを纏《まと》い、銃で武装した仮面の道化集団に囲まれて。〈アトリエ・サンドマン〉による、〈夢幻Ｓ・Ｗ・《セキユリティ・ワークス》〉の制圧は続いていた。

「……くっそが……っ！」

事務作業エリアの片隅で、猛獣のように喉《のど》を唸《うな》らせたのは犀恒《さいづね》レンカだった。

ギシリッ。と、彼女の手元と足元で手錠が軋《きし》る。

管制員《オペレーター》と事務員が大人しくするなか、最後まで抵抗していたレンカは両手と両足を拘束され、壁に「大」の字で磔《はりつけ》にされていた。

「『乱暴する気でしょ、薄い本みたいに！』ってやつかぁこれ？　はぁーっ、趣味悪《わ》っる……」

「我々を何だと思っているのかね……Ｆ様の権威を、そんな低俗で貶《おとし》める気などなぁい」

「はっ！　武力制圧《こんなこと》やってる時点で低俗も高潔もあるかよ、うぁーか。ファ●キュー！」

全身を拘束されても止まらぬレンカの毒舌に、見張り番のサンドマンははげんなりしていた。

「……レディー、きみはぁ……どうやら本当に、身体に教えんとならんらしいな……？」

ジャキリッ。サンドマンが、ハンドガンの銃口をレンカへ向けたそのとき――

バツンッ…………突然、周囲に夜の帳《とばり》が降りた。

「ヨホッ⁉」

暗闇《くらやみ》の中で、サンドマンたちの声が交錯する。

「停電⁉　動力室の制圧チームはっ！」

「連絡がつかん！　三分前の定時連絡では何も問題ないと……！」

「モニタールームの担当は何してた！　臨戦態勢中だぞっ！」

「馬鹿言え！　監視映像から目を離しちゃいない！　ビルの中も外も、何も異常なんてな――」

「ぐあっ！」「うっ……⁉」「ぎゃっ⁉」

ドサドサと何かが倒れる音。呻《うめ》き声。サンドマンたちの声が消えてゆく。

「ちぃ……っ！　まさか……⁉　――こちらには人質《おんな》がいる！　敵対行為は即刻――」

見張り番のサンドマンが、暗闇の中で再度レンカへ銃口を向けた、その直後、

「あーいけませんねぇ……その人には手を出さないでいただけます？」

すぐ傍《そば》に、声がして――ドゴッ――「ぬっ……この、……ニンジャ、野郎がっ……」

サンドマンの悶絶《もんぜつ》。間髪を容れず、レンカの両手両足にカチャカチャと解錠音《ピッキング》。

そしてふわりと、急に闇の世界が回転して、

「きゃっ⁉」

レンカが悲鳴を漏らしたと同時、電力を得た蛍光灯が明かりを点《とも》した。

「――おや……? 可愛《かわい》い声出されるんですね、ハハッ」

明かりを取り戻したオフィスビル十四階は、その停電の間に情勢を様変わりさせていた。

スカイブルーのスーツを着た仮面の道化どもは、全員が昏倒していて。

代わりにいたのは――ベージュのトレンチコートに中折れ帽《フエドーラ》、サングラス姿の集団だった。

「……はぁん……?」

いつの間にか手錠を外され、レンカがぽかーんとしていると……

「や、どーもどーも！ 犀恒《さいづね》さん！ 今日もおっぱいおっきいですねぇ！」

レンカの目の前に、彼女のことをお姫様抱っこする、胡散臭《うさんくさ》い営業スマイルがあった。

「…………」

「どうかされました？ わたくしですよ、わ、た、く、し！ 亜穏《あのん》シノブでございます！ まあいろいろありましてね？ 惚《ほ》れた女のピンチに駆けつけるのも、サラリーマンの嗜《たしな》み――」

ガシッ。転瞬、レンカの両腕が、シノブの首に回った。

ぐるぅんっ。続いて、お姫様抱っこを抜けたレンカが背中に回り込み、四肢を絡めて。

ピッキイインッ！

それはまるで赤い稲妻。一瞬にして全身の関節を極めたレンカが、シノブを絞り上げていた。

「……うぉらぁあー！　またてめぇらか〈鴉万《からすま》産業〉!!　どっから嚙《か》んでた！　いつから見てた！　今度は何仕込んでやがった！　いい加減にしろぉぉおっ!!」

「あだだだだだだだぁぁあっ!?」

周囲のトレンチコートたちが、課長《シノブ》の惨状に「うわぁ……」と引いていると、
ドドドドドドドッ。

「——突入！　突入ぅーっ!!」

怒号と地鳴り。盾とヘルメットと防弾チョッキで武装した、紺色の集団が雪崩れ込んだ。

「警部！　鎮圧対象は青スーツで間違いないですね!?　他《ほか》に怪しい連中がいますがっ！」

紺色の指揮官が、サンドマンたちを取り押さえながらトレンチコート《シノブたち》の扱いに迷っていると、

「あーいご苦労さんでーす。その人たちゃ情報提供者なんでね、ほっといていいですよぉ」

紺色集団——機動部隊の人垣を分けて現れたのは、〈警察機構〉、改谷《あらたや》ヒョウゴ刑事官だった。

「いやぁ、すんません犀恒さん……まっさかこんな大事《おおごと》になってるたぁねぇ……」

「改谷さん……！　ってことはこの状況、〈鴉万産業〉と共同戦線？」

「まぁそんなとこです。〈銀鈴事件《この前の一件》〉で、そこの亜穏さんと直通回線《ホットライン》ができてたもんでね。〈鴉万産業〉さんにゃ斥候部隊出してもろたんですわ。……もうそのへんにしてあげたらどうです？」

「あだだだっ……！　わ、わたくしちょっと、気持ちよくなってきました……ハハッ……！」

シノブに絡みついたまま、レンカが思案顔になる。

「……なるほど。〈鴉万産業《からすま》〉とGD社の因縁に巻き込まれたっつーことか……ふんっ！」

「ホッ⁉　犀恒《さいづね》さんっ、ちょっとそれは……わたくしも、さすがに……アハァジッ⁉」

此度《こたび》の大枠を瞬時に把握したレンカにゴキリと留めを刺され、シノブの嬌声が響き渡った。

「――警部、本フロアの〈アトリエ・サンドマン〉の制圧、完了です」

機動部隊の指揮官から報告を受け、ヒョウゴが〝了解〟と手で合図する。

「さて……ほいじゃ、残るは本丸ですっか」

レンカとヒョウゴと、それからようやく解放されたシノブが揃《そろ》ってフロアの奥を見遣《みや》る。

その先にあるのは、〈アトリエ・サンドマン〉最後の立て籠《こ》もりエリア。

運用監視部・対悪夢特殊実務実働班、〈獏《バク》〉の心臓部――固く閉ざされた、管制室だった。

＊＊＊

⟫⟫⟫〈夢幻S・W・《セキユリテイ・ワークス》〉、オフィスビル前。

ドルルルルルッ――プシュゥゥウーッ。

大型トレーラーが、環状道路のランダム走行を終え、その場へと停車した。

「うわァお⁉　ちょっとあんたたちィ！　起きて早々どしたのよォ⁉」

側面引き戸が内側から開かれると、コンテナ内から蛭代《ひるじろ》ナリタの戸惑う声が聞こえる。

それを押しのけ響いたのは、燃え猛る怒声。

「うぉぉぉおおおっ!!　あの馬鹿親父ぃぃいっ！　一発ぶん殴ってやるっすーッ!!」

「ウルカちゃんッ、ヨミも助太刀するんダヨッ！　ほあーっ！」

それは夢信《むしん》空間〈千華《ちか》〉でFと正面対決し、同時に〈ラヴリィ・ドーター〉の光にユリーカの想いを垣間見て激昂《げっこう》したウルカとヨミの姿だった。

いざ女子高生二人が〈夢幻S・W・《セキュリティ・ワークス》〉へ殴り込みをかける。

と、その背後から手が伸びてきて、

「——待った！　待ったー！　ウルカ、那都神《なとがみ》ッ、ストップストップ！」

ヨミの腕を摑《つか》んだトウヤが、ズルズル引っ張られながらもどうにか制止する。

「ねえ、ちょっと落ち着きましょう？」

メイアがウルカを羽交い締めにし、その場でひょいと持ち上げた。

「むっ。瑠岬《るみさき》くんッ、止めないでほしいんダヨッ。ヨミは今ッ、頭にきてるんダヨッ！」

「呀苑《がえん》さぁん！　離してくださいっす！　ユリーカさんの無念、晴らさでおくべきかーッ！」

「だからそれだよ！　もうあの二人は大丈夫！　大丈夫なんだ！」

「今、ジャックとユリーカは大切な時間をすごしてるはずなの。そっとしてあげて？」

トウヤとメイアの説得に、ヨミとウルカがどうにか怒りの沸点を通り越して立ち止まる。

そこへ徹夜明けのナリタが、猫背を一層丸めて顔を出した。

「なぁんかあったのォ？　えらいFとユリーカの肩持つじゃなァい？」

トウヤとメイアが、未だ胸に熱いものを感じながら振り返る。

「俺たち、〝海の底〟を見てきたんですよ！　〝想い出の世界〟がそこにあって！」

「《角《つの》ぐむ獣》にも会ったわ。境界線があって、お見送りをしたのよ？」

「……ん？　んんー⁇　……何言ってんのあんたたち？」

眉間《みけん》に皺《しわ》を寄せたナリタが、びろ〜んと長い長い記録用紙を取りだす。

「えーっと、戦闘記録《ログ》戦闘記録《ログ》……………な、い、い、い、いなぁーんも残ってないわよォ？」

「……え……？　どういうことですか？」

ナリタの言葉に、トウヤがきょとんとなった。

「どうもこうも、〝海の底〟も《角ぐむ獣》も、それっぽい現象なんて観測されてないわァ？　呀苑《がえん》ちゃんの〝光の拳《こぶし》〟で《ユリーカの夢《クラスS》》が消滅したの、実測時間でつい五分前よォ？」

「ヘレナとサーシャは？　いっぱいいいっぱいお話ししたのよ？」

「ヘレナぁ？　サーシャぁ？　そんな自我意識との接触記録もないけどォ？」

ナリタが首を捻《ひね》るのを前に、トウヤとメイアが顔を見合わせる。

「……見たよな？　メイア？」

「ええ、見たわ？　トウヤもでしょう？」

トウヤとメイアのそんな様子に、ウルカもヨミもナリタもが皆、不思議そうに肩を竦《すく》めた。

「よくわかんないすけど、夢でも見てたんじゃないすか？　夢信空間《むしん》じゃない夢《やつ》を」

「亡くなった人が夢に出てくるのはよくあることなんダヨ。きっとお盆が近いからなんダヨ？」

「まぁ、いいわン。それよか早いとこレンカとシノブのやつの様子、見にいきましょォ」

そんなことより今は会社の人たちが心配だと、〈警察機構〉の車輌が詰めかけている〈夢幻S・W《セキユリティ・ワークス》〉へ、皆が駆け込んでいく。

トウヤとメイアの二人だけを、その場に残して。

「…………。……俺たちも、行こう。レンカさんたちが待ってる」

「ええ。……それに、ジャックとユリーカもね？」

「あぁ、そうだよ。きっとそうだ」

「ねぇ、トウヤ？」

「ん？　何？」

「わたしね――人の〝こころ〟を、もっと知ってみたいわ」

「……。――うん」

トウヤとメイアが、揃《そろ》って前へ、一歩を踏み出す。

するとちょうどそのとき、パァァッと。二人の元に、光が差した。

まだほんの昇りかけの朝陽が、建ち並ぶビルの隙間から差し込んだ光だった。

「――メイアも、俺も。少しずつ、少しずつ……進んでいこう。そのために俺たちは、あの丘の上にきみを迎えに行ったんだから」
二人にはそれがとても、懐かしいものに思えた。

どこか、遠い遠い場所で、二人の母娘の声が響く。

――言ったでしょう？　私たちは、言葉を伝えられない……伝えられるのは、〝想い〟だけだったから。

――トウヤくーん、メイアちゃーん。だから私たち、あなたたちが来てくれるのを待ってたんだよ。

――この〝手紙〟を、どうしても、届けてほしかったから！

≫≫≫〈夢幻S・W・《セキュリティ・ワークス》〉、管制室。
固く閉ざされた扉を前に、工作員たちの会話が飛んでいた。

「――信号配線、壁面から露出しました！」

「――はぁーっ、やっとか……頑丈すぎるだろ、この扉……」

「――短絡させます、強制解錠！」

ガコンッ。電磁式の施錠を外から強引に解除し、機動部隊が管制室に突入する。

「F！　ユリーカ！　投降しろ！　抵抗は無駄――……………何……？」

盾と警棒を構えて戦闘態勢だった機動隊員が、そこでふいに沈黙した。

「……改谷《あらたや》警部……これは……どう処理すべきで……？」

機動部隊の指揮官が、困った顔でヒョウゴを見る。

「何です？　はいはい、ちょっと道開けてー」

最後尾で突入の様子を見守っていたヒョウゴが、管制室へ分け入っていく。

「おいまさか……追い詰められて拳銃自殺でもしてねぇだろな……!?」

「あー、それは困りますねぇ……わたくし内臓系はちょっと……」

ヒョウゴの後ろに続くレンカとシノブが、深刻な表情を浮かべる。

そして一同が、最前線に辿《たど》り着いて――。

「…………」

そこにあった光景を見て、レンカはただ一言呟《つぶや》き、握り拳《こぶし》を解いていた。

「……はぁー……何があったのか知んねぇけど、あいつらのお手柄ってことだな……」

「——…………うっ……ひぐづ……！」

管制室の最奥……精密夢信機《むしん》の前で、一人の男が泣いていた。

坊主頭に修羅の十字架を埋め込んで、長い長い旅をしてきた男の背中が、震えていた。

まるで、失ってしまった娘を取り戻した父親のように。

まるで、先立たれた妻との再会を果たした夫のように。

貧しいけれど穏やかで、ささやかな幸せに満ちていた時代を思い出した、青年のように。

そんな男を抱き締めて。とんとんと、優しくその背中を叩《たた》いているのは、一人の少女だった。

「……おとうさま……おとうさま……」

「ユリーカ、ゴリーカァ……ッ！　すまなかった……十二年も、すまなかっだ……ッ！」

Fがユリーカの手を握る。胸元には、妻の遺骨を納めた小さな箱を抱き締めて。

「ありがとう、ありがとうッ、戻ってきてくれて……届けてぐれて、ありがとう……ッ！」

涙と嗚咽《おえつ》で言葉もなくなり、Fが泣き崩れる。

けれどユリーカは、一粒の涙も浮かべてなんかいなくて。

少女の顔に浮かぶのは——涙ではなく、満面の笑みだった。

「私、お友達ができました。トウヤとメイアのお陰なんです——やっと、この〝お手紙〟を、届けることができました」

……それは、十二年前のとある日のこと。
ヘレナが、交通事故で命を落とした日のこと。
サーシャがお友達のお家で駄々をこねて、夢中になって作っていたもの。
一枚の、メッセージカード。
火事ですべて燃えてしまって、ジャックに渡せないまま消えてしまった手紙。
それを〝想い出の世界〟で作り直して。少しだけ内容を書き加えた〝想い〟。

クレヨンで描かれた、狭い庭とガレージつきの小さなお家。
三人並んで手を繋《つな》ぎ、ニコニコ笑う、パパとママと、幼い女の子の似顔絵。
その輪の中に、四人目の。
青い目をして、金色のさらさらの髪を二本に結った、大きな〝妹〟の笑顔を加えて。
それは大好きな人たちへの、愛の言葉。
〝集合無意識の海の底〟から届けられた、小さな小さな、〝びっくり箱《ジャック・イン・ザ・ボックス》〟だった。

ボヨヨ～ンッ。

——かぞくがみんな、いつまでも、ずっとえがおでありますように！

ヘレナとサーシャより

「————————ただいま、パパ！」

あとがき

お久しぶりです、ご無沙汰しております、遅くなってごめんなさい。

こうしてあとがきを書けているということは、『貘《バク》２－真夏の来訪者－』、どうにか世に送り出すことができたということでしょうか。

ガガガ文庫デビュー作の続刊、二冊目にして信じられないほどの紆余曲折がありました。あれこれと一年以上ともにすごした我が子をようやく見送れた、のだと思います。いってらっしゃい。一人でも多くの人に読んでもらえますように。

本作は元々は小学館ライトノベル大賞への応募作として、『悪夢《あくむ》屠《ほふ》りのＢＡＫＵ《バク》（応募時タイトル）』という名で生まれ、そして応募が完了した時点で終わっていた物語でした。深く傷ついた少年と、何も知らない少女が出会い、悪い狼をやっつけてめでたしめでたし。そんななんちゃってＳＦおとぎ話。それでやりきったつもりでいました。

そういうこともあってか、二巻の執筆中は登場人物たちの持つエネルギーに僕自身が置いていかれてしまって、辛くて辛くてどうしようもなくなったりもしました。でも、もう一度トウヤたちの冒険に同行できたこと、Ｆ一家の想いに触れられたこと、蛭代《ひるじろ》先生のおかしな言動に振り回されたこと、全部が当初の構想にはなかった新たな物語です。読者様にどういう受け止め方をされるのか、著者という立場では作品に近すぎるがゆえに上手く想像することができませんが、僕にとってはとても愛おしい作品・制作経験になりました。「物語のその先」を書く機会に恵まれたご縁に感謝。

ここからは謝辞に移らせていただきます。

担当編集の渡部《わたべ》様。偶然が重なってイレギュラーな進行になった本作の刊行作業に根気強くお付き合いいただいて、焼き肉ごちそうしていただいて、願掛けに神社のお参りに同行していただいて、ありがとうございました。

イラストレーターのｄａｉｃｈｉ《ダイチ》様。急遽今巻からのお仕事の依頼となったにもかかわらず、短期間のうちに素敵なイラストを数多く生み出していただいてありがとうございました。物語に絵という形を与えていただく感動は、何度経験しても魂が震えます。

その他、ガガガ文庫編集部様、刊行・販売に至るすべての行程で本作に関わってくださった皆様、ありがとうございます。

そしてここまで読んでくださった皆様へ、心からの「ありがとうございます」を。

最後に私事ですが、第十五回小学館ライトノベル大賞受賞の連絡を受ける数時間前に、立ち会えなかったけれど眠るように旅立ったという祖母へ、がんばってるよと想いを籠《こ》めて。

それでは、また。

二〇二二年、快晴　長月東葭《ながつきとうか》

GAGAGA

ガガガ文庫

貘2 -真夏の来訪者-

長月東葭

発行　2022年12月25日　初版第1刷発行

発行人　鳥光 裕

編集人　星野博規

編集　渡部 純

発行所　株式会社小学館
〒101-8001 東京都千代田区一ツ橋2-3-1
[編集]03-3230-9343 [販売]03-5281-3556

カバー印刷　株式会社美松堂

印刷・製本　図書印刷株式会社

Printed in Japan ISBN978-4-09-453051-3
